# 風の道標

风之路标

宮崎 靖久 著
若林 ゆりん 訳
工藤 稀瑛 訳

三省堂書店／創英社

# 目次

## 1章　酔夢（夢・酒）／醉梦（梦・酒）　*1*

・貘との語らい　（貘的诉说）　*3*
・神話の世界へ　（到神话世界）　*4*
・虹の見つけ方　（彩虹的寻觅方法）　*5*
・メビウスの輪の中で　（莫比乌斯环的中间）　*6*
・人知を超えて　（人类的认知所不可及）　*7*
・整序された世界　（被整序过的世界）　*8*
・帰る家　（归宿）　*9*
・夢の落とし穴　（梦的陷阱）　*10*
・夢の地層　（梦境层次）　*11*
・酒呑みの大義名分　（光明正大的喝酒理由）　*12*
・酔、酔、酔と　（醉、醉、醉）　*13*
・酔盛夢賜へと　（奔赴醉盛梦赐）　*14*
・終着駅サンバ　（终点站的桑巴舞曲）　*15*
・最果ての地　（边界之巅）　*16*
・帰納法　（个人辩证法）　*17*
・酔進力を　（醉酒的力量）　*18*
・酒に染まれば　（浸于酒中）　*19*
・酔いの明星　（醉酒的晨星）　*20*
・末法思想　（末法思想）　*21*
・禁酒の宴　（禁酒宴）　*22*
・区画整理を巡って　（关于土地规划）　*23*
・予言定理　（预言定理）　*24*
・幽体離脱　（灵魂出窍）　*25*
・扉を開けると　（当你推开门）　*26*
・酒羅への道　（通往杜康的大道）　*27*
・酔夢の国へと　（寻找醉梦之国）　*28*
・酔夢譚1　（醉梦谭1）　*29*
・酔夢譚2　（醉梦谭2）　*30*
・酔夢譚3　（醉梦谭3）　*31*
・酔夢譚4　（醉梦谭4）　*32*
・酔夢譚5　（醉梦谭5）　*33*

・酔夢譚6　(醉梦谭6) 34
・酔夢譚7　(醉梦谭7) 35
・酔夢譚8　(醉梦谭8) 36
・酔夢譚9　(醉梦谭9) 37
・酔夢譚10　(醉梦谭10) 38
・酔夢譚11　(醉梦谭11) 39
・酔夢譚12　(醉梦谭12) 40
・酔夢譚13　(醉梦谭13) 41
・酔夢譚14　(醉梦谭14) 42
・酔夢譚15　(醉梦谭15) 43
・酔夢譚16　(醉梦谭16) 44
・酔夢譚17　(醉梦谭17) 45
・酔夢譚18　(醉梦谭18) 46
・酔夢譚19　(醉梦谭19) 47
・酔夢譚20　(醉梦谭20) 48

**2章　紡愛(家族・愛しい人)**／纺爱(家族・心爱的人) 49

・母の愛　(母爱) 51
・不確かな断章　(不明确的片段) 52
・いつまでも　(至始至终) 53
・アルバムの中の私　(相册里的我) 54
・破戒の絆　(破戒的牵绊) 55
・耳を澄ませて　(洗耳倾听) 56
・次世代へのタスキ　(传给下一代的接力带) 57
・親のエレジー　(父母的挽歌) 58
・玉の緒　(生命线) 59
・「さよなら」と言える日　(可以说出“再见”的那一天) 60
・なごり雪に　(春雪中) 61
・追憶の埋葬　(埋葬追忆) 62
・ときめきの嵐　(然心动) 63
・惹かれ合う体　(相互吸引的身体) 64
・性の命脈　(性命脉) 65
・鋳型製造機　(模型制造机) 66
・新たな栞　(新书签) 67
・指南書を携えて　(备好说明书) 68
・恋の駆け引き　(恋爱策略) 69

・男類・女類　(男人类・女人类) 70
・愛の架け橋　(爱之桥梁) 71
・紅蓮の炎　(深红的火焰) 72
・遠ざかる瞳　(远去的眼眸) 73
・ゴルゴダの丘で　(在各各他山上) 74
・代弁者を探して　(寻找代言人) 75
・新たなる序章　(新的序幕) 76
・別れの歌を　(告别的歌) 77

## 3章　輝筆(作家)／辉笔(作家)　79

・酒仙……李白　(酒仙——李白) 81
・親日派の使徒……小泉八雲　(亲日使者——小泉八云) 82
・久遠の愛……森鷗外　(永恒的爱——森鸥外) 83
・東天許私……夏目漱石　(東天许私——夏目漱石) 84
・旺盛な食欲……正岡子規　(旺盛的食欲——正冈子规) 85
・老獪なる偽善者……島崎藤村　(老奸巨猾的伪君子——岛崎藤村) 86
・風の旅人……柳田国男　(随风的旅者——柳田国男) 87
・普遍の法則……有島武郎　(普遍的法则——有岛武郎) 88
・克眠剤の投与……魯迅　(止困的处方——鲁迅) 89
・酔奏の旅路……種田山頭火　(醉奏的旅途——种田山头火) 90
・匠の作家……志賀直哉　(大师级作家——志贺直哉) 91
・夢追い人……武者小路実篤　(追梦人——武者小路实笃) 92
・性の謳歌……谷崎潤一郎　(性的赞歌——谷崎润一郎) 93
・自分への愛……石川啄木　(对自己的爱——石川啄木) 94
・昭和の仁侠道……菊池寛　(昭和的侠义道——菊池宽) 95
・サディズム……夢野久作　(施虐狂——梦野久作) 96
・神の刑罰……芥川龍之介　(神的刑法——芥川龙之介) 97
・夜の夢こそ真……江戸川乱歩　(夜晚的梦境更真——江户川乱步) 98
・見えざる十字架……八木重吉　(看不见的十字架——八木重吉) 99
・役者……川端康成　(演员——川端康成) 100
・色彩のマジック……梶井基次郎　(色彩的魔法师——梶井基次郎) 101
・はかなさ……堀辰雄　(虚幻而脆弱——堀辰雄) 102
・アンチテーゼ……坂口安吾　(反骨——坂口安吾) 103
・旅情……井上靖　(旅途情怀——井上靖) 104
・魂の遍歴……中原中也　(灵魂的遍历——中原中也) 105
・私的弁証法……高見順　(个人辩证法——高见顺) 106

・求愛の祈り……太宰治　(爱的祈祷——太宰治)　*107*
・生への執着心……中島敦　(对生命的执着心——中岛敦)　*108*
・崩解感覚……野間宏　(崩溃感觉——野间宏)　*109*
・布教の旅路……三浦綾子　(传教的路途——三浦绫子)　*110*
・散多苦労好……遠藤周作　(散多苦劳好 (注)——远藤周作)　*111*
・酔魔の世界……安部公房　(醉魔的世界——安部公房)　*112*
・スタンドプレー……三島由紀夫　(哗众取宠——三岛由纪夫)　*113*
・酔天宮……立原正秋　(醉天宫——立原正秋)　*114*
・天上人……谷川俊太郎　(作为天上来客——谷川俊太郎)　*115*
・筒囲ワールド……筒井康隆　(筒城世界——筒井康隆)　*116*
・老廃物……大江健三郎　(老废物——大江健三郎)　*117*
・母星……池澤夏樹　(母星——池泽夏树)　*118*
・宿命への予言……村上春樹　(对宿命的预言——村上春树)　*119*
・雄斗虎……宮崎靖久　(雄斗虎——宫崎靖久)　*120*
・一体感……山田詠美　(一体感——山田詠美)　*121*
・戯れ言……俵万智　(胡说八道——俵万智)　*122*
・破壊神……森本平　(破坏之神——森本平)　*123*
・時代の申し子……金原ひとみ　(时代的宠儿——金原瞳)　*124*

## **4章　航世(社会)**／航世(社会)　*125*

・信〈芯〉信　(信〈芯〉信)　*127*
・記号化した世界　(符号化的世界)　*128*
・則天去私　(则天去私)　*129*
・そっと誰かに　(轻轻地向某人诉说)　*130*
・帰属意識はどこに　(归属感在何方)　*131*
・満腹感を　(饱腹感)　*132*
・無限の可逆性　(无限的可逆性)　*133*
・自己制御装置　(自控装置)　*134*
・鳳凰とともに　(与凤行)　*135*
・差別から区別へ　(从歧视到区别)　*136*
・順列式　(排列式)　*137*
・単眼の優位性　(单眼的优势)　*138*
・厚化粧で繕って　(用浓妆掩饰)　*139*
・心の輪廻　(心灵轮回)　*140*
・維持機能　(维持功能)　*141*
・裸の自分　(裸露的自己)　*142*

・一心同体へと　(向着一心同体)　143
・必要十分条件　(十分必要的条件)　144
・共存共栄の旗を　(举起共同繁荣的旗帜)　145
・ディナーショーへ　(去晚宴吧)　146
・人間不信への警鐘　(对厌世的警钟)　147
・当然の理　(当然的理念)　148
・笑神様に　(致笑神)　149
・大きな心で　(宽大的内心)　150
・グレーゾーンから　(来自灰色地带)　151
・無の有為性　(无的意义)　152
・かぐや姫伝説　(辉夜姬传说)　153
・希望調査を　(调查希望)　154
・儚さに包まれて　(被虚幻围绕)　155
・革命者　(革命者)　156
・体内回帰へ　(回到体内)　157
・隙間風とともに　(与间隙风为伴)　158
・野望の王国へと　(往野心的王国)　159
・未来観測図　(未来观测图)　160
・明日こそは　(明天一定)　161
・仕組まれた機構　(策划好的机制)　162
・正しき理屈　(正确逻辑)　163
・上昇志向のために　(为了向上的志向)　164
・闇の微粒子　(暗黑粒子)　165

**5章　慮他(他者)／虑他(他人)　167**

・存在証明書　(存在证明书)　169
・脱、原理主義　(脱离原理主义)　170
・卒、待ちぼうけ　(不能只是等待)　171
・消滅への道のり　(走向消亡的道路)　172
・飢餓海峡　(饥饿海峡)　173
・夢の名残り　(梦的余韵)　174
・曖昧なる微笑み　(暧昧的微笑)　175
・知りすぎた者に　(致知道太多的人)　176
・平衡感覚　(平衡感)　177
・同類項への道　(同类项之路)　178
・時空の定義書　(时空定义书)　179

・悲しき性　（人类可悲的天性）　*180*
・凍える口　（冻僵的嘴）　*181*
・否、深呼吸　（否定・深呼吸！）　*182*
・迂回戦略　（迂回战略）　*183*
・自動詞から他動詞へ　（从自动词到及物动词）　*184*
・不可解な構造　（不可思议的结构）　*185*
・入学式をひかえて　（在开学典礼之前）　*186*
・百面相　（百面相）　*187*
・弄ばれる大義　（大义被玩弄）　*188*
・終わりなき道標に　（在无尽的路标上）　*189*
・等身大の自分に　（成为真实的自己）　*190*
・口笛を吹いて　（吹口哨）　*191*
・同心円　（同心圆）　*192*
・こぼれ落ちる前に　（在滴落之前）　*193*
・ぎこちなさの卒業　（从笨拙的自己毕业）　*194*
・すげ替えられる警告　（被替换的警告）　*195*
・夢の訪れ　（梦的到来）　*196*
・断捨離の掟　（断舍离的法则）　*197*
・従容の罰　（从容的惩罚）　*198*
・青い鳥　（青鸟）　*199*
・遡ってみれば　（如果追溯一下）　*200*
・涙君、さようなら　（眼泪君，再见）　*201*
・あなただけの王国　（你自己的王国）　*202*
・一人ぼっち　（孤身一人）　*203*
・試される未来　（被考验的未来）　*204*
・自分探し　（寻找自己）　*205*
・交通規制に従って　（遵守交通管制）　*206*
・行進曲に乗って　（随着进行曲）　*207*
・名俳優の小道具　（名演员的小道具）　*208*
・生活の落とし穴　（生活中的陷阱）　*209*
・幽閉された言葉　（幽禁的语言）　*210*
・疎ましさを糧に　（以讨厌的心情为食粮）　*211*
・忍び寄る暗雲　（悄悄逼近的乌云）　*212*
・不幸せの公式　（不幸公式）　*213*
・おーい、我が君　（喂，我的“君”）　*214*
・笑いながら　（一边笑着）　*215*

・否、ボーダーレス （否定・无边界） *216*
・届かぬスポットライト （照不到的聚光灯） *217*
・定まらぬ定理 （不定的方程式） *218*
・秤にかけたら （放在秤上） *219*
・滋養強壮剤として （作为滋补品） *220*
・二度目の審判 （第二次审判） *221*
・迷子の居場所 （迷路的孩子所在的地方） *222*
・隣人愛の片隅に （在邻人之爱的角落） *223*
・胎動の時 （胎动的时候） *224*
・孤絶感を深める叡智 （加深孤绝感的睿智） *225*
・マジックミラーの中で （在魔镜里） *226*
・翳りある方程式 （有阴影的方程式） *227*
・真心の光 （赤诚之光） *228*
・抜けない棘 （拔不掉的刺） *229*
・全力疾走の火種 （全力奔跑的火种） *230*
・時の落とし物 （时间的失物） *231*
・マイナンバー制 （私人号码制） *232*
・羅針盤が壊れたら （如果指南针坏了） *233*
・不輝の星 （不輝煌的星） *234*
・カメレオン・アーミー （变色龙军队） *235*
・ねじれの位置 （扭曲的位置） *236*

**6章　覗己（自分）／窥视己（自己）** ***237***

・強者の倫理観 （强者道德观） *239*
・永遠の天邪鬼 （永远的捣蛋鬼） *240*
・悲しき序章 （悲伤的序章） *241*
・平等の調整を （平等的调整） *242*
・私だけの命日 （属于我的忌日） *243*
・不条理の謂れ （不合理的理由） *244*
・自分への沸点 （自我沸点） *245*
・立ちすくむ尊厳 （纹丝不动的尊严） *246*
・飛翔する調べ （飛翔的旋律） *247*
・光明を探して （寻找光明） *248*
・温かな呪詛 （温暖的被咒情谊） *249*
・あの人に （给那人） *250*
・邂逅の時 （邂逅的时刻） *251*

・密閉された日々　（被密封的日子）252
・みんな一緒に　（齐心协力）253
・年輪の証し　（年轮的证明）254
・こだまする挽歌　（回响的哀乐）255
・ビバ！　カラオケ　（万岁！卡拉OK）256
・記憶の喪失　（记忆丧失）257
・輝きの中で　（在光辉中）258
・種明かし　（揭谜）259
・失われた一等賞　（失去的一等奖）260
・時空の罠　（时空的陷阱）261
・感性狩り　（感性狩猎）262
・ひからびた一体感　（干瘪的一体感）263
・自分宣言　（自我宣言）264
・紡がれない時　（没有灵感的时候）265
・開かずの扉　（紧锁的门）266
・距離のない行進　（无距离的前进）267
・世紀末の利器　（世纪末的利器）268
・一律の妙　（一律的奇妙）269
・微調整の歪み　（微调的扭曲）270
・はるかなる旅路　（遥远的旅程）271
・反転の恐れ　（反转的恐惧）272
・密閉された園　（封闭的花园）273
・月に願いを　（对月许愿）274
・秋の終わりに　（秋终）275
・月の砂漠　（月之沙漠）276
・座標軸を飛び越えて　（越过坐标轴）277
・十戒の回顧録　（十戒的回忆录）278
・If　— その先には　（If之后的是）279
・予言街道　（预言街道）280
・タイムショック　（时间冲击）281
・未来通信　（未来通信）282

# 1章

# 醉夢 醉梦

## 夢・酒（梦・酒）

# 貘との語らい

**・夢の世界に身を委ねているところです。**

——「空を見てると　黒く小さな蝶のようなものが　数多くそのようなものが僕の胸から飛び立った　僕は何か失ったのである　だのに何かが加えられたような気がした」(高見順)

夢の旅路を忙しく行き交う紗の服を身にまとったピエロ。山の麓にある夢のねぐらから、この道化師が夢を選ぶのです。幾千万の夢が穏やかな寝息を立てている白檀の箱から、手拍子とともに取り出すのです。そして、一つ一つ形と彩りに合う調律を施します。身支度を終わらせた夢を頭蛇(ずだ)袋に詰めこみ、真夜中に人間界に届けに行きます。窓ガラスをすり抜け、横たわる人間の耳に夢を滑りこませるのです。夜明けを告げる笛の音で、夢は頭の中を抜け出し道化師の元へ戻って行きます。その夢は〈酔夢の里〉へ持ち帰られます。明日の夢のために……。

# 貘的诉说

**・我把自己寄托于梦境。**

——“抬头仰望天空，瞬间胸口飞出许多黑色的小蝴蝶。我好像失去了一些东西，却好像又得到了一些东西”（高见顺）

一个身缠纱衣的小丑在梦境之旅中忙碌着。从山麓的梦乡中挑选着梦。白檀箱子里躺着千万个还在酣睡的梦，它们随着小丑有节奏的拍手声被一个个取出来，再一个个被小丑按它们的形状，颜色来做修饰调整。这些都调整好以后，小丑把它们塞进布囊，等夜色降临就准备把它们送往人间。一个个梦大多都是先从窗玻璃穿进去，然后再悄悄地从熟睡的人的耳朵里滑进去的。待黎明小丑吹的笛声响起，它们就从做梦人脑海中溜出来，回到小丑的身边。为了明天的新梦，它们会被带回到“醉梦乡”……。

※ 貘：一种传说中的神兽，靠食人梦为生

## 神話の世界へ

**・日本とアメリカの時差は12時間以上もあるそうです。**

——地球上では同じ時間はありません。少しでも離れていれば、必ず時差はあるのです。時空の実をついばむフェニックスが何か細工をしたのかもしれません。また、もう一つ時空間に細工を施したものがあるようですね。幼い頃についた他者との差のことです。その差は一向に縮まらずに、むしろ徐々に開いていくのです。決して努力の差ではありませんよ。

時に場を入れこんだ時空間への旅に赴くことができたらその正体はつかめるはずですが、夢の世界以外では無理なようです。でも明日は〈夢の記念日〉です。あなたの疑問をフェニックスが答えてくれる日なのです。さぁ、質問事項をまとめておきましょう。

## 到神话世界

**・日本与美国的时差超过12个小时。**

——地球上没有相同的时间。只要稍稍有点儿距离，就会有时差。 这可能是叼着时空果实的凤凰动的手脚。而且，似乎它在时空中还制造了另一件东西。这就是在年幼时与其他人的差距。这个差距并不会伴着年龄增长而缩小，反而是逐渐扩大。这个差距跟有没有努力毫无关系。

如果有机会能到这个时空交错的地方旅行的话，我一定能解开谜团，但可惜现在身处梦境之外想找到答案似乎是不太可能。 但明天是“梦周年纪念日”。这一天凤凰会给大家解疑，快，让我们整理一下想问的问题吧！

# 虹の見つけ方

**・木漏れ陽が差す小路を歩いています。**

――夢は嘘つきかもしれません。捏造されたものを真実のように捉えさせるからです。自分で作り替えているのですが、〈夢の配達人〉の仕業だとあなたは想いこんでいますね。想い出したくもない出来事が、夢では美しい旋律を帯びたものに変わっていたことはないでしょうか？　逆に、楽しかった出来事がおぞましいものに変わっていたこともあったのではないでしょうか？

夢の中で温もりを感じたければ、寝る前に「ジュゲム」と三回唱えるのです。夢の配達人がすばやく聞きつけて、〈酔夢の里〉に持ち帰るはずです。そして、その夢にあった調律を施し再び人間界に届けに来るのです。だから、一晩に何度も夢を見るのです。さぁ、今夜はあなたの「夢デビューの日」ですよ。

# 彩虹的寻觅方法

**・漫步在阳光透过树叶散落在地的小路上。**

——梦可能不够真实。因为它把捏造的东西让你误认为是真实的东西。明明是你自己虚构出来的，你却以为这是“梦的快递员”的杰作。你有没有过这种体验？明明是想都不愿意想起来的事情，却突然伴随着美妙旋律般的出现在梦里。反之，原本很快乐的事情却又变成可怕的噩梦？

如果你想在梦中感受它带给你的温暖的话，那睡前念三遍“* 寿限无”。梦的快递员就能很快听到，并把它带回“醉梦乡”做修复。等使者给这个梦调成适合它的旋律以后，才又把它投送到人间来。这就是为什么有时候我们会一晚做很多梦的原因。来享受一下吧！今晚可是你的“梦境出道日”哦。

※ 寿限无：日本落语的代表剧目之一，是日本最长的姓名，类似绕口令

# メビウスの輪の中で

**・全ての道はローマに通じているのです。**

——夢にうなされて目が醒めた経験は、誰もがあるのではないでしょうか？　悲しい夢・辛い夢・忌まわしい夢・奇怪な夢・おぞましい夢……等々。それらの夢が白黒ではなく、鮮やかな色が一点でも付いていたら要注意です。現実のものとなる可能性があるからです。様々な色が付いているのが現実の世界なのだとわかっていれば、理解できることですね。

さて、夢に登場する自分を遠くから静かに眺められる瞳を持っていれば、悪夢を見ることはないそうです。現実の世界と全く同じですね。客観的な視点を持つことの大切さは！　何はともあれ、現実の行き着く先が夢であることと、夢の行き着く先が現実であることを認識しておきましょう。

# 莫比乌斯环的中间

**・条条大道通罗马。**

——大家都有过从噩梦中惊醒过来的经历吧？ 悲伤的梦，痛苦的梦，不吉利的梦，离奇的梦，可怕的梦……等等。 这些梦如果不是黑白的，哪怕只有带了一点点鲜艳的颜色就得万分小心了。 因为它可能成为现实。 如果你能明白我们的现实世界是有颜色，那就能理解我说的了。

话说，如果你有一双能从远处静静地眺望梦中的自己的眼睛的话，你就不会做噩梦。这与现实世界中完全一样对吧。保持客观的视角很重要！总之要明白现实的归宿是梦境，梦境的归宿就是现实。

# 人知を超えて

**・考えても考えても答えにたどり着けません。**

――からくり屋敷では、入口と出口がすぐ近くにあるものです。それと同様に、10年前の記憶と昨日の出来事は隣り合わせになっている場合が多いようです。頭の中は狭い空間ですから、そのようになるのです。だからでしょうか？　夢の世界では過去に現在や未来も混じって、時間の観念が全くないのです。

また、喜怒哀楽といった様々な感情が絡み合っています。そのため、瞬時にして感情が入れ替わるのです。場面が急に変わり奈落の底に落ちていく夢を見るのは、そのためです。でも不思議なことに、天国に昇る夢は見たことがないのではないでしょうか？　理由を考えてもわかるはずはありませんよ。〈夢の王国〉は、人間が造ったものではないのですから！

# 人类的认知所不可及

**・绞尽脑汁也想不出答案。**

——听说布满机关的迷宫里入口其实紧挨着出口。同样的，十年前的记忆和昨天发生的事情往往也是紧挨着的。这是因为你的脑子里面只装得下一个很小的空间罢了。真是这样的吗？梦境中过去混杂着现在和未来，是没有时间概念的。

另外，喜怒哀乐各种情绪也是交织在一起的。所以我们的这些情绪会在一瞬间就发生改变。这也是为什么在梦里我们会梦到突然掉进万丈深渊的原因。但奇怪的是，好像从来没有梦到去天堂的梦吧？我猜你怎么想都想不明白这是为什么。因为啊，“梦之国”可不是人类创造的！

## 整序された世界

**・遠くにあるものは小さく、近くにあるのものは大きく見えますね。**

——過去の産物であるはずの記憶は、現在の心の投影なのです。つまり、過去は現在という時を生きている人間が勝手に造り上げた妄想だということです。反対に、今実際に起こっていることは実体験であるかのように想っているだけにすぎないのですよ。

いつが現在でいつが過去なのかは、誰にもわからないのです。今いる空間は全てが夢の世界なのかもしれません。「いや、現実も夢も頭の中で造り上げたものだよ」と、あなたに言われそうですね。でも、現実が蜃気楼だと考える私は認めません。夢は意識下にあるものの表れだと導き出した御人を味方に付けてもダメですよ。夢こそが現実なのです！

## 被整序过的世界

**・越远的东西看起来越小，越近的东西看起来越大。**

——记忆本应是过去的产物，而却成了当下心灵的投影。换而言之，过去其实就是活在当下的人们随着自己的意愿而做出来的妄想。相反，对于目前正发生的事，只是把它当作一次真实的经历来想而已。

没有人知道什么时候算是现在，什么时候又算是过去。你现在所处的空间可能只是一个梦中的世界。你可能会说:“不对，现实和梦想都是在脑海中想象出来的东西。”但我并不赞同现实跟海市蜃楼一样的这种说法。你若用某位高人所说的“梦都来自于潜意识”来做反驳也无济于事。因为梦就是现实！

# 帰る家

**・きらめくイルミネーションに包まれています。**

——明日への希望が見えない時には、何かにすがりつきたくなりますね。友・家族・愛・思想・神……等々。それが叶わなければ、現実から切り離された桃源郷で心を解放させるのです。光明が差しこんでくるはずですよ。

でも、暇がありませんね。朝から晩まで職場で忙しく駆けずり回っているからです。休憩時間もあまり取れません。休日には、家でグッタリとしています。そこで、気軽に桃源郷に行くための方便を考えてみました。小1時間。そうです。夢の世界へ赴けばいいのです。夢の世界だけで生きていたいと考えなければ、許されてもいいのではないでしょうか？　目醒めた時にパッと消えてしまう楽しい楽しい夢が、いつまでも続いてくれたらと願うのは私だけではないはずですが！

---

# 归宿

**・被缤纷闪烁的霓虹灯光包裹着。**

——当你看不到未来的希望时，你会想抓住一根救命稻草吧。朋友，家人，爱情，思想，上帝……等等。如果都抓不到的话，那与现实脱离的桃花源会让你心灵得到解脱。光应该会照射进来。

但我没有时间。因为我从早到晚东奔西跑忙于工作，连休息时间都没有。难得的休息日我也是筋疲力尽瘫在家里。所以，我想想个能更简单地去桃花源的办法。就一个小时，对啊！去梦的世界就行啊！又不是要永远的留在梦的世界里，所以应该没关系吧？希望一睁开眼就随之而逝的美梦能永永远远持续下去人肯定不止我一个吧！

# 夢の落とし穴

**・心地良い調べがどこからともなく聞こえてきます。**

――見たくなければ目をつぶればいいのです。話したくなければ口をつぐめばいいのです。聞きたくなければ耳をふさげばいいのですが、手を使わなければできません。そのように考えると、耳は目や口と比べると不便ですね。でも、自分しだいで聞きたくないことを素通りさせることができます。聞いているふりをして何も聞いてないことは、誰もがしているのではないでしょうか？　実は耳だけが、相手にわからず欺くことができるのですよ。

しかし夢の世界では、そうはいきません。言葉がそのまま耳に届けられます。夢は欺くことを潔しとしないからです。ところで、悪夢を見るのは現実の世界で嘘をついた日なのですよ。夢の世界と現実の世界はつながっているのですからね。

# 梦的陷阱

**・各处飘荡着令人舒服的曲调。**

——不想看就闭上眼睛；不想说话就闭上嘴；不想听你也可以捂住耳朵，但你得用上手，否则没法做到。是不是觉得耳朵没有眼睛和嘴巴来的方便。你其实也可以让不想听到的事情左耳进右耳出。我们每个人也都假装过在听别人讲话吧？其实只有耳朵，才能不被发现的欺骗别人。

但在梦的世界里可就并非如此了。每一句话都会传到你的耳朵里。因为在梦里欺骗是很可耻的事情。对了，噩梦就是因为这一天你在现实世界中撒了谎才出现的。梦的世界和现实世界可是相连在一起的噢。

# 夢の地層

**・真実は一体どこにあるのでしょうか？**

——昨日のことが想い出せません。何を食べたかではなく、何があったのかが！いつもと変わらない一日だったわけではないのです。その証拠に、スマホに多くの履歴が残っています。色々な人から何度も何度もあったのです。自分だけの問題ではなかったからなのでしょう。でも、スッポリと抜け落ちているのです。

目醒めた時にパッと消えてしまう夢のようです。夢を見たことだけはおぼろげながら頭の中に残っているのですが、どんな夢だったのかは全くわからないように！だから、昨日のことは現実ではなく夢だったと想いこむようにしたのですが……。しかし、これも夢なのではないかと疑い、スマホを見直したのです。やはり、履歴は一つもありませんでした。何が現実で何が夢なのかは、今もわかりません。

# 梦境层次

**・真相到底在哪里?**

——我想不起来昨天的事儿。不是吃了什么，而是发生了什么！这并不是一个跟平时没两样的普通日子。看我手机上的这些记录就是证据。有那么多来自不同人的记录。也许这不仅仅是我的问题。然而这一部分的记忆完全缺失了。

就像一睁眼就消失的梦。只依稀记得自己做了个梦，却记不清是个什么样的梦一样！所以，昨天发生的事并不是现实而是一场梦，我试图这样去想……然而，我也开始怀疑这么想的此刻也是一个梦，马上查看手机记录。果然，什么也没有。什么是现实，什么是梦境，我到现在也没搞清楚。

# 酒呑みの大義名分

**・アルコールに宿る妖精〈酔の精〉と、やっとのことで契りを結ぶことができました。**

——1年365日、いや10年3650日。体調が悪くても夜がどんなに遅くても、酒で喉を湿らさなかったことは1日たりともありませんでした。

「酒は百薬の長」だと言われています。決してマイナス面ばかりではないのです。恋に酔って愛を紡ぎ出し、美に酔って芸術を紡ぎ出し、旅に酔って生を紡ぎ出し……等々。さぁ、これから浴びるほど呑んで、酔生夢死の極意を会得しようではありませんか！

※酒に関しての豆知識

中国では古代から酒が国家の儀礼と深く結び付いていたようで、官庁に酒を醸造する役所があったほどです。日本で神社に酒を奉納するのは、このような所以からです。世界各地の酒も、起源をたどれば神事と関わりあるものがほとんどです。アルコールがもたらす高揚感や麻痺感覚などが科学的に解明できずに、「神との邂逅」で起きる現象だと考えられていることによります。

# 光明正大的喝酒理由

**・终于我与栖息在酒精中的醉酒之灵达成契约。**

——一年 365 天，不，十年 3650 天。无论我病得多严重，也不管夜有多深，我没有一天是不喝酒的。

不是说“酒是万药之首”嘛。酒可不全是坏东西。沉醉于恋而生出情；沉迷于美而创造出艺术，陶醉于旅途而纺织出生活……等等。那就让我们从现在开始尽情畅饮，领会醉酒梦死的真谛吧！

※ 关于酒的一些小知识：

在中国，似乎自古以来酒就与国礼有着深厚的渊源，甚至还有专门酿造酒的官职。日本的神社供奉清酒也是这个缘故。如果追溯世界各地酒的起源，其中大部分都与神明祭祀有关。这是因为酒精带来的兴奋和麻木感当时还无法用科学阐明，被认为是一种“与神相遇”的现象。

# 酔、酔、酔と

**・酒呑みが地獄に落ちたら天国は人影もなくさびれよう（ハイヤーム）**

——酒との付き合いに想いを巡らせています。激しい感情の起伏があった時には、盃が必ず傍らに置かれていました。酒に呑まれて失態を重ねるうちに、不可思議な発見をしました。心が喜びにあふれていると盃に盛られた酒は黄金色に輝き、心に悲しみがあふれていると盃に盛られた酒は焦茶色に澱むのです。つまり、酒と心の彩りは全く同じになることがわかったのです。たぶん〈酔の精〉と友だちになれたからでしょう。

さぁ、あなたも「媚酒酔進倶楽部」に入会したらどうでしょうか？　時と場が異なるだけで、いつも一緒にいるわけですから！　酔の精と親しくなれ、より人生を楽しめますよ。

※媚酒酔進倶楽部（びしゅすいしんくらぶ）

酒の魔力に体ごと呑みこまれ、現実の生活から遊離した一定期間を過ごしたことで、今の自分があるのだという自負を持つ人たちの集まり（会員数36名）

# 醉，醉，醉

**・如果喝酒会下地狱的话，那天堂将空荡萧条（欧玛尔・海亚姆）**

——我在思考我和酒的关系。当我的情绪起伏激烈时，酒杯总是在身边。我在反反复复酩酊大醉中，突然有了一个不可思议的发现。 如果你的心中充满了喜悦那杯中的酒就会闪着金色光芒；如果你的心中充满了悲伤，那杯中的酒会浑浊成深褐色。这个发现说明了酒真实地反映出了我们心中的色彩。可能是因为我和醉酒之灵成了朋友的缘故吧。

听到这儿，你也一起加入“媚酒催醉俱乐部”怎么样呢？这样我们虽然在不同的时间和地点，但是也能一直在一起了！和醉酒之灵搞好关系的话，你也就更能享受你的人生了。

※ 媚酒催醉俱乐部：

利用酒的魔力让自己全身心沉醉于酒中，享受过暂时脱离现实生活的这片刻时光后，才能以现状的自己为荣的一群人的聚会。（现有成员 36 名）

# 酔盛夢賜へと

**・酒を呑まないなんて　一歩も後に退がる余地のない**
**崖っぷちに立っているような危険な状態です（内田百閒）**

——疲弊しているであろう心と頭と体を休ませる方便が見つかりません。拘束されない自由な時間を、何に使っていいのかわからずにいたずらに時間が過ぎています。ボヤーッとすることが最大の寛ぎなのに、まだその境地には達していないようです。欠伸とともに、残りの休みの日数を数えています。明日も欠伸をかみ殺さなくてはいけないと想うと気が滅入ります。このような気忙しさを忍ばせた〈魔の退屈〉から、早く抜け出さなくてはいけませんね。

朝から酒を呑んでみるのです。盃を重ねていけば夜には〈酔の精〉が寄り添ってくれます。そうすると、あくせくした日々が忘却の彼方に追いやられますよ。立て続けに起こった忌まわしい出来事が、遠い世界の国で勃発したかのように想えますよ。いや、夢だったのかもしれないと考えるようにもなってきますよ。夢見心地のフワフワ感とともに！

# 奔赴醉盛梦赐

**・不喝酒的话，那就如同站在毫无退路的陡峭悬崖边上一样危险（内田百閒）**

——我无法找到什么办法让疲惫的身心放松。我也不知道如何利用我的空闲时间所以就这么浪费着。虽说发呆可能是最好的放松方式，但似乎我还没有达到那个境界。一边打哈欠，一边数着自己剩下的休息天数。当我想到明天我也要强忍着哈欠时就突然很沮丧。我必须尽快从这种莫名的慌张“迷之无聊”中解脱出来。

试着从早上就开始喝酒，杯不停地喝到晚上的话醉酒之灵就会现身来陪伴你。这样那些忙忙碌碌的日子将被扔到角落被遗忘。那些不愿意想起来的烦心事就好像是在遥远的国外发生的事件一样变得跟自己无关。也可能会把它们当作如在梦中看到的漂浮虚无的梦一样。

# 終着駅サンバ

**・死をいとい　生をもおそれ　人間の　ゆれ定まらぬ　こころ知るのみ（吉野秀雄）**

——もし自分の望む年齢のままで永遠に生きられると仮定したら、あなたはどうでしょうか？ 不老不死のバンパイアの生き様を想い浮かべてください。バンパイアの秀でた能力は人間が希求して止まない不老不死ですが、深い悲しみもあるのです。人間を襲い血を吸わなければ生きられないことではありません。死ねないことなのです。何百年もの間、終わりの来ない苦しさを味わっているのです。

古来から人知の及ばない何かが死を司り、死は無になることではなく別の世界があるのだと考えられていました。つまり、生の延長線上にある世界だと捉えられていたのです。だからこそ、死に備えるためにも生を充実したものにしなければならないのですよ。そのためには、酔深1,000メートル級の世界に赴くのです。酔生夢死ではなく〈酔盛夢賜〉だということを信じて！

# 终点站的桑巴舞曲

**・厌死 求生 不明前途命运 只知人心不安（吉野秀雄）**

——如果你可以活到你想活的年龄，你会怎么做呢？想象一下不老不死的吸血鬼的生活状态。吸血鬼的特点就是人类一直向往的不老不死，但这也是他的可悲之处。可悲的不是他必须靠吸人血才能生存，而是不死！历经数百年都在承受着没有终点的痛苦，这才是他的可悲之处。

自古以来，人们一直认为，在冥冥中有一种力量掌管着死亡，死亡不是为无，而是去了另一个世界。也就是说，我们必须充实好现在活着的生活，这都是为死后另一个世界在做准备。为此，我将奔赴醉酒指数为 1000 米的醉酒世界。相信这不是“醉生梦死”，而是“醉盛梦赐”！

## 最果ての地

**・うまれし国を恥ずること　古びし恋をなげくこと　否定をいたく好むこと　あまりにわれを知れること　盃とれば酔ざめの　悲しさをまず思うこと（佐藤春夫）**

——20代前半の頃に見つけたこの詩に、強く惹かれたことを記憶しています。私の想いを的確に投影していたからなのでしょう。

しかし、今読み返してみると妙に鼻に付くのです。もし繕っていないのならば、気障ったらしくてわざとらしいのです。あなたが幾つの歳に綴ったのかは知りませんが、侘しい生き方をしてきたことがうかがわれます。諦めから紡ぎ出される悟りを何度も経験しなければ、決して出てこない内容だからです。断酒を何度も企てたことで〈酔の精〉に見放されたからなのでしょうね。さぁ、酒を酌み交わす相手がいなかったあなたの行き着いた場所は、一体どこなのでしょうか？　私にだけ教えてください。

## 边界之巅

**・以自己的祖国为耻，对旧爱念念不舍，特别喜欢否定，过分了解自己，才举杯就开始担忧酒醒后的痛苦（佐藤春夫）**

——我记得二十出头时读到这首诗就被它深深地吸引了。是因为它准确无误地把我当时内心投影出来的缘故吗?

然而，当我现在再次阅读它时，却让我觉得特别别扭。甚至觉得这诗如果不修改，会让人觉得很矫情很反感。我不知道你写这篇诗时有多大，但可以看出你活得很孤寂。如果不是经历过反复地放弃生活再从中感悟的话是写不出这样的内容的。我猜你可能试着戒过很多次酒，所以导致于“醉酒之灵”也不愿搭理你。所以，连在一个一起喝酒的人都没有的你，最后会在哪儿宣泄呢？请悄悄告诉我吧！

# 帰納法

**・砂浜に寝転び打ち上げ花火を見つめています。**

——作家には自ら命を絶った御人が少なくありません。有島武郎・芥川龍之介・川端康成・太宰治・三島由紀夫……等々。様々な要因があったようですが「滅びの美学」を意識した最たる作家は、やはり三島由紀夫ですね。その命日に当たる今日、墓前に頭を垂れてきました。そして、自分のあり方を省みたのです。

〈酔の精〉と交わりを持つ前の私は、答えを瞬時に出さなければ気が済みませんでした。問いと答えの間に時間差があることが許せなかったのです。たぶんあの頃は、「刹那の美」を前提とした「滅びの美学」に憧れていたのでしょう。失くなってしまうからこそ、心に刻みこまれるのだと信じて！　終わりがあるからこそ、新たな始まりがあるのだと確信して！

# 个人辩证法

**・躺在沙滩上看烟花。**

——有许多作家最后都选择了自己结束生命。有岛武郎，芥川龙之介，川端康成，太宰治，三岛由纪夫……等等。似乎都各自有各种因素，但三岛由纪夫是意识到“破坏美学”的最佳作家。今天是他逝世的周年纪念日，我在他坟墓前悼念，顺便也反省了自己的现状。

在和“醉酒之灵”来往之前，我有种不马上得到答案就誓不罢休的心态。我不能允许问题和答案之间存在等待的时间差。或许那个时候，我所追求的是以“转瞬即逝的美”为前提的“毁灭美学”。相信正因为失去，它才会铭刻在你的心里。确信正因为有结束才会迎来新的开始！

# 酔進力を

**・酒ハ酔ウタメダケノモノデス　ホカニ功徳ハアリマセヌ（太宰治）**

——大酒呑みのあの人が冗談交じりに呟いた言葉です。真に受ける人たちが出てきそうなので、撤回してもらいたいのですが……。でもへべれけになった人を見て、酒の魔力に恐怖を感じている人がいるのでうなずけますね。酔うことで羽化登仙の境地に達していなければ、仕方がないのかもしれません。もう一歩進めば、酒の神秘的な御力がわかるはずなのですが！

自分の生き方をより楽しく充実したものにするためにも、酒はなくてはならないものなのですよ。勇気を出すのです。酒に呑まれて大失態を三回繰り返せば、〈酔の精〉が寄り添ってくれるようになりますから！　そして、私たちの「媚酒酔進倶楽部」に入会するのです。

# 醉酒的力量

**酒就是为了喝醉的，没有任何其他功德（太宰治）**

——这句话是那个酒鬼喃喃自语时的玩笑话。恐怕有人会真的当真，所以很希望他能撤回……。但是当看到喝得烂醉如泥的人时，恐怕会有人会对酒的魔力感到恐怖而点头认同这一说法。如果你还没有喝到羽化登仙的境界，那也没办法啊。要知道再往前一步，你就能体验酒真正的神秘力量了！

为了让自己活得更加愉快和充实，酒也是必不可少的。鼓起勇气，不过是酩酊大醉三次，之后“醉酒之灵”就会陪在你身边！然后你就会加入我们的“媚酒催醉俱乐部”了。

# 酒に染まれば

**・一種の心の栄養　思想に一瞬の化粧　それは酒（レニエ）**

——2時間分の記憶がありません。記憶の糸が途切れた箇所を紡いではいますが、その空白は忘却の彼方に放り出されています。いつの間にか家にたどり着いたようで、布団に横たわっていました。もし、帰巣本能が備わっていなかったら……。考えるだけでも寒気がしてきます。

窓から暖かな陽が差しこんでいます。外では爽やかな風が吹いているようです。でも頭の中では、千人もの堕天使たちが駆け回っています。地を揺らさんばかりの「ドタンドタン」という足音が鳴り響いているのです。煙草と酒の相乗効果で、久しぶりの激しい二日酔いです。体から切り離された頭を抱えこみ、七転八倒の苦しみを味わっているところです。しかし、この経験こそが輝かしき未来への登竜門なのですよ。

# 浸于酒中

**・一种心灵的滋养 为思想添一抹淡妆的 是酒（雷尼埃）**

——我有两个小时没有记忆。试图修补断开了的记忆丝线，可是这个空白早被抛到了忘却彼岸。不知不觉中发现自己已经回到家，躺在床铺上。要是我丧失归巢本能的话……。光是想想就让人不寒而栗。

暖暖的阳光透过窗户照进来。外面似乎吹着清新的风。但在我的脑海中，有一千个堕天使在奔跑。“噔噔噔”的脚步声震得地动山摇。在香烟和酒精的双重作用下，给我带来了久违的剧烈宿醉。抱着疼得像被从身体上扯下来的脑袋，辗转翻滚在痛苦中挣扎。然而，这种经历正是跃往光明未来的龙门。

# 酔いの明星

**・〈酔奏の旅路〉に赴いてみましょう。**

——窓ガラスに映る自分の顔を夜中に眺めてはいけません。外の闇に同化していき、陰鬱な表情になっていくはずですから！　心に憂いがなくても同じです。何をそんなに考えることがあるのですか。何をそんなに想い詰めているのですか。何をそんなに……。ましてや、自分のあり方を見つめようとしない方がいいのです。自分の目を意識しだしたら、身動き一つできなくなってしまいますよ。

疲れていますね。心の窓を全開にして風を送りこめば、澱んだものは出ていきますよ。琥珀色のウィスキーが注がれたグラスに映る自分の顔を見るのです。

# 醉酒的晨星

**一起共赴“醉宴之旅”吧。**

——晚上不要看窗玻璃上映出的自己的脸。它应该会跟外面的黑夜同化，表情会慢慢变得阴沉！就算你心里没有悲伤，也一样。是什么让你陷入沉思？是什么让你愁眉不展？ 是什么……。而且，最好不要试图去思考自己的人生。一旦你跟自己的眼睛对视，你就会被控制，无法动弹。

你一定是累了。敞开你的心窗换换气吧，让清风把你心里那些浑浊的东西全部吹空。再去看看映在盛着琥珀色威士忌的酒杯上自己的脸吧。

## 末法思想

**・へべれけとなる〈酔定時刻〉との交歓です。**

——スペインの生んだ違大なる画家ダリの絵に魅入られています。時空間の亀裂であるブラックホールに呑みこまれたものが、グニャリと歪んでいる摩訶不思議な映像です。眺めれば眺めるほど、魅惑と驚愕の入り混じった〈酔奏楽〉が頭の中でこだまします。絵に内在するブラックホールに体ごと吸いこまれてしまいそうです。

ところで、このワクワク感が満載の空間に入りこむには酒の御力を借りなくてもできるのでしょうか？　私には無理なようですが……。何はともあれ、「美酒酔進運動」の一翼を担うあなた！　選ばれし者だという自負を持ち、大いに盃を重ねてください。そして、酔深1,000メートル級の羽化登仙の世界を堪能しましょうよ。

## 末法思想

**・喝得烂醉如泥是在“醉酒时间”里尽兴呢。**

——我非常痴迷西班牙大画家达利的画。被时空黑洞吞噬的，是扭曲的神秘影像。我越是盯着它看，我脑海里就越是回荡着魅惑与惊愕交杂在一起的“醉奏乐曲”。仿佛整个人都会被吸进画里的黑洞中去。

对了，不借助酒的神奇力量也能进入这个充满了刺激的空间吗？我自己的话，这似乎是不太可能……。无论如何，你作为“美酒催醉运动”的一份子，应以被选中为荣，举杯痛饮。然后一起享受这醉酒指数 1000 米的化羽登仙的极乐世界吧！

# 禁酒の宴

**・目の前に秘蔵酒が置かれているのに呑めないというもどかしい夢を見ました。**

——体調が悪いわけでもなく、前日に何かがあったわけではありません。どうしたのでしょうか?

愛に包まれ全ての生き物が睦まじく暮らす孤島〈酔生空間〉にそびえ建つバベルの塔が瓦礫と化し、海底に沈もうとしています。早く手立てを講じなければいけません。目の前では、忙しげにノアの方舟を造っている人がいます。すぐ横では、悠然として最後の晩餐を迎えている13名の人がいます。黄金の盃が並べられ酒がなみなみと注がれているのですが、誰も手を付けません。ただ眺めているだけなのです。座長である私が送別の杯を酌み交わそうと促しても、盃を取ろうとはしないのです。業を煮やした私が、次から次に盃を叩き割り出しました。呑みたくてたまらないのに呑めない悔やし涙とともに!——〈夢の配達人〉と〈酔の精〉が共謀して意地悪な仕打ちをしたのでしょう……。このような夢を二度と見たくないので、目が醒めてすぐに私はただただ謝りました。わけもわからずに!

---

# 禁酒宴

**・我做了一个令人沮丧的梦，秘藏的佳酿就放在眼前，可是却喝不到。**

——我又不是生病了，也不是头一天发生了什么事。唉，到底是怎么了?

矗立在万物与爱和谐共处的孤岛“醉生空间”上的巴别塔，化为瓦砾即将沉入海底。必须马上做点儿什么。眼前有人在忙着建造诺亚方舟。而身边有十三个人正在平静地享用着最后的晚餐。黄金杯一字排开，一杯杯倒满了酒，但没有人碰它，只是呆呆地看着。即使作为宴席主持的我给他们敬送别酒，也没有人搭理。大失所望的我愤怒得把酒杯一个个敲碎。想喝得不得了却一口都喝不到，我流下了窝心的泪水!——这一定是“梦的快递员”和“醉酒之灵”合谋干的恶作剧……。这样的梦我真是再也不想再做了!一觉醒来我只能不停地为梦里的所作所为而道歉。因为我再也不想做这样的梦了。真是莫名其妙!

# 区画整理を巡って

**・黒という　色に聞きたし 「君を造りし　広めたる　そのわけ何ぞ」(宮崎靖久)**

——辺り一面、いや全てのものが同じ色だとしたらどうでしょうか？　どこが道でどれが家であるのか、どこに人間がいるのかわかりませんね。雑貨類などは触れてみて、初めてその形状を認識するのです。色が付いているからこそ、視覚だけでものを捉えることができるのです。他との識別ができるわけです。もし一つの色しかなければ、それはできませんね。

ところで、夢と現実の世界の間に白い境界線が引かれ、はっきりと区分けされているのをご存知でしょうか？　もし境界線がなかったら時空間が違うだけなのですから、どちらの世界にいるのかはわからなくなります。しかしこの頃、現実の世界で黒が他の色を塗り潰して黒一色になろうとしているのです。夢の世界に侵入してくるのも時間の問題です。そうすると、どちらの世界も寸分違わず全く同じに見えてしまいますね。私としては、嬉しい限りですが……。

# 关于土地规划

**・我问黑色，“把你创造出来，并传播你，这是为何？”（宫崎靖久）**

——如果眼前，不，到处都是一样的颜色会怎么样？分不清哪儿是路哪儿是房，哪里有人。试着摸摸杂物类的东西，你可能是第一次对它们的形状有认识。因为颜色，我们才可能光靠视觉捕捉到它们，辨别它们。但是如果世界上只存在一种颜色的话，那这就很难做到了。

顺便问一下，你知道梦和现实世界之间有一条清晰的白色分界线吗？如果没有这条分界线，那时间和空间的不同，你是不能分辨出来的。然而，这些天来，在现实世界中黑色正试图吞噬其他颜色，想把整个世界染成黑色。接下来吞噬梦境世界只是时间的问题了。如果那样的话，这两个世界会完全看不出来丝毫差别。我个人的话还是蛮高兴的……。

# 予言定理

### ・夢は一体どこに通じているのでしょうか？

——一度も訪れた場所ではないのに、どこかで見覚えのある景色だったという経験があるはずです。初めてすることなのに、以前も同じことをしたのではないかという想いを抱いたこともあるはずです。これは、夢の世界で見たことや体験したことが現実となっているのです。夢は時をさかのぼっていけるからですよ。このように考えると、夢は未来を教えてくれる予言者なのかもしれませんね。

ほとんどの夢が目醒めとともに消えてしまうのは、実はこの予知能力を隠しておきたいからなのです。人間に悪用されることを恐れて！〈夢日記〉をつけると、夢と現実のつながりがよくわかり驚かされますよ。そして、夢の不可思議な力も少しは理解できますよ。さぁ今日から枕元にノートを置き、見た夢を丹念に記録しましょう。

# 预言定理

### ・你的梦想将通向何方？

——你肯定有过这样的体会吧！本来你从来就没去过某地，但你却觉得好像在哪儿见过这样的风景。又或者明明是第一次做某件事，但却觉得以前也做过同样的事。其实这些都是你在梦境中经历过的事，而如今它们都在你现实世界中实现了。梦可是可以回到过去的哦。想到这你可能会发现梦是一个可以预知我们未来的预言家也说不定。

大多数的梦都在醒来时就从我们记忆里消失，实际上就是为了隐藏它的这种预知能力。怕被心怀不轨的人利用！如果你写＜梦日记＞的话，你会惊讶于梦与现实之间的联系如此亲密。然后对于梦的神秘力量你也能理解一点儿。来，从现在开始，在床头放一本笔记本，仔细记录你的梦吧。

## 幽体離脱

**・夢の中で、「これは夢に違いない」という夢を見たことがあるでしょうか？**

——〈夢の配達人〉が手を抜いたのかもしれません。だから、夢を客観視できたのでしょう。忌まわしい夢ならそれでいいのですが、桃源郷を冠した夢の場合は起こってもらいたくないですね。夢の世界は現実ではありませんが、私にとっては現実と全く同じですから！

天空を浮遊しながら、ミニチュア模型となった街並を見つめています。山々の向こうには、夕陽が照り映え輝いている大海原が広がっています。遮るものは周りに何もありません。耳障りな音は何も聞こえません。そよ風が体に触れてくるだけです。頭の中はカラッポになり、何も考えることなく空中遊泳を楽しんでいるのです。——これが夢だとは絶対に想いたくないですよね。現実が蜃気楼だと信じている、あなたも！

## 灵魂出窍

**・有没有梦到过在梦里大喊“这一定是梦！”的梦?**

——估计“梦的快递员”偷工减料了吧。这就是为什么在梦里总是能够客观地看自己做的梦。如果这是一个可恶的梦的话还好，但如果这是一个像桃花源一样的美梦的话，我不希望我还保持客观。梦境世界并不是现实，但对我来说它跟现实是一样的！

我一边漂浮在天空中，一边凝视着慢慢变得跟微缩模型一样大小的城市。山外是被夕阳染红了的一望无际的大海。周围没有任何东西可以挡到它，也没有传来任何噪音。只有微风轻轻抚过身体。我放空脑袋，悠然第在空中游泳。——绝对不想认为这是一场梦。即使是相信现实是海市蜃楼的你也一样！

# 扉を開けると

**・そびえ建つ門の前に佇み考えこんでいます。**

——「夢を見る」とは言いますが、「夢を聞く」とは言いませんね。夢を聴覚ではなく視覚で捉えているからです。しかし夢の世界でも、音も聞こえ匂いも感じ取れ、感触まであります。その上、自分が主人公となり様々なことを体験します。思考を巡らせたり、悲喜交々の感情も味わいます。つまり現実の世界と全く同じなのです。ただ実際の体験ではないだけですが……。

何が正義で何が悪なのかわからないのと同様に、夢と現実のどちらが真実なのかはわからないですよね。私たちは、その両方の世界にいるのですから！——さて〈愛の酒徒〉の護符があれば、夢と現実の境い目にある扉を開くことが許されますよ。いつでも往来ができるようになるのです。先ずは大いに盃を重ね、〈酒羅の道〉を邁進し、〈酔奏の旅路〉を堪能してください。そして〈酔夢の国〉へたどり着くのです。

# 当你推开门

**・站在高耸的大门前沉思。**

——我们一般说“做梦”，不会说“听梦”吧。这是因为我们在视觉上而不是听觉上感知梦。但是即使在梦境中，你也可以听到声音，闻到气味，甚至可以触摸到东西。不仅如此，你还会是主角体验各种事物。自由畅想，尝试各种喜怒哀乐的情绪。这与现实世界是完全一样的。除了它是个梦，不是真实体验以外……。

正如我们不知道什么是善，什么是恶一样，我们也不知道梦和现实哪个才是真的。因为这两个世界我们都存在啊！——在此，如果你有“爱之酒徒”符的话，你就可以打开梦与现实交界的大门。可以随时自由进出。首先请一杯接一杯地畅饮，大步迈进“杜康大道”，享受“醉宴之旅”。你就会到达“醉梦之国”。

# 酒羅への道

**・もし〈酒道〉に精進していなければ、
子供の頃からの夢を追い続けることはなかったかもしれませんね。**

――〈酔夢の国〉を求め、当てどもなく各地を巡っています。足の向くまま気の向くままに、旅を続けているのです。夜は酔の余韻を舌で転がし、月と酒を酌み交わします。一か月が経ちましたが、酒の肴はいつも同じでした。ただ時と場が異なっているだけなのです。

時空の実をついばむフェニックスになって、未来と過去に自由に行き来するのです。そして天空から、その時空間での自分のあり方を観察しましょう。声はかけずに。見つめているだけですよハラハラ・ドキドキ・ワクワクしながら！――妄想でもなければ、〈危険酔域〉に入っているわけでもありません。これこそが、楽しい楽しい酔夢なのですよ。

# 通往杜康的大道

**・如果我没有献身于酒，我可能就不会再继续追寻我儿时的梦想。**

——为了寻找“醉梦国”，我四处游走。漫无目的，随心所欲地寻找着。到了晚上醉酒的余韵在舌尖上滚动，我也举杯邀明月与我共饮。已经一个月了，同样的下酒菜，不同的只是时间和地点。

化身为口衔时空果实的凤凰，自由穿梭于未来与过去。我可以在当时的时空从天上观察当时的我。我不会发出声音。哪怕我担忧，紧张，兴奋！我都只会默默地看着。——这可不是错觉，也不是进入了“危险的醉酒状态”，而是美妙又有趣的醉梦。

## 酔夢の国へと

・いざ呑まん――誰か拒まん――
人の世のうつろうなかに欺かぬはただ盃のみ（バイロン）

・人は次の五つの理由から酒を呑む　まず祝日のため　続いて渇きを癒やすため
それから未来に目をつぶるため　そしてまた美酒を讃えて　おしまいに
どんな理由からでも（リュッケルト）

・人は満足させるには大変な学問が要るが　ワインなら少しで済む（ペスタロッチ）

・神が人間の肘を今の位置につくったからこそ　グラスがちょうど口のところに
来て　楽に呑めるのだ（フランクリン）

・書を読むは酒を呑むが如し　至味意を会るに在り　酒は以て気力を養い
書は以て神智を益す（藤田東湖）

・酒は私の公安だ　酒を解くことが――酒を本当に味わうことが
やがて私の証悟であり悟達である（種田山頭火）

## 寻找醉梦之国

・不喝酒——不拒绝人——日渐变迁的世间唯一不会骗人的就是酒杯（拜伦）

・人们喝酒有以下五个原因：首先是为了庆贺佳节，其次是为了解渴治愈，然后是为了逃避未来，也有是为了品尝美酒，最后是为了所有喝酒的理由（吕克特）

・要满足人们需要有很多学问，但有葡萄酒的话一点点就行（裴斯泰洛齐）

・上帝把胳肘做在这个位置，是为了方便你端起酒杯就能把酒轻松地送到嘴边（富兰克林）

・读书就像品酒，意义在于领悟其真意。酒滋养精神，而书则提升心智（藤田东湖）

・酒是我的定心丸。懂酒——真正地能品味出酒的真谛，最终我才能参悟，才能悟以致达（种田山头火）

# 酔夢譚 1

風に包まれています。見渡す限りの田園風景が広がっているのです。太陽の光を反射して輝く水田に頭を垂れる稲穂。彼方の山々の中ほどに架かる白い雲。ピーヒョロと鳴き声を響かせ滑空する鳶。すげ笠をかぶり田んぼにしゃがみこむ農夫。少年に手綱を引かれ遠ざかっていく水牛。果てしなく延びるあぜ道——どの角度から眺めても、大空が視界の上半分を占める大パノラマです。

その時です。時空への旅を題材とした谷川俊太郎の詩が、風に乗って聞こえてきたのです。「わたれるような河のむこうへ　のぼれぬような山があった　山のむこうは海のような　海のむこうは街のような　雲はくらく　空想は罪だろうか　白い額縁の中に　そんな絵がある」

# 醉梦谭 1

风卷裹着我。放眼望着这无边无际的田园风光。稻穗在被阳光照射得闪闪发光的水田里低着头。远处的群山之间连接着片片白云。鸢鸟一边鸣啼一边在空中滑翔。戴着草笠弯腰忙于稻田里的农夫，被牧童牵着越走越远的水牛，绵延不绝弯曲曲折的田埂——无论从哪个角度看，这都是一幅被天空占据了大半部分的田园全景。

就在这时。风中飘来了谷川俊太郎关于时空旅行的诗篇。“越过浅溪是高山，山外是海，海对岸是城市，乌云密布。不管空想对不对，在白色画框里有这样一幅画”

# 酔夢譚 2

自分の頭蓋骨をこじ開けて造った穴に体を押しこみ、自ら命を絶った男がいます。悲愴な顔をして体をくの字に折り曲げ、爪先から頭に開けた穴にめりこませていくのです。体はしだいにいびつな球体になっていきました。尻から腰へと、ゆっくりと呑みこまれていきます。胸が二つに折り曲がった時には顔は苦痛で歪んでいましたが、瞳は安らかに彼方の一点を見つめていました。でも顔が巻きこまれる刹那に、地の底から沸き出たような嗚咽が、私の鼓膜を揺るがしたのです。「オグゥーン　オグゥーン　オグゥーン！」　チラッとその男の顔が見えました。何とそれは、あの人だったのです。

その時です。あの人の受けたであろう神からの制裁が、はっきりと認識できたのです。そして、首を傾げて安堵のため息をついている私の姿が見えたのです。

# 醉梦谭 2

有一名男子将自己的头盖骨撬开了一个洞，并试图把自己身体塞进去以此来结束自己生命。带着悲怆的表情，身体弯折，看样子是想从脚趾开始塞进去那个洞里去。身体逐渐变成了一个扭曲的球体。从臀部到腰部，慢慢被吞进去。胸口被折成两半时，他的脸因痛苦而扭曲，但他的眼睛却平静地凝视着远方。但就在他的脸被整个翻起卷入那个洞的那一刻，我听到了仿佛从地底深处涌出的抽泣声，快震碎了我的耳膜。“嗷嗷 嗷”我悄悄撇了一眼男人的脸。天哪，原来是他！

此时此刻，我可以肯定那个人一定时受到了上天的惩罚。然后，我歪着头，松了一口气。

## 酔夢譚3

がれきが散乱する廃墟となった街に佇んでいます。いつの間にか人垣ができて、顔の上に位置する二つの黒点から私を見つめているのです。顔の下に位置するポッカリと開いた穴から、訳のわからない言葉を発しながら！

その時に、音階を表すト音記号（𝄞）が「ノゥアール　ノゥアール　ヤーワァ」という不気味な音色を響かせて、中空に現れました。そして、周囲の音を吸いこんでいったのです。耳の奥で鳴っている「キーン」という音以外は何も聞こえません。周りの人間を見回すと、顔にあるはずの付属品が全てなくなっているのに気付きました。私は恐る恐る自分の顔に手を当ててみました。でも、触れるものが何も何もないのです。

## 醉梦谭3

我独自伫立在一座满是瓦砾的废墟城市中。不知不觉围了一群人，脸上方位置的两个黑点直勾勾地盯着我，脸下方位置有一个张开的空洞，从里面传出我根本听不懂的语言！

这时，音阶的音调符号（𝄞）在空中回荡起“诺阿鲁 诺阿鲁 亚阿瓦”的诡异声音。随之它把周围的声音全给吸走了。除了耳朵里的“唧唧”声以外我什么也听不到。我环顾周围的人，发现他们脸上应有的五官都不见了。我惊恐地摸了摸自己脸。但是什么都摸不到。

# 酔夢譚4

「通りゃんせ通りゃんせ　ここはどこの細道じゃ　天神様の細道じゃ　ちいっと通してくだしゃんせ　ご用のない者通しゃせぬ（中略）行きはよいよい帰りは恐い　恐いながらも　通りゃんせ通りゃんせ」

——幼い頃に口ずさんだこの唱歌が、しわがれ低く垂れこめた声で聞こえてくるのです。

生首を横に置き舌舐めずりをしている閻魔大王。口が耳元まで裂け角が飛び出ている牛頭馬頭（こずめず）。針の山や血の池であがく亡者。鬼たちの持つ鉄棒で押し潰された亡者……等々が、遠くの方に見えます。視点を戻すと、ボロボロに擦り切れた白装束を身にまとっている亡者たちが、賽（さい）の河原でうごめいています。そこに、あの唱歌を口ずさみながら小石を積み上げている一人の亡者が見えました。目を凝らすと、うっとりとした表情を浮かべている私の顔でした……。

# 醉梦谭4

“过去吧！过去吧！这是去哪儿的小路？这是通往天神的小道。请让我过去行吗？闲杂人等可不能放行，要知道这是有去无回的路。虽然很凶险，还是过去吧！过去吧！”

——传来一个沙哑又低沉的声音，正唱着小时候哼过的这首歌。

把人头扔在一边舔着舌头的阎王。嘴角裂到耳根顶着巨角的牛头马面。在针山血池中挣扎的亡魂。被鬼差们用铁棒碾轧的魂魄……等等，在远处比比皆是。再看近处身穿破烂白袍的亡灵们在忘川蠕动着。在那里，看到一个亡灵一边哼着那首歌，一边磊着小石头。仔细一看，他表情恍惚，而正是我得脸……。

# 酔夢譚 5

炎天下、切り立った崖に挟まれた山道を私が歩いています。ふと斜め前方を見上げると、大きな岩を落とそうとしている鬼のような形相の人影が覗きました。目を凝らすと、その後ろに仏のような面持ちをした人が見えました。どうやら岩を落とすのを止めているようです。その後ろにも人がいるのがわかりました。「岩を落としてしまえ」と言っているような仕草をしています。その後ろの人は止めています。その後ろの人は——。その後ろの人は——。その後ろの人は——。

このような人人人人人の連なりが、何百メートルも尾根づたいに延々と続いているのです。でも不思議なことに、彼方の黒点となった人でも表情だけははっきりわかります。顔の半分が鬼、半分が仏の顔をしているのです。山道を歩いている、半鬼半仏の顔を持つ私なのです。

# 醉梦谭 5

炎炎烈日下，我正走在夹在陡峭悬崖之间的山路上。当我蓦然往斜前方看去，只见一个长得像恶魔似的身影正准备砸下来一块大石头。仔细一看，可以看到身后有一个长着佛像的人。他似乎在阻止落石。他身后还有人。“把石头砸下去”身后的那人好像在指示他们。那人的身后又有一个阻止他的人。身后又有一个人——。身后又有一个人——。身后又有一个人——。

这样连成一串人，人，人的队伍，延续到数百米以外的屋顶上。但奇怪的是，即使是遥远的已经变成小黑点的人，我也能清楚地看到他们的面部表情。脸一半是魔，一半是佛。因为走在山间小道的我也是半魔半佛的脸。

## 酔夢譚 6

頭の声「俺のほとばしる英知に勝るものはないよ。神の啓示を弄ぶ進化論・ヒトラーの遺産を受け継ぐキリスト教・貧すれば鈍するマルクス主義……等々。さぁ、何でも聞いてくれ！」
体の声「ふざけるなよ。机上の空論だけでは誰も納得しないぞ。俺様は生の頂を昇りつめたし、死の淵も這いずり回ってきたんだ。どうだ！」
心の声「お前たちの威厳は、そんなもので保たれているのか。あきれるよ。それらを剥ぎ取ったら、何が残るんだ。まぁ、名前まで棄て根源の自分を見出した俺を手本とするんだな！」

※以下、口汚なく激しい言葉の応酬劇が繰り広げられるのです。
――いがみ合いを続ける低重音の声が、次から次へと追いかけてきます。どこかで聞き覚えのある誰かの声です！

## 醉梦谭 6

脑海的声音：“没有什么能比得上我满溢的智慧。玩弄上帝启示的进化论；继承希特勒遗产的基督教；因贫困而变得迟钝的马克思主义……等等。来吧，任何疑问都可以来问我！”
身体的声音：“别开玩笑了，纸上谈兵谁会信服呢？我可是爬过人生的巅峰，也触摸过死亡的边缘的人，厉害吧！”
心里的声音：“你的威严就是靠这些东西维护的吗？真受不了，扒掉这些你还能剩下什么？你得像我一样，丢弃了名字才能寻到自己的根源！”

※接下来，一场激烈地污言秽语的口水战就此展开。
——其中有一个声嘶力竭的声音一句压一句穷追不舍地抬着杠。这个声音好像在哪儿听过！

# 酔夢譚 7

薄暗い小部屋からヒソヒソ話が聞こえてきました。
「あなたのジャーナリストとしての手法をまねて作品を著したけど、誰も振り向きもしなかったよ」
「寓話や喩え話のことを言ってるのかい。それは君の発想が貧弱だったからさ。でもショゲルことはないよ。聖書が神の御言葉として捉えられるようになったのは、むしろ他の要因が大きいからだよ」
「十字架による死の儀式と、復活の奇跡のことを言っているのかい？」
「そのとおり。人間は死と引き換えでなければ、軽く受け流すだけだよ。でも、復活は作り話さ。聖書を広めるために、弟子たちが後から付け足したのさ」
「では、私もあなたと同じ道をたどれば後世に作品が語り継がれるようになるのかな？」
「そうかもしれないが、気をつけた方がいい。死に方を間違えると、誰にも見向きもされなくなるからね」

# 醉梦谭 7

我听到昏暗的房间里传来窃窃私语。
“我模仿你新闻报道的手法写了一篇稿子，但没有人关注啊。”
“你用了寓言或比喻吗？那是你太缺乏灵感了。但也没必要泄气。就好像圣经被认为是上帝的话语，其实其他因素更大。”
“是因为描述了被钉死在十字架上又奇迹般复活吗？”
“正是如此，人啊如果不是用死交换，一般都是听了就过，看得很轻的。但复活是瞎编的，是那些门徒们为了传播圣经而添加上去的。”
“也就是说，如果我用和你一样的手法的话，我的作品也会被后世流传？”
“也许吧，但你得小心，如果你死的方式不对，没人会注意到你的。”

# 酔夢譚 8

自問自答を繰り返すしわがれた声が頭の中でこだましています。
「いやに緊張しているじゃないか。珍しいこともあるもんだ」
「あの人のうつろな眼差しが気になってね。緊張というより恐怖だよ」
「恐怖！　その眼差しに射すくめられたかい？」
「いや！　自殺への誘いをかき消すことができない恐怖にさ」
「何を言っているんだ。君は自殺者がたどり着く虚無と酔無が、心を蝕んでいるとでも言うのか！」
「虚無なら昔から心に絡み付いている。でも、酔無とは一体何だい？」
「教えてやろうか。虚無の小部屋に祀られているパンドラの箱に充満しているものだよ。えっ、まさかと思うが——。君は蓋を開けて、酔無の渦巻くその負数空間にうずくまっていたのか？」
「そのとおりだよ。僕はそこで、あの人に求愛の祈りを捧げてしまったんだ」

# 醉梦谭 8

一个嘶哑的声音在我的脑海中不停回荡。
“你是在紧张吗？真是罕见。”
“那人呆滞的眼神让我觉得很奇怪，与其说是紧张倒不如说是恐惧。”
“恐惧！被那眼神威胁了吗？”
“不！担心不能放弃诱导自杀了”
“胡说什么！你是说自杀者虚无和无醉的终点，难道说心也被侵蚀了吗？”
“虚无的话早就是跟心连在一起的。可是无醉是什么呢？”
“那我告诉你。虚无的小房间里装满了用来供奉的潘多拉盒子。等等，不会吧——！你打开了盖子，无醉的漩涡跑出来跪在负数空间了？”
“没错。我在那儿跟那人求婚呢！”

# 酔夢譚 9

雲の上で寝転んでいる白い髭を伸ばした御人に、地上から罵声が飛んでいます。「あなたはどのような意図で我々を造ったんだ？　人間同士がどのような関わり方をするのか観察でもしたかったのか！　感情という厄介なものまで付けて、行動様式や思考様式の統計でも出すつもりだったのか！　我々を弄ぶのもいいかげんにしてもらいたいよ。他にすべきことがたくさんあるはずなのに！」

雲の上にいる御人は、舌打ちをしてから何かを呟きました。――「私に文句を言うとは何事だ！　分相応という言葉を知らないのか。時間もあることだし、脳細胞を改良しなくてはいけないなぁ。ちょっと待てよ、その前にお仕置きをしなくては。頭の中に植え付けた理性を取り除いてやろう。一体どんな行動をするのか楽しみだ。よし、今夜の酒の肴はこれでいこう」

# 醉梦谭 9

一个留着白胡子的男子躺在云上，从地上传来叫骂声。“你创造我们的目的是什么？你难道是为了观察我们人类如何互动的吗！还加上感情这种麻烦的东西，难道还想统计我们的行动模式和思考模式吗！别再逗我们了。你应该还有更多更重要的事情吧！”

云端之上的男人咂了咂舌，喃喃自语。——“跟我发什么牢骚！不知道‘合乎身份’这个词吗？反正现在也闲，看来我得改良一下儿脑细胞。在这之前我得先惩罚一下儿。把你们脑子里的理性给拿掉，等着看你们会做出什么过激行为。太好了，今晚的下酒菜就是这个了。”

# 酔夢譚 10

得体の知れない巨大な何かに追いかけられています。冷たい風が吹きすさぶ荒涼たる風景の中、遠くに鉄塔らしきものがそびえ建っているのが砂埃の間から見えました。それを目指して息を切らし全力で走っています。近付いて見上げると、はるか彼方まで螺旋階段が巻き付いているのがわかりました。すぐに登り始めました。数時間が経過しましたが、階段は延々と続いていて終わりがないようです。疲れたので休みを取るため腰を下ろし汗をぬぐっていると、上の方から「ワニャワニャドドゥドドゥ」というぬめり気のあるまとわりつくような音が階段の振動とともに響いてきました。恐ろしさのあまり中空に向かって飛び出したのですが、体は鉄塔から1メートルぐらいのところで止まったままでピクリとも動きません。ただ目だけが正常に機能し、不気味な音を響かせているものを見ています。それは、とぐろを巻いて降りて来るあの得体の知れない何かなのです。見たくもないのに目は何時間も何時間も追い続けていましたが、やっと瞼が閉じられるようになりました。

——瞼を開くと、芝生でうたた寝をしている私の姿が見えました。しかし再び瞼を閉じると、あの得体の知れない何かが見えるのです。

# 醉梦谭 10

一个巨大的不明物体紧紧追着我。在寒风呼啸四处荒凉中我透过沙尘看到远处好像耸立着一座铁塔。我朝着它上气不接下气地全力奔跑。跑到附近我抬头发现有一个延伸到很远很远的螺旋楼梯缠绕着它。我马上爬了上去。几个小时过去了，但楼梯似乎没有尽头。累得不行于是随地坐下喘口气，擦了擦汗，突然听到从上面传来“哇呀哇呀 哆咚 哆咚”的声音。这是一个黏糊糊就听到上面传来粘糊糊的像是有很大粘力的声音，伴随着楼梯的震动声一起回荡起来。我吓得大跳了起来，身体却在距离铁塔一米左右的地方停了下来，一动不动。只有我的眼睛还能听使唤，我看到了那个发出怪异声音的东西了。那是一个蜷曲成一团不知道真实面目的东西。根本不想看，但我的眼睛一直追着看了好几个小时后，终于可以把眼睛闭上了。

——睁开眼睛，我看到自己正在草坪上打盹。但当我再次合上眼皮时，我又看到了那个神秘的东西。

# 酔夢譚 11

夜の帳(とばり)に包まれようとしている黄昏時です。岩陰に身を潜め、鎧で身を固めた武者たちの必死の形相を固唾を呑んで眺めています。大刀を振り上げ大声で雄叫びを上げています。いよいよ出陣の時が来たようです。武者たちが通りすぎた後、安堵のため息とともに瞼を閉じました。

瞼を開けると、太陽がサンサンと降り注ぐ公園の芝生に寝転んでいるのです。子供たちがはしゃぎ回っています。幾つもの凧が大空に舞っています。遠くの方から、昼食時を知らせるサイレンが聞こえてきました。しかし、うたた寝をもっと楽しみたかったので再び瞼を閉じました。

瞼を開けると、今度はまぶしいばかりの朝陽が昇ってくるのが見えました。鉄筋がむき出しになった建設途中の高層ビルの最上階にいるのです。眼下にはマッチ箱となった車が、ゆっくりと走っています。朝のすがすがしい空気を吸いこんでいると、急に背中を強く押されました。柵もなかったので真っ逆様に落ちていきました。激しいスピードで！　でも手足をバタつかせながらも、心地良い風を感じています。

# 醉梦谭 11

夜幕即将降临的黄昏之时。躲在岩石后面屏住呼吸看着装甲战士绝望的面孔。他举起大刀大声咆哮起来。看来要出战了。看着战士们全走过去后，我才慢慢开始喘气，然后闭上了眼睛。

当我睁开眼睛时，我正躺在阳光普照的公园草坪上。孩子们跑来跑去。许多风筝在天上飞。远处飘来意味着午饭时间的铃声。但我想再打一会儿盹儿，所以我又闭上了眼。

当我再睁开眼时，这次我看到了耀眼的朝阳缓缓上升。我在一座到处是钢筋水泥，正在建设中的摩天大楼的顶层。下面是像火柴盒似的汽车缓缓行驶。我深深地吸着清晨清新空气时，突然有人从背后重重地推了我一下。这里连栅栏都没有，所以我一头栽掉下去。以惊人的速度！但就在我的四肢到处乱抓的时候，我感到一阵特别舒服的微风。

# 酔夢譚 12

多くの人が忙しく行き交うプラットホームに佇み、煙草をくゆらしています。でも、私の姿など誰も気に留めません。ただただ脇目もふらずに足速に歩いています。前から来る人にぶつかりそうになったので身を避けようとしましたが、間に合いません。しかし、何と私の体をすり抜けていったのです。どうやら、私の姿は見えもしないし無いようなのです。

人の流れに従って電車に乗りこみました。私を見つめる人は誰もいないのですが、私の側には誰も寄ってきません。だから、一人分の空間があるのです。小1時間。私はこの不可解さに想いを巡らせていました。「私の存在はあるのか否か。これからどうなるのか」……等々。

終点の駅に着いたようです。全ての人が無表情で降りていきます。そして、ベルトコンベアーに乗って「屠殺場」と書かれたビル群に吸いこまれていきました。私は再び煙草をくゆらし、ほくそ笑んでいるのです。

# 醉梦谭 12

站在人来人往的站台上抽着烟。没人注意到我。大家都一心不乱注视前方快速行走。快跟前面走来的人撞上了，我试图躲开但是已经来不及了。然而，他竟然从我的身体穿了过去。好像大家都看不见我，甚至好像我并不存在。

我顺着人流上了电车。没有人看我，但也没有人站在我身边。所以我周围有一个人份的空间。大概一个小时。我一直在想这个令人难以理解的问题。“我还是否存在？接下来会发生什么呢？”……等等。

不知不觉终点站到了。所有人都面无表情地下了车。然后上了传送带，被吸进写着“屠宰场”字样的建筑物群里。我又叼了一根烟，笑了。

# 酔夢譚13

三方が小高い丘陵に囲まれ、一方が彼方に延びる大海原が広がっています。趣向を凝らした超近代的な建造物が、海岸沿いに点在しています。コバルトブルーの海と空、そして数々の遊戯場。いつの間にかリゾート地に訪れたようです。全ての施設が自分の想いどおりに使えます。3年が過ぎましたが、この地を離れて人間と関わりを持ちたいとは露ほども想いません。

高い屏に囲まれ、食事や外出時間なども決められていました。自由が拘束されていたにもかかわらず、抜け出したいとは想いませんでした。その理由を考えている時です。突然地響きとともに鉄槌を振りかざした無数の人間が津波のように押し寄せてきたのです。——「お前の脳味噌をくれ」と叫んでいるようなので、私は頭骸骨をノコギリで切り開いて待っているところです。

# 醉梦谭 13

三面被小山环绕，一面是漫无边际的大海。凝集了意匠设计的超近代建筑物散落在海岸。钴蓝色的大海和天空，还有许多游乐场。不知不觉好像来到了一个度假地。所有设施都可以随心所欲地使用。三年过去了，但我并不想离开这片土地去结交别人。

被高耸的围墙包围着，我们在规定的时间吃饭，外出。虽然自由受到限制，但也不想逃出去。正在想这是为什么的时候。突然大地轰隆，无数人挥舞着铁锤如海啸般涌了过来。——似乎在大喊着“把你的大脑给我！”于是我把自己的头盖骨用锯子锯开，等着他来。

# 酔夢譚 14

赤ちゃんになっていました。伝い歩きをしながら片言の単語を発しています。母親が手をさしのべ、父親が手を叩いています。しかし大きく息を吸いこむと、深い皺が刻まれた老人になっていました。よだれ掛けをして食事をあてがわれています。先程の母親が赤ちゃん言葉で話しかけ、先程の父親が頭を撫でています。私だけが年を重ねたようです。家の中を見回すと、家具調度品もあの時のままでした。

「受け入れてもいいのかなぁ」と半ば諦めかけていると、「曖昧な微笑みばかり浮かべていた罰だよ。拒否なんかできるわけがないよ。風見鶏のお前に！」という声が聞こえてきたのです。あまりの気まずさに耳をふさいだのですが、頭の中にこびり付いて離れません。それならば、再度大きく息を吸いこめば赤ちゃんに戻れると考え試してみました。何度も何度も！　でも何も変わりません。いや、息を吸いこむごとに目尻に皺が増えていくのでした。

# 醉梦谭 14

我变成了个婴儿。一边蹒跚学步一边牙牙学语。母亲对我伸出手，父亲在一旁拍着手。但当我深吸一口气时，我却马上变成一个满脸皱纹的老人。系上口水兜被人喂着饭。刚才教我走路的妈妈用婴儿语跟我说着话，爸爸抚摸着我的头。似乎只有我变老了。当我环顾房子时，家具陈设都和以前一样。

“接受现状吧！”当我正想放弃的时候听到一个声音对我说：“这是为了惩罚你总是不明缘由的微笑。你是没办法拒绝的。你这只风信鸡！”这声音让我反感得捂住耳朵，但它却刻在我脑子里挥之不去。既然这样，我试想我再深呼吸的话就能再变回婴儿了吧。于是我一次又一次地深呼吸！但都没再变回去。反而，我每呼吸一次，眼角的皱纹就更深了一点儿。

# 酔夢譚 15

枝ぶりのいい大きな桜の木になっているのです。しかし、人間であった時と同じように感情が湧き起こり思考が働きます。ただ動けないことと話せないことが違うだけです。花見の季節の時は、多くの人間が私の周りで宴会を開きます。酒を酌み交わし賑やかに談笑します。酔っ払いが私の体の一部である枝を折ったこともありました。激痛が走ったのですが、声が出ませんでした。注意もできませんでした。犬が根元で小便をすることは日常茶飯事です。嫌で嫌でたまらないのですが、何もできません。心の中で悔し涙を流すだけでした。

何回花びらをつけたのかわかりませんが、10年以上は経ったようです。永遠にこのようなことが続くと想うと、気が滅入るばかりでなく人間としての尊厳もなくなるという絶望感が胸に去来しています。その時です。擬似キリスト・芥川龍之介の呟きが聞こえてきました。「神々は不幸にも我々のように自殺できない」……と。

# 醉梦谭 15

变成了一棵枝繁叶茂得大樱花树。但是，跟还是人类时一样有情绪的变化，思维的发散。唯一的不同是不能动也不能说话。在赏樱季节，很多人在我身下设宴。他们喝着酒，谈天说地。也有人喝醉酒折断了我属于我身体的一部分的树枝。我疼痛难忍，但却喊不出来。也没办法去提醒他。狗在我树根小便那更是家常便饭了。我真的是讨厌得受不了了，但也是什么都做不了。只能在心里默默流泪。

我也不记得开过多少次花了，但应该已经有十多年了吧。一想到我还得这样一直到永远，我就很沮丧，觉得我已经没有作为人类的尊严了。瞬间这种绝望涌上心头。就在这时，我听到了。我听到了假基督徒，芥川龙之介的喃喃自语：“众神的不幸就是不能像我们一样选择自杀……。”

## 酔夢譚 16

いつの間にか、狭く細い通路が無数に広がる迷路のような空間に放りこまれていました。そこで、鋭いくちばしを持ち耳が異常に大きい人間の顔をした六本足の獣に追いかけられています。通路には鏡が貼ってあるため、方向がつかめず行きつ戻りつしています。数時間経ったでしょうか、出口らしき所にやっとたどり着きました。

扉を開けると、漆黒の海が眼下に広がる崖の上だったのです。飛び降りるにしても100メートル以上はありそうなので、足がすくんでいます。後ろからは、あの不気味な生き物の蹄の音が近付いてきます。チロチロと伸びる舌も見えてきました。もう一刻の猶予もありません。意を決して飛び降りました。すると不思議なことに、迷路の入口にある小部屋に戻ってしまったのです。そして、再び追いかけられています。何回も、いや何百回も！

## 醉梦谭 16

不知何时，我被扔进了一个迷宫般的空间，里面有无数条狭窄的通道。我被一个尖嘴，长着异常大耳，人脸，六足的野兽追赶。过道上贴着镜子我分不清方向，到处乱串。几个小时后，我终于跑到一个看起来像出口的地方。

打开门，我发现自己站在悬崖上，脚下是漫无边际的漆黑的大海。就算往下跳，也好像有 100 多米的高度，双脚发软。背后传来了那诡异怪兽的蹄声。我还看到他了嘶嘶伸出的舌头。没有多余的时间犹豫了，我跳了下去。不可思议的是我又回到了迷宫入口处的小屋子里。然后又再次被追赶。反反复复很多次，不，数百次！

# 酔夢譚 17

密閉された狭い空間に閉じこめられたようです。10歩ほど歩くと、仕切られた透明な壁のようなものにぶつかり進めません。色々な方角で試しても同じでした。その空間の中は真っ白で、置かれている物は何もありません。仕切りの外も真っ白で何もありません。雪が舞う白銀の世界とは違い、何もない白い平面が彼方に広がっているだけです。

脱出する方法をあれこれ考えていましたが、その後にどこへ行く当てもないことに気付いたのです。その時、後ろからメリメリという音がしてきました。どうやら仕切りの壁を誰かが剥がしているようです。壁に隙間ができ、七色の虹が架かった湖のほとりで天女たちが水浴びをしている光景が覗きました。そこに行こうと駆け寄りましたが、仕切りから足が踏み出せないのです。向こう側に行った後に何をしていいのかわからないからです。だから、ずっとずっと立ち尽くしています

# 醉梦谭 17

像被困在一个狭小的封闭空间里。大约走十步，会碰到像透明墙一样的隔板无法前进。我从不同的角度都尝试过，结果都一样。这个空间是纯白色的，没有摆放任何东西。透明隔板外面也是纯白色，也什么都没有。与飘雪的银色世界不一样，这里只是一个辽旷的白色平面。

想了各种逃离方法，但后来我意识到离开这我也无处可去。就在这时，我听到身后传来撕东西的声音。好像有人正在撕隔板。墙上出现了一个缝隙，从缝隙悄悄窥视，看到七色彩虹的湖边一群仙女正在沐浴。我想跑过去，但我却没法移动脚步。因为我不知道就算我跑到那边，我也不知道该做什么。所以，我就一直站着一动不动。

# 酔夢譚 18

ベッドから起き上がると、何ともう一人の私が寝ているのです。呆気に取られながらも顔を洗い朝食を済ませ、身仕度を整え家を後にしました。今日はとても忙しく、朝の奇妙な出来事も忘れ休む暇もなく働きました。仕事を終え家に戻ると誰もいません。あれは私の錯覚だったのだろうと想い直していると、もう一人の私が帰ってきました。そして、互いに行動を伝え合いました。その後は、話が弾んで様々な話題となりました。時には口論もしましたが、楽しい語らいが続きました。

夜も更けてきたので、寝室に向かいました。ベッドは一つだけです。顔を見合わせました。気まずい雰囲気になりましたが、もう一人の私は何やら呟いて仰向けになったのです。私は少しためらいましたが、睡魔には勝てずもう一人の私の横に寝ました。しかし、体が触れ合った瞬間に、何と何と体が一つになったのです。あまりの不可思議さに茫然としましたが、「こんなこともあるのだなぁ」とすぐに納得し深い眠りに落ちたのです。

# 醉梦谭 18

从床上起来的时，竟发现还有一个我睡在床上。我脑袋一片空白，但还是照常洗了脸，吃过早饭，穿好衣服，出了门。今天异常忙碌得连喘气得时间都没有。我也由于忙碌而忘了早上发生的奇怪的事情。当我下班回到家，家里空无一人。正当我在想早上的那一幕估计是我的错觉的时候，那个另一个我回来了。我俩互相汇报了今天一天我俩各自的行动。之后我俩相谈甚欢，天南地北地聊了很多。又是也会有分歧争执，但是总的来说聊得非常开心。

夜深时我们准备去睡觉。我们只有一张床。我们互相看了看。气氛变得尴尬起来，但另一个我嘀咕了什么就躺下去了。我虽然有点儿犹豫，但是实在是太困了就倒在另一个我的身边睡下了。但是，当我俩的身体一碰触到，马上我俩合二为一了。我被这奇怪的事儿惊呆了，“居然还会发生这样的事儿！”我马上接受了现实，然后陷入了沉睡。

# 酔夢譚 19

あの何とも形容しがたい感慨を得るため、目をギラつかせています。格好の獲物が近付いて来ました。拳を握りしめます。睨み合うこと1分。間合いを詰めていくと、相手が目を逸らしました。その瞬間に殴りかかりました。続けざまに3発。顔が歪んでいく様がはっきりと見えました。ひるんだ隙に蹴りを1発。攻撃をさせる暇は与えません。倒れこんで脅えた表情を浮かべています。勝利を確信しました。胸をそびやかし征服感を味わっています。土下座までさせて！

その時です。「生殺与奪」「優勝劣敗」「人権蹂躙」「自然淘汰」「大願成就」などと書かれた短冊が、ヒラヒラと舞ってきました。その一つ一つを目で追い、意味を確かめました。しかし、どの言葉も今の私の気持ちを表していません。仕方がないので、自分でしたためることにしたのです。でも、「不撓不屈」と「国士無双」で迷っています。すると「傲岸不遜」の短冊が、いつの間にか手元に届けられていたのです。少しは驚きましたが、それに一瞥を与えただけで気にも留めず恍惚感に浸っているところです。

# 醉梦谭 19

为了体验到那种难以言喻的感觉，我的眼里泛着光。猎物慢慢逼近。紧握拳头。对视 1 分钟。距离越来越近时，对手避开了视线。就在那一瞬间我挥去一拳，并连打三拳。我可以清楚地看到他的脸变得扭曲。就在他畏惧的时候我有踢了一脚。丝毫不给他反击的机会。他倒了下去脸上浮出胆怯的表情。我确信我赢了。我昂首挺胸品尝着征服的味道。甚至让他给我下跪！

就在这时。写着“生杀予夺”，“优胜劣汰”，“侵犯人权”，“自然淘汰”，“实现大愿”等字眼的纸片从空中飘了下来。我用目光追逐着它们，一张一张的内容都看清楚了。但是没有任何一张能表达我现在的感受。没办法，我只有自己写。然而，我在“不屈不挠”和“天下无双”之间左右为难。然后不知道从哪儿冒来的“桀傲不驯”的纸片落在我手边。有些惊讶，我只是轻轻一瞥，它就能让我毫无防备地沉浸在恍惚之中。

# 酔夢譚 20

今日は楽しい家族旅行です。黄色と緑色のお花畑が車窓に広がっています。遠くには雪を冠した山々が連なっています。空は澄みわたっています。子供が何か話しかけてきます。私はうなずきながら頭を撫でています。妻がミカンの皮をむき口に入れてくれます。三人で笑い合っています。トランプでババ抜きをすることになりました。ジョーカーを引き、顔をしかめている私。にんまりしている妻と子供。トンネルに入り暗くなると、妻と子供が体を寄せ合い内緒話。私が尋ねても教えてくれません。顔を見合わせ笑っているばかりです。

この微笑ましい光景を眺め、顔をほころばせている私がいます。そして、その私を見つめほくそ笑んでいる私がいます。——三人の私が「夢ならば醒めないで」と願っているのです。

# 醉梦谭 20

今天是很开心的家庭旅行。黄色和绿色的花田火在车窗外蔓延开来。 远处有连绵不断的雪山。天空晴朗。孩子跟我说了些什么。我边点着头边摸了摸他的头。妻子把剥了橘子放进我嘴里。我们三个一起笑着。我们决定玩抽乌龟。抽到王牌的我皱着眉头。笑容满面的妻子和孩子。列车驶入隧道周围暗了下来，妻子和孩子两人贴在一起说起了悄悄话，无论我怎么问她们都不告诉我。聚在一起聊天。 即使我问，他们也不会告诉我。只是看着我笑。

有一个面带微笑看着这欣慰光景的我。还有一个看着这个我而暗自窃喜的我。——这三个我都在祈祷“如果是梦，请不要醒来。”

# 2章

# 紡愛 纺爱

## 家族・愛しい人（家族・心爱的人）

# 母の愛

**・あなたに抱かれた温もりは、今でもはっきりと残っています。**

——大きな大きな無償の愛に包まれていたのです。幼い頃、母はいつでも優しく手を差しのべてくれました。泣きはらし家に帰ってきた時、父に厳しく叱られた時、友だちに遊んでもらえなかった時……等々。むしろ心配や苦労をかけてばかりの現在の方が、慈しみは大きいのかもしれません。

ふがいないのですが、〈母の日〉にカーネーションを贈るのを止めたのはいつからなのか想い出せないのです。何か理由があったわけではありません。ただ忙しさにかまけて、この大切な日を忘れてしまったようです。——少しだけ白髪が混じってきましたね。少しだけ皺が増えてきましたね。ほんの少しだけ小さくなってきましたね。「ごめんなさい、ありがとう、お母さん」

# 母爱

**・你怀抱的温度依然清晰。**

——我被一种无条件的大爱包裹着。小时候，妈妈总是有双温柔的手。当我流着泪回家时，当我被父亲责骂时，当我的朋友不跟我一起玩时……等等。反倒是还总让她担心操劳的现在慈爱好像更多一些。

真是没用，我连自己是什么时候不再给母亲送母亲节的康乃馨了都不记得了。没有什么特别的理由。只是因为忙碌却让我忘记了这个重要的日子。——慢慢添了几根白发。慢慢多了几条皱纹。慢慢好像身体变小了一点儿。“对不起，谢谢你，妈妈。”

## 不確かな断章

**・今は自分より少しだけ小さく見えるのですが……。**

——父の背丈を抜かしたのは、もうはるか昔になってしまいました。でもその時は、自分より大きく見えていました。父と酒を酌み交わした時に、初めて同じくらいに見えたのだと記憶しています。背丈だけではなく、20代後半になっても父がとてつもなく大人に見えていました。私が精神的に幼かったのではありません。大人と子供がひと続きではなく、全く違うものだと考えていたからです。大人と子供の間に大きな大きな境界線を引き、自分を子供の側に置いていたのです。

あの頃の父の年齢を追い越した今は、わかります。穴ぼこだらけで決して大人とは言えないことが！ さて、では〈大人の定義〉でも考えてみることにしましょう。

## 不明确的片段

**・你现在却看起来比我小一点儿……。**

——超过父亲的身高，那已经是很久以前的事了。但那个时候，父亲看起来还是比我高大。记得当第一次和父亲喝酒时，我们才看起来像是一样高。不光是身高，即使我都二十好几在我看来父亲也还是很高大。并不是因为我内心还很幼稚。孩子的下一站并不理所当然的就是成人，他俩是完全没有关联的。在成人和孩子之间划了一条很宽很宽的分界线，而我一直都把我自己放在孩子这一边。

如今超过了那时父亲的年龄的我终于明白了。到处都是漏洞的人不能称为一个成年人！那么，我们就来探讨一下“成人的定义”吧！

# いつまでも

**・家族旅行をした時の写真が引き出しの奥から出てきました。**

——親は子供に対して、ある時期から早く大人になるようにと願います。逆に、ある時期からいつまでもこのままでいてほしいと願います。親の願いは、子供の年齢によって変わってくるものです。今はわからないのかもしれませんが、いずれわかるようになりますよ。でも、親があなたに注ぐ愛はいつまでも変わらないのです。天空を舞台に考えてみましょう。星は昼間は見えませんが、雨の日も雪の日もずっと輝いているのです。いつでもいつまでも、地球に向けて温かな光を放っています。

幼かった頃を想い出してください。泣きはらして家に帰ってきた時の母の顔を！心配ばかりかけていた時の父の顔を！　そして、今のあなたを見つめる父と母の瞳を！

# 至始至终

**・从抽屉最里面拿出了一张家族旅行时的照片。**

——父母在某个时期希望他们的孩子早点长大。但是，又在某个时期希望现状永远不要改变。父母的希望会随着孩子的年龄而变化。你现在可能还不能理解，但是有一天你会明白。但父母对你的爱永远不会改变。让我们把天空想象成一个舞台。白天看不到星星，但无论是下雨天或是下雪天，它们都始终在天空中熠熠生辉。至始至终，它们都向大地撒着温暖的光芒。

你试着回忆一下你的小时候。哭着回家时看到的妈妈的脸！总是担心着你的爸爸的脸！还有，正在注视着现在的你的父母的双眼！

# アルバムの中の私

**・昔を想い出すことが多くなりました。**

——いつも比べてしまいます。周りの人とではなく、その年齢であった時の自分の親と、いや自分の子供と！　そして肩を落とすのです。自分を省みるのではなく、子供にふがいなさを感じて落ちこむのです。つい愚痴も出てきます。「なぜ、こんなことができないんだろう」「だらしないなぁ、きちんとしてもらいたいよ」……等々。子供は自分の分身だと勘違いして！　子供は親の言うことを聞くものだと想いこんで！　子供より自分の方が何でもわかっているのだと信じて！

しかし、子供は自分とは違う一個の人間です。時代や取り巻いている状況も違います。それ以上に、あの頃の自分を美化し大きくしていることに気付いてくださいね。

# 相册里的我

**・更加频繁地想起过去。**

——我总是爱比较。不是和周围的人比，而是和我那这个年纪的父母，不，和我的孩子！然后就会很失望。不是反省自己，而对孩子的窝囊感到沮丧。无意中也对孩子抱怨。“你为什么连这都不会？”“真邋遢，给我麻利点儿”……等等。觉得孩子是自己的分身！以为孩子就该听父母的话！自信得认为自己比孩子懂得多得多！

但是，孩子是和自己不同的另一个人。我们的时代经历的状况也不同。不仅如此，也请意识到我们把那个时候的自己过于美化了。

# 破戒の絆

**・沸き上がってくる熱い熱い想い！**

——グラウンドでは選手たちが懸命にプレーをしています。スタンドでは応援のエールが鳴り響いています。「頑張れよ、俺たちがついているぞ」と励ましているのです。一緒になって戦うことができないもどかしさもあり、熱が入ります。しかし、ちょっと離れた所から応援しなくてはいけないのです。間違ってもグランドに入ってはいけないのです。重大なルール違反だからです。

気持ちが抑えられない時は、両手を組み合わせてただただ祈るのです。声を出してはいけません。手を振ってもいけません。その姿が見えなくても、気持ちは伝わっているはずです。あなたが生まれた時から、固い固い絆で結ばれているのですから！

# 破戒的牵绊

**・炙热的情感在翻滚！**

——选手们在球场上奋力拼搏。看台上响起了加油声欢呼声。“加油啊！我们与你同在！”不能同在球场奋战，所以才加油得如此激烈。但也只能在远处加油打气。绝对不可以进入球场。这可是严重的违规行为。

当我无法控制自己的情绪时，我只是双手合十祈祷。默默地在心里祈祷。也没有任何动作。即使你看不到，但你肯定能感受到。自从你出生那一刻起，就被一种强大的牵绊牵连着。

## 耳を澄ませて

**・いつまでたっても拍手が鳴り止みません。**

——「頑張れ！」と声をかけられた時に、どのような気持ちになったでしょうか？負担を感じましたか？　よりヤル気が出ましたか？　応援をしてもらったことがないとわからないかもしれません。でも、必ずどこかの場面であったはずです。声をかけられなくても、その人の熱い想いは通じていたはずですが、わからなかったのかもしれません。あの頃のあなたには……。

ところで、自分に向けられた拍手を聞いたことがないと未だに想いこんでいるのではないでしょうか？　目を閉じて耳を澄ませば、あなただけに向けられた声援が聞こえてきますよ。応援団長が声を張り上げ副団長が懸命に太鼓を叩く、熱い熱いエールが！

## 洗耳倾听

**・掌声永不停息。**

——当你被“加油啊！”的打气声激励的时候你是什么感受？有没有觉得有负担？你更有动力了吗？没有被鼓励过的话可能不太清楚。但肯定会在某个画面被鼓励。即使你当时无法回应他们，但他们的热情肯定是传到给你了，虽然你可能并没意识到。因为那是当时的你……。

对了，即便是现在你不也还觉得你从来没有听到过大家给你的掌声吗？ 请闭上眼睛仔细倾听，你就能听到只属于你的声援。啦啦队队长提高嗓门，副队长卖力地敲打着大鼓，热烈地给你助威！

# 次世代へのタスキ

**・あなたは伴走者と応援者の違いをきちんと認識しているでしょうか？**

——伴走は共に歩んでいくという意味で、応援は手助けをするという意味です。前者は力を合わせて物事に当たり、後者は陰から力を貸すという意味合いがあります。どちらも目的を遂げるため大きな要素なので、同時並行的に行う場合が多いようです。

親子関係において考えてみましょう。もちろん子供が幼い時にはどちらも必要ですが、自立心が芽生えてきたら応援だけでもいいのです。いつまでも伴走していたら自主独立の気概は出てこなくなってしまうので、逆に子供の成長を妨げてしまいます。そして、いつかは応援もいらなくなるのです。寂しいことに！　しかし、子供はある年齢に達すると気付かれないようにして親を応援するのですよ。あなたが後ろからそっと行っていたように……。

# 传给下一代的接力带

**・你能清楚地分辨出陪跑员和应援员的区别吗?**

——陪跑就是一起进行的，应援就是帮助的意思。前者是共同协力去完成一件事情，后者实在背后给你助力。两者都是达成目标的重要元素，因此两者经常都是同时存在的。

来想想亲子关系。当然，当孩子还小的时候，两者都是必要的，但如果孩子萌出了自立心的话，那光支持鼓励就可以了。如果你一直都想给孩子做陪跑，那他就不可能会有独立自主的念头，反而会阻碍孩子的成长。然后有一天甚至都不再需要你的支持鼓励了。真是令人心寒！然而，当孩子达到一定年龄时，他们会在不被你们注意的情况悄悄地给父母打气。就好像你当初在背后指出鼓励他们一样……。

# 親のエレジー

**・悲しみの涙を絶対に流させてはいけない相手は、年齢や性別、時や場に関係なく全て同じです。**

——断言します。自分の親に他なりませんよ。それが理解できないのは、悲しみの本質がわかっていないからです。

ところで、親が喜ぶことをしているでしょうか？　プレゼントをすることが大きな親孝行だと考えてはいないと想いますが……。逆に、親が悲しむことをしていないでしょうか？　心配をかけることが大きな親不孝だと考えてはいないと想いますが……。では、最大の親不孝は何でしょうか？　いずれも親になればわかるはずですが、最大の親不孝だけは絶対にしてはいけません。どんなことがあっても、たとえ地球がなくなったとしても！　親の生きる希望を根こそぎ奪ってしまうのですから！

# 父母的挽歌

**・绝对不能为年龄或者性别流下悲伤的泪水。无论在任何时候，任何地方。**

——我敢断言。我的父母独一无二。如果不能理解，那只能说你还不知道悲伤的本质。

顺便问一下，你会做让父母高兴的事吗？我虽然并不认为给父母礼物就是大孝……。相反你有没有做一些让父母伤心的事呢？虽然我也并不认为让父母担心就是大不孝……。那么什么是大不孝？将来某天你为人父母时你会明白，大不孝是真的不能做的。无论发生了什么，哪怕是地球毁灭你也不能去做！因为这样你会把父母生存的希望连根拔起的！

# 玉の緒

**・ベランダから誰もいない部屋の中をじっと見つめています。**

——明かりはついているのですが、焦点が定まらないためか灰色の膜がかかっています。小1時間。いつの間にか、涙が頬を伝わっていました。あまりにも残酷な仕打ちでした。生きる気力がなくなり、ただぼんやりとした日々が続きました。涙はあの時に枯れ果てて、これからはどんなことがあっても出ないのだと想えたほどでした。

ただここに、あなたが〈いる〉だけでいいのです。話さなくても手をつながなくても、たとえ文句があっても喧嘩をしていても！「いる」と「いない」とは、天と地ほどの大きな大きな差です。「ある」と「ない」とは全く違います。物がない場合は代用品で済ますことができますが、その人間の代わりは何も何もないのです……。

# 生命线

**・我从阳台上凝视着一个空房间。**

——灯亮着，但我只是双目呆望，所以视线覆盖着一层灰色的薄膜。就这样呆了一个小时。不知不觉间，眼泪就顺着脸颊流了下来。这真是太残酷了。失去了求生的意志，就这样恍惚度日。我的眼泪在那个时候已经干涸，从今以后无论发生什么，我都流不出泪了。

只需要你“在”这里。哪怕不说话不牵手，哪怕有抱怨或者吵架！“在”与“不在”是天壤之别。不是“有”与“没有”的区别。一个东西没有了的话你可以找到替代品，可是一个人可以找谁替代呢……。

## 「さよなら」と言える日

**・線香は燃え尽きましたがロウソクは灯っています。**

——切り取られた時と場が、確かに存在していることがわかりました。そこだけが何もない空白なのです。無なのです。音が何も聞こえなくなりました。あの日から時間は止まったままです。少しも前には進んでいません。永遠に続くものだと想っていたことが、何の前触れもなく終わってしまったのです。明日を断ち切られた感覚でした。胸の中を冷たい風が吹き抜けていくのがわかりました。

「邂逅と別離」という洒落た言葉もありますが、それは生ある者に当てはまるだけですね。生きているからこその出会いであり別れなのです。終わりがなければ始まりも訪れません。しかし、終わりが来ない方が絶対にいいのです。たとえどんなに辛いことが続いたとしても！

## 可以说出“再见”的那一天

**・香已烧尽蜡烛还燃着。**

——我确信真的存在被剪去的时间和空间。那是什么都没有的空白。是无。我听不到任何声音。从那天起时间就静止了。丝毫没有前进。认为会永远持续下去的事情毫无预兆地结束了。有种明天被切断了的感觉。我感到一阵寒风穿过我的胸膛。

有一个很优美的句子叫“邂逅与别离”，但它只适用于活着的人。正是因为还活着，才会有相遇和分离。没有结束，就没有开始。但如果结束永远不会来，那肯定会更好。即使会经历很多艰难的事情！

# なごり雪に

**・涙を流すことで気を紛らわせています。**

——救いの神などはこの世に存在しないのだとわかったのが、あの日でした。そして、恨みました。運命の非情さを、いや悲惨さと残酷さを！　何年かがいたずらに過ぎ去り、あの悲しさとやっと折り合いがつけられるようになりました。日々の暮らしが、少しは元どおりに機能するようになりました。でも、心にポッカリと開いた穴はずっと埋まってはいません。

そのために、新たな想い出作りをしようとも考えました。あの楽しかった時を忘却の彼方に追いやろうとも考えました。しかし、できませんでした。今も同じです。怖いのです。あなたの面影がぼやけていくことが！　そんなことは絶対にないと信じていますが、でもでも怖いのです。

# 春雪中

**・我使劲儿流泪来分散注意力。**

——就在那一天,我意识到这个世界上并没有拯救的神。我恨。恨命运的无情,不,是悲惨和残酷！命运像跟我开玩笑似的过去了几年，终于跟那时的悲伤做出了让步。日常生活慢慢恢复了一点点。然而，我心里留下的空洞还是空着。

因此，我想创造一些新的回忆。我想把那些快乐的时光全部扔到忘却彼岸。但我做不到。现在也是。我很害怕。怕你的脸在我记忆里消失！　这是绝对不可能的事,但我仍然很害怕。

## 追憶の埋葬

**・遺影を前にして微笑んでいる私がいます。**

——悲しさは薄れ寂しさも淡くなり、懐かしさだけが湧いてくるようになりました。これは、いけないことなのでしょうか？　その時の記憶だけがスッポリと抜け落ち痕跡を留めなければいいと願うことは、いけないことなのでしょうか？　地面を踏みしめる感触もなく、厚みのない風景が広がった経験を持つ人だけが応えてください。

でも全てを受け入れるのには、まだまだ時間がかかりそうですが……。いや、受け入れなくてもいいのです。もし受け入れたら、今の自分でいられなくなってしまいそうです。あの時分の想い出があるからこそ、今の私があるのです！　私が生きているのです！

## 埋葬追忆

**・微笑地看着遗像。**

——悲伤渐弱，寂寞也淡去，只有怀念日益深切。这是坏事吗？希望那个时候的记忆不要消失得不留痕迹，难道是不对的吗？请那些有过如同行尸走肉，虚无度日经验的人回答我。

但要接受一切仍还需要很长时间……。不，你不接受它也可以。如果接受它的话，那可能就没有现在的我。正是因为我还存留着那时的记忆，才有现在的我！我还活着！

# ときめきの嵐

**・見果てぬ夢・夢・夢の女神との出遭いは、果たして訪れるのでしょうか？**

——未だに未知数が多いのが、男と女の間に湧き起こる愛の感情です。理性ではなく感性で愛を捉えるからです。愛は「1＋1＝2」となるような整然としたものではありません。本能によって心が動かされるからです。嫉妬が混じれば、愛しい人を求める心はより燃え上がりますね。そして愛の感情は、心に開いた穴を埋め嫌なことや辛いことを忘れさせてくれます。もし男（女）を愛することがなかったら、人生の半分以上はつまらないものになるかもしれませんね。

突然どこからか、小さな小さな呟きが聞こえてきました。「自分はそれほど異性を求めていないし、面倒な駆け引きもしたくないよ。今のままで十分なんだ」と。

# 然心动

**・没有结局的梦，梦，梦中女神的相遇会成真吗？**

——到现在还存在很多未知数的是男女之间产生的爱情。这是因为我们通过感性而不是理性来感知爱。爱情并不是“1+1=2”这样有条理的东西。因为心动是由本能驱动的。如果嫉妒夹杂在其中，那想要得到所爱之人的想法就会更加强烈。而爱还可以填补你心中的空洞，让你忘记那些不好的，痛苦的事情。如果你从没爱过一个人，那你的人生一半以上都是极度无聊的。

突然，我听到从某处传来的呢喃细语。“我并不是那么想找另一半，也不想去计较得失，现在这样挺好的。”

# 惹かれ合う体

**・愛の失楽園に迷いこんでいるのでしょうか？**

——あなたは、体と体の結び付きでしか寂しさを埋める術はないのだと訴えていましたね。だからこそ、心よりも体を求め一体感を確認せずにはいられないのだと！　男と女の関係は、体が唆させて心に執着を待たせるのだという方程式があるのでしょう。肉体的なつながりで、男と女の間にある溝を埋めたかったのですね。精神的なつながりは、あなたにとっては二義的なものだったから！

しかし精神的な愛と肉体的な愛は、恋愛においてはバランスよく保たなければいけませんよ。どちらか一方に偏りすぎたら、その愛は壊れてしまう可能性が大きいのです。バランスを保つことが大切です。でも若い時は、肉体的な愛が優先してしまいますね。男も女も！

# 相互吸引的身体

**・你在爱的失乐园里迷失方向了吗?**

——你说过唯一能填补寂寞的方法就是身体与身体的结合。这就是为什么我禁不住去寻求的是身体的一体感而不是彼此的心！男女之间的关系似乎存在着这样一个方程式，用身体去诱惑，让心去等待执着。通过肉体的结合来弥合男女之间的差距。因为精神上的结合对你来说是次要的！

但是在恋爱中精神上的爱和肉体上的欲都必须保持平衡。如果你单偏向一方，那这段感情就很有可能破裂。保持平衡很重要。但年轻的时候，往往都是优先肉体上的欲。无论男女！

# 性の命脈

**・「男女同権」とは、自然界の摂理に背く忌まわしき言葉ではないでしょうか？**

——人類という総称で一括りにされているのが、男と女です。でも男類と女類では、頭や体や心の構造は全く異なっています。生活の場においても役割は違います。それを無理やり同じように扱うのは、何か違うような気がします。人間という生き物を造られた神の意志からも外れるのではないでしょうか？

だからこそ、同じ土俵で相撲をとる必要はないのです。男と女は異生物なのですから！　土俵際でうっちゃりばかり食うのは、それを念頭に置いていないからです。そして、もう一言。恋はお洒落なゲームなのです。命を賭けた真剣勝負ではないということも、忘れないでくださいね。

# 性命脉

**・"男女平等"不是一个违背自然规律的令人厌恶的词吗?**

——男人和女人都被统称为人类。但是男人类和女人类的头部，身体和思想的结构完全不同。他们在生活中扮演的角色也不同。要把他们强制性的归为一类我觉得并不妥。这不也违背了当初创造人类这个生物的上帝的旨意了吗?

这就是为什么没有必要让他们在同一个舞台上去较量。因为男人和女人本来就是不同的生物！硬要把他们放到擂台上去摔的人是因为他没意识到这一点。再补充一点，爱情是一种时尚的游戏。并不是要赔上性命的生死较量。

## 鋳型製造機

### ・「男らしさ・女らしさ」は何を基準にして造られたのでしょうか？

——身体的・精神的な特徴を鑑みたからではなく、女（男）に対しての男（女）の願望から生まれた言葉なのかもしれません。でも事実として、男と女は考え方や感じ方が違います。だから、生活の場においても役割は全く違っていました。そして、互いのテリトリーを侵さないようにしていたのです。

しかし現代では「ボーダレス社会を目指して」という言葉が世界中で叫ばれ、またたく間に様々なことに境界を設けなくなりました。男と女についても同じです。育児や家事をするのは女の仕事だとされてきたのは、もう一昔前のことになりました。でも、どこからか〈男らしさ・女らしさ〉を望む声が上がっていますね。その声が聞こえるのは、私だけなのでしょうか？

## 模型制造机

### ・评价“男人样・女人味”的标准是什么?

——这可能是不是鉴于身体・精神特征上的词，而是从男女对异性的期待里而得出的词吧。但事实上男人和女人的想法和感觉都不同。所以在生活中男女的分担也完全不同。而且，双方也都没想过去侵犯各自的领域。

然而到了近代，“向无境界无区别看齐”这句话却在全世界高呼，转眼间各种事物都没有了界限。男人和女人也是如此。抚养孩子和做家务被认为是女人的工作的日子已经一去不复返了。然而与此同时却又传来“男人样・女人味”这样的声音。难道只有我听得到吗?

# 新たな栞

**・私だけに向けられたあなたの優しさ！**

――自分と同じような愛の炎があなたにも燃え上がっているのかが、いつも気になっていました。恋情の天秤は同じ重さだと考えていたからです。いや、同じ重さであるべきだと信じていたからです。でも、違うことがわかりました。それと同時に、愛の速度が人それぞれで違うことにやっと気付きました。そのためですね。二人きりの時には、激しい胸のときめきよりも落ち着いた気持ちでいられる方がいいのだとわかったのは！

さて今のあなたは、愛しい人とどのような形で過ごすのでしょうか？　手をつなぐのですか？　肩を寄せ合い同じものを見るのですか？　それとも、ちょっと離れた所で相手を見守るのですか？　私だけに教えてくださいね。

# 新书签

**・只给我的温柔！**

——我一直在想你是否也和我一样对爱情怀着一颗炙热的心呢？因为我认为爱的天平应该是一样重的。不，应该说必须得是一样重。但事实证明并非如此。同时我也终于意识到，每个人恋爱的速度也是不一样的。正因如此。我才明白两人独处的时候，比起心跳加速来，平静的心情更好！

那么让我问问你，现在你和你的爱人是什么样的相处模式呢？会牵手吗？会凑头看同一个东西吗？你可以悄悄地只告诉我。

## 指南書を携えて

**・生きていく上で空気はなくてはならないものです。**

——「夫唱婦随」という言葉は、妻が夫に従って歩むという意味です。男尊女卑的な言葉かもしれませんが、社会では違和感なく使われています。運命共同体として、夫婦のあり方を示している意味合いが強いからでしょう。何はともあれ、宿命とは違いこれからの道のりを協力し合い歩んでいくのが夫婦の運命なのです。

〈感情共同体〉なら、わりとたやすくできるかもしれません。でも運命共同体となると、重荷を背負う感じになりますね。自分に負荷をかけ責任感を大きくするのはいいことなのですが、過重なものは気をそいでしまいます。だから、この結婚に躊躇しているのでしょうか？　いや、違うようですね。愛しい人が重荷になっているわけではないようなので、単なる浮気心と捉えられても仕方がありませんよ。

## 备好说明书

**・空气对生命至关重要。**

——“夫唱妇随”这句话的意思是妻子跟随着她的丈夫。它可能是一个男尊女卑的词，但它在社会上使用时并没有让任何人感到奇怪。这可能是因为它强烈暗示了夫妻应有的命运共同体。无论如何，这与宿命不同，这是在未来的道路上并肩作战的夫妻的命运。

“感情共同体”的话，可能就比较容易了。但一说命运共同体就好像背负了沉重的包袱。让自己背负肩荷增加责任感是件好事，但超负荷就会让你没有心思了。所以你对这段婚姻犹豫不决？不，好像又不是。你爱的人怎么会是一种负担呢，所以你不禁认为这只是有点儿花心了。

# 恋の駆け引き

### ・オリンピックはなぜ開催されるのでしょうか？

――シンボルである五つの輪が示すように、世界の国々が手を取り合うことが表向きの理由です。でも、政治的な思惑が見え隠れしていますね。映像機器のおかげで、遠く離れた場所にいる人がすぐ近くに感じられます。外国人が異星人だと想われていたのは、はるか昔となりました。その上、グローバル化が叫ばれている昨今です。自国よりも他国へ肩入れする人が出ても不思議ではありません。しかしオリンピックでは、自国を応援するのではないでしょうか？　そうです。愛国心を発揚させる一つの手段なのですよ。

遠のいてしまった愛しい人の心を取り戻すために、応用できるはずですね。嫉妬心を煽ることが一番効果的なのですが、まだまだ多くの方法論がありますよ。

# 恋爱策略

### ・为什么举办奥运会？

——如奥运象征五环所示，表面上的理由是世界各国齐心协力。但也有一些政治用意隐约可见。摄影设备让即使在远方的人也能有近距离的视觉效果。外国人被认为是外星人的日子早就一去不复返了。更何况最近大家都在呼吁着全球化。比起自己的国家更支持其他国家的人也并不稀奇。但是在奥运会上，最终还是会为自己的国家加油吧？是的。这是一种弘扬爱国主义的方式。

这也应该可以用它来挽回那些渐行渐远的心吧。煽动嫉妒心是最有效的方法，但还是有很多很多方法的。

# 男類・女類

**・愛は寿命を終えると跡形もなく消えてしまいます。**

——男は心を解放するために女を求めます。女は心の隙間を埋めるために男を求めます。異性に関しては、互いの一体感を強く求めるものなのです。さて、〈男と女〉どちらの求愛が容易に叶うのでしょうか？　拳を作ってみればわかります。拳を前に突き出すのではなく、裏返しにした手を見てください。どんなに強く握っても、指と指の間にある隙間はなくなりませんから！　もう答えは出たようですね。

ところで、拳にまつわる男と女の興味深い話を紹介します。拳は何度も握り直すことで、しっくりするまで調整ができますね。この例が示すように、(こじつけかもしれませんが) 女はすぐに新たな愛しい人を作ることができるのです。昔の恋情に引きずられる男とは全く違うのですよ。男は肝に銘じておきましょう。

# 男人类・女人类

**・当爱到终点时，它会消失得无影无踪。**

——男人寻找女人来释放他的心。女人则是用男人来填补她们心中的空白。异性，是渴望对彼此强烈的认同。那么“男人和女人”哪一方更容易求爱成功呢？你可以握一个拳头来看一下。把握着的拳头反过来，你看无论你用多大的力，手指间永远都会有缝隙！知道答案是什么了吗？

对了，介绍一个跟拳头有关的男女的一个有趣的说法。你可以反复调整使你的拳头握得严丝合缝。正如这个拳头一样，（也许有些牵强）女人可以很快地有新的爱人。跟男人完全不同，男人是会被旧爱困住一直走不出来。男人就铭记于心吧。

## 愛の架け橋

**・女(男)は、自分が生きる形を体現しようとして男(女)を求めるのです。その形を確かなものにしたいがために、より男(女)にのめりこむのです。男(女)を、より自分の側に引き寄せたいと想うのです(大澤一枝)**

――愛の本質を見極めるため、ある方程式を造り上げた作家・有島武郎。愛を感性ではなく理性で捉えようとした御人です。でも愛の感情は本能によるもので、決して理性で捉えることができませんね。本能により異性を求め合うのです。

しかし、男と女の間には深くて広い河があるのです。一足飛びで渡れるような河ではありません。だからでしょうか、愛を成就させるために男も女も必死の努力をするのです。自分の持てる能力をフル回転させるのです。何もせずに待っているだけでは、ダメですよ！

## 爱之桥梁

**・女人（男人）寻求一个男人（女人）来体现她生活的形式。因为我想确定这种形式，所以我更专注于男人（女人）。我想吸引更多的男人（女人）到我身边（大泽一枝）**

——有岛武雄一位为了探明爱情的本质而创造了某种方程式的作家。他是一个试图通过理性而不是感性来捕捉爱情的人。但爱这种感情本身就是发自本能的，永远无法被理性所俘获。都是通过本能来寻觅到异性的。

但男人和女人之间隔着一条又深又远的河流。这不是一条可以一步就跨过去的河流。也许这就是为什么男人和女人都必须拼命才能追求到爱情的原因。你必须耗尽你毕生能力。什么都不做，干等着是什么也等不到的！

# 紅蓮の炎

**・待てど暮らせど こぬ人を 宵待草のやるせなさ こよひは月も出ぬそうな（竹久夢二）**

——男は恋の対象者に愛おしさを感じますが、女は違うのですよ。女は恋をしている自分に愛おしさを感じるものなのです。つまり〈恋に恋している〉部分が大きいのです。その女心が理解できずに、男は自分を愛しているのだと想いこんでしまうのです。大いなる錯覚なのですが……。

そのことを踏まえて、愛しい人への愛の炎が一番燃え上がるのはいつなのかを考えてみましょう。「片想いの時ですか。愛されている時ですか。恋が成就した時ですか。結婚する直前の時ですか。子供が生まれた時ですか。浮気をした時ですか。一緒に暮らして3年目の時ですか。連れ合いが亡くなった時ですか。」——自分の回答は出せますが、愛しい人には聞けないですね。いや、聞いてはいけないのです。それがわかるようでしたら、愛の国から〈恋の狩人〉という称号が授与されますよ。

# 深红的火焰

**・等不来等待的人 就好像失望的待宵草 等不来今晚的月亮一样（竹久梦二）**
**※ 待宵草又名月见草**

——男人会觉得自己的恋爱对象很可爱，但女人不一样。女人会觉得在恋爱中的自己很可爱。也就是“爱上了恋爱中的自己”的这一部分很大。这样的女人心思无法理解，男人最终会认为对方深爱着自己。虽然这是一个很大的错觉……。

知道了这一点后，我们来思考一下对所爱之人燃烧的爱情火焰什么时候才是最强烈的呢？“单相思的时候吗？被爱的时候吗？爱而所得的时候吗？结婚前夕的时候吗？孩子出生的时候吗？出轨的时候吗？同居第三年的时候吗？另一半去世的时候吗？”——我可以自己回答，但我不能去问我所爱的人。不，是不可以去问。如果你能明白这其中道理的话，爱之国就会赐予你“恋爱猎手”的称号。

# 遠ざかる瞳

**・今は向き合って話すことが少なくなりましたね。**

——集合住宅のそれぞれの玄関が、同じ方角に向いています。構造上の問題かもしれませんが、一軒家でも他の家と向かい合っては造られていません。

物理的なことではなく、精神的なことが影響しているようです。他者の視線を感じたくないからですね。自分が心を許している視線だけを受け止めたいからですね。でも周りにいるほとんどの人は、挨拶をするだけの間柄です。そのような人たちの瞳は、あなたという人間をただの物体としか見ていないはずです。だから、視線など気にすることはないのですよ。ところで、愛しい人はあなたを真正面から見ているのでしょうか？　また、あなたはどうなのでしょうか？

# 远去的眼眸

**・现在面对面说话的场景越来越少了。**

——住宅小区每一户的大门都朝着同一个方向。这可能是构造上的问题，但即使是独门独栋的一户建也不会盖得和别人家门对门。

这似乎不是受理论的影响，而是受精神的影响。因为我不想感受别人的目光。我只想接受我内心允许的视线。但我周围的大多数人都仅只是日常打个招呼的关系。这些人的眼里应该也只是把你看作一个物体来看而已。 所以我不想去在意他们的视线。顺便问一下，你所爱的人是否会从正面看着你？然后，你呢？

# ゴルゴダの丘で

**・向かい合ってから15分が過ぎました。**

——許しているのか受け入れているのか、それとも諦めているのか。悲しげに見えるあなたの微笑みからはわかりません。目と口は多少動いているのですが、頬が固まったままだからです。けなされたりなじられるよりも怖かったのが、あなたの優しさでした。私に向けられた、ひたむきな優しさでした。そして、後ろを向いて流す涙でした。でも今は！

全てを知っているにもかかわらず、問い詰めることもしないのですね。たぶん事態が一歩進んでしまい、後戻りできなくなることを知っているからでしょう。だから、一言も言葉を発しないのですね。もう何のことだか、あなたにはわかっていますよね。

# 在各各他山上

**・已经这样面对面 15 分钟了。**

——你是原谅了？接受了？还是放弃了？我无法从你悲伤的笑容中看出来你的意思。因为你的眼睛和嘴巴微微动了动，但脸颊仍然僵硬。比起被你轻视或嘲笑，你的温柔更让我害怕。那是对我一心一意的温柔。而你却转过身背对着我流泪。但现在！

即使你什么都知道，你也不打算质问我吗？也许是因为你已经知道事情又往前发展了一步，并且也无法挽回了。这就是为什么你一句话也不说。你什么都很清楚了，不是吗？

## 代弁者を探して

**・遠くに聞こえていた雷がだんだんと近付いて来ます。**

――どこでボタンをかけ違えたのか、どうしてもわかりません。この愛は、断ち切れることはないのだと想いこんでいたのが間違いでした。でもそのことに気付いたのは、今あなたと向き合った時です。愛についてあまりにも一人よがりでした。無知でした。だから、何も言ってくれないのですね。ただ涙を流すだけで……。

恋愛において、女の最大の武器は涙です。それを熟知しているのか、女は効果的に使ってきますね。男はその涙に翻弄され、いや騙されてしまう場合が多いようです。しかしやはり、涙は悲しみの物言わぬ言葉です。愛の終わりを告げに来た悲しき使者であることは、紛れもない事実ですよ。

## 寻找代言人

**・远处传来的雷声越来越近了。**

——我怎么也弄不明白我是在哪里按错了按钮。我认为这份爱永远不会破碎本身就是个错误。然而让我意识到这一点的却是现在面对你的时候。对爱我太自以为是。太无知。这就是你为什么一个字也不对我说，只是默默流泪的原因……。

女人在爱情里最大的武器就是她的眼泪。估计是深知这一点，所以女人都会把它用得恰到好处。男人被眼泪玩弄着，甚至更多的是被欺骗。但即使如此眼泪仍然是代表悲伤的无声之词。因为你不可否认，它确实是一个来宣告爱情终结的悲伤使者。

## 新たなる序章

**・アメーバは受胎ではなく体を分裂させて、新たな生命体が誕生するそうです。**

——人間は受胎により別個の生命体が生まれます。母親のお腹の中で1年ぐらい育てられます。そして、へその緒というつながりが断たれた時から一個の生き物となるのです。でも、この時点では自我が形成されていませんから、〈断つ〉ことが心にどのような影響を与えているのかはわかりません。つながっているものを断つということで悪いイメージがありますが、決してマイナス面ばかりではありませんよ。自主独立の気概を持たせてくれるし、外の世界の厳しさを認識させてくれます。

愛しい人との別れを何度も経験していると、より優しくなれることと関係があるようですね。深い愛で結ばれているのだから絶対に断たれることはないと想っていたのが、ある日突然に！　そのショックから立ち直り、新たな恋に向かった時の心のあり方を示唆していますね。

## 新的序幕

**・据说阿米巴虫不是通过受孕，而是靠分裂身体而孕育出新的生命。**

——人类通过受孕而孕育出另一个生命。母亲十月怀胎，当脐带被剪断时，一个单独的生命就诞生了。但是，这个时候还没有长出自我，我不知道“断”在你们心里会有什么样的影响。本来连在一起的东西断开了的话是一个不太好的印象，但它也并不全是负面的。它能给我们自主独立的气态，也能让我意识到外面世界的残酷。

在经历多次与心爱之人分手后，它似乎会成了让我变得更加善解人意的因素。我以为深爱的两个人是不会有断开的时刻，可突然有一天就！而正它在此时教唆着你从悲伤中醒来，去寻找新的爱情。

# 別れの歌を

**・酒と女と歌を愛さぬ者は一生の間バカのまま　しかもぼくらはバカではない（ルター）**

——心に深い傷痕を残し今でも忘れられない出来事とは何でしょうか？　その傷は相手から付けられたものなのか、自分で付けたものなのかが問題なのです。相手から付けられた傷は、えぐられたような感じで激しい痛みを伴っていましたね。でも今は、傷も癒え痛みはほとんどないはずです。逆に自分で付けた傷は、その箇所が膿んで未だに完治していないはずです。何かの折りに想い出して、ジクリジクリと心を刺してきますね。

失恋に限定して考えてみましょう。愛しい人から別れを告げられた場面と、自分から別れを告げた場面を想い返してください。もしそのような機会がまだ訪れていないのならば、想像でも構いませんよ。もうわかりましたね。愛しい人との別れを自分の意志で行うと、永遠に傷痕は消えないのです。良心の呵責としてではなく〈敗北の形見〉として！

# 告别的歌

**・不爱酒  女人和歌的人一辈子都是傻子  但我们不是（路德）**

——至今在你心中还留着深深的烙印，无法释怀的伤痛是什么？问题是这个伤是别人给你的，还是你自己造成的？别人造成的伤，如同被切割一般伴随着剧烈的疼痛。但是现在的话，伤口应该已经愈合，应该没有那么痛了。相反自己造成的伤，难说伤口还在化脓，还没有完全愈合。每当想起来时还会隐隐刺痛。

让我们就拿失恋来想想看。回想一下你爱的人跟你说分手，和你提出分手的情景。如果你还没有过这样的经历，那想象一下也行。我们不难知道。如果是你提出与所爱之人分手的话，这个伤痛永远都不会消失。不是因为会受良心的谴责，而是因为这是你“逃兵的见证”！

# 3章

# 輝筆 辉笔

## 作家（作家）

# 酒仙……李白

### ・酒にまつわる詩がとても多いですね！

——酩酊感覚を共有して楽しむ〈対酒〉ではなく、愁いを滲ませた〈独酒〉の詩が圧倒的です。楊貴妃を詠んだことで長安を追放されてからは、酒浸りの生活がますます助長されたと聞いています。山水画の世界へと誘う『黄鶴楼送孟浩然之広陵』や『洞庭湖』などは、悠久の時の流れや自然の息吹に身を任せているのではなく、薄暗い部屋の片隅で月を肴に盃を傾けながら詠み上げたのだと想われます。

旅を住み処とした詩人として名を馳せていますが、各地を巡ったのは土地土地の地酒を味わうためだったのではないでしょうか？　酔っ払って、水面に映る月を掬おうとして溺死したエピソードがあるぐらいですからね。だからこそ、酒呑みの心の拠り所「媚酒酔進倶楽部」では、あなたを高邁な詩仙ではなくて〈酒仙〉として崇めているのです。

# 酒仙——李白

### ・关于酒的诗是真多啊！

——李白的诗里绝大部分描写的不是酩酊大醉尽兴的“共饮”，而是充满悲伤的“独饮”。听说他因为杨贵妃作诗而被逐出长安后，他的溺酒生活更是一发不可收拾。如诗如画般的《黄鹤楼送孟浩然之广陵》，《洞庭湖》等作品里，都能让你感受到他并不是坐看时光流逝，云起云落，而是独自在昏暗房间的角落，对酒当歌而咏出了这些千古绝调。

他以游历诗人而闻名，但我却觉得他之所以游历各地，不正是因为想要品尝更多的佳酿吗？还传闻他是因为醉酒后想要捞起水中的月亮而失足溺水身亡。这就是为什么在“媚酒催醉俱乐部”里人们比起诗仙的美誉来更喜欢崇拜你李白为“酒仙”的缘由了。

# 親日派の使徒……小泉八雲

**・日本の酒をこよなく愛したラフカディオ・ハーン様。**

――来日してから、魑魅魍魎が渦巻く中世の作品を読み漁っていましたね。自我に組みこめずに恐れおののいていたものの存在を、解き明かそうとしたのです。そして、『耳なし芳一』をはじめとする数々の怪談物を執筆したのです。成仏できずに現世をさまよう霊を描くことで、霊魂が怪異現象を引き起こすのだと結論付けたのでしたね。

得体の知れない恐怖の根源が仏教思想をとおし理解できてから、以前にも増して日本びいきになりましたね。アメリカで刊行された『知られぬ日本の面影』は、外国人としての優越感の類いは全くありません。日本の文化に愛着を覚え、深い理解を示そうとの気概が随所に感じられましたよ。ところで、世界を股にかけ日本が経済進出をしていますが、諸外国から批判は少ないようです。あなたが〈酒護霊〉となり、各国を巡礼されているからでしょうか？

# 亲日使者——小泉八云

**・格外喜欢日本清酒的拉夫卡迪奥・赫恩先生。（※ 注：帕特里克・拉夫卡迪奥・赫恩 Patrick Lafcadio Hearn, 出生于希腊，入日本国籍后改名 小泉八云）**

——从到日本的那天起，就一直沉迷于中世纪魑魅魍魉的作品中。一直试图揭露让人害怕得不寒而栗的东西的存在。他还写了许多怪谈故事，比如《无耳芳一》。他最后得出了这样的结论，这些难以解释的灵异现象，是因为描写了这些无法升天，在世间游荡的孤魂而引起的。

你都不知道你恐惧的这个东西到底是个什么，但是当你发现可以在佛教思想里找到答案以后，你比以前更喜欢日本了。在美国出版的《陌生日本的一瞥》一书里，完全没有类似外国人口吻的那种优越感。作者对日本文化的浓厚感情，和对异国文化抱着的深刻理解的精神随处可见。顺便说一句，虽然日本在世界各国发展着日本经济，但似乎很少受到其他国家的批评。是不是因为是你已经成为了“守酒灵”并且在各个国家为我们巡礼的原因呢？

# 久遠の愛……森鷗外

**・一族の命運を担う星の元に生まれて、自分を押し殺していたあなた！**

——軍医としてドイツで衛生学を学んでいた4年の留学期間に、それは木っ端微塵に吹き飛びましたね。断腸の想いで綴られたであろう手記とも言える『舞姫』に登場する、エリスとの恋情を読めば一目瞭然です。

友にも見放され未来の望みを断たれながらも、愛の巣での幸せな日々。しかし、身籠ったエリスを棄て帰国の途に着く、悲しいまでに鮮烈な別離！　エリスはあなたの後を追い日本に来るのですが、家の名誉を守るために追い返されます。その鬱憤をはらすために高台に自宅を建て、遠い異国の地で暮らすエリスを見続けたのですね。そして、自分の子供に外国風の名前（於菟・茉莉・杏奴・類・不律）を付けたのですね。

# 永恒的爱——森鸥外

**・出生在掌握着一族命运的星辰下，将自己推向死亡的你！**

——作为军医在德国学习卫生学的四年留学期间，就像被挥扬的木屑一样备受煎熬。只要去读在那时你写下的回忆录《舞女》，去读与爱丽丝的恋情，当时你那断肠般的情感一目了然。

尽管被朋友抛弃，断绝了对未来的所有希望，却在爱的巢穴里幸福地生活着。然而，当你得抛下怀有身孕的爱丽丝肚子归国时，悲伤至极的别离让我深入其境！后来爱丽丝追寻你到日本后，你又不得不为了家族名誉而狠心将她赶回去。为了发泄心中对命运的怒火，你把自己的房子建在高地上，就是为了瞭望在遥远异乡的爱丽丝。然后你给你的孩子都取了外国风的名字（於菟・茉莉・杏奴・类・不律）。

## 束天許私……夏目漱石

**・大きく見開かれた目・幾重にもふさがれた耳・重くつぐまれた口・固く閉ざされた心。**

――自分に愛想をつかし、悲憤に暮れているあなたの姿です。作家は作品に自分の生き様を投影させます。作品の主人公に至っては、真に自分の分身として描くようです。

作品の主人公に焦点を当てると、あなたの心の中がよく見えましたよ。漆黒の闇が手ぐすねを引くような作品が晩年多くなりましたが、その中でも名著『こころ』は別格ですね。あなたの心の闇であるやましさが、微に入り細に入り糾明されています。他者をついばんでやまない利己主義と良心の呵責で湧き起こってくる贖罪意識を、顕微鏡で拡大して見せつけてきます。だからでしょうか？　目を背けようとしてもできませんでしたよ。

## 束天许私——夏目漱石

**・瞪大的眼睛・严捂的耳朵・紧闭的嘴巴・封闭的心。**

——这是对自己失望至极，活在愤怒中的你。作家的作品都是自己生活的投影。作品里的主人公更是自己的分身。

当对你作品里的主人公聚集焦点就能清晰地看到你的内心世界。你的晚年里有很多像黑暗中拉着你手腕前行的作品，其中《心》当真可称为非凡之作。你内心深处的愧疚纤悉无遗地受着谴责。显微镜下放大了因嘲笑别人的利己主义和良心谴责而产生的救赎感。正因如此，我想转过身去避而不见，但我却做不到啊！

## 旺盛な食欲……正岡子規

**・反骨精神を持ち続け、屈することを知らずに邁進し続けた大食漢。**

——なんと若干20代前半で、当時の俳壇の不可侵的な部分を攻撃したのです。『獺祭書屋俳話』を新聞に連載して、旧態依然とした俳壇を痛烈に批判したのです。短歌の改新にも乗り出し、様々な爆弾発言をしましたね。「貫之は下手な歌よみにて古今集はくだらぬ集に有之候」という文言は、当時の歌壇を震撼させたと聞いています。

その理論武装が〈写実〉でしたね。写実主義の希薄さが、日本の近代化を遅らせたのだとも言及しています。文学の世界に止まらず、文化をも呑みこんでいこうという貪欲な胃袋があったのでしょう。いや、文化をも視野に入れた慧眼を持っていたのだと訂正します。

## 旺盛的食欲——正岡子规

**・一个贪吃的人具有反骨精神，会不知屈服地一直向前冲。**

——当时的诗坛上搅得天翻地覆的居然是一个才二十出头的青年。在报纸上发表的连载《獭祭书屋俳话》对传统的俳句提出了严峻批评，对短歌的革新也说了很多狂言。“贵之不过是个蹩脚的朗诵者，《古今集》也不过是本微不足道的诗集”听说这话一出马上就震惊了当时的短歌界。（纪贵之，撰写《古今集》的代表诗人）

这个理论的武器不就是“写实”吗？还提到现实主义的稀缺推迟了日本的现代化。你一定是有着一个贪婪的胃，不光是想超越文学，甚至还想把文化也吞进肚子里。不，我订正一下，应该说你是有着一双对文化也很敏锐的慧眼。

## 老獪なる偽善者……島崎藤村

**・今でも日本で自然主義文学の最高峰だとされている『破戒』。**

――同和問題を社会に投げかけた衝撃的な内容でしたが、人間としての戒めを破るきっかけともなった作品ですね。妻と3人の娘たちの死後に犯した姪との不義のことです。その上、不義を正当化するために、真実の告白を装った作品『新生』を新聞に連載したのです。大勢の前で深々と頭を下げ、懺悔をしたように想わせたのです。あなたの目論見は成功し、世間を味方につけることはできたようですね。文壇をも手練手管で欺き、日本ペンクラブの会長の座にも付いたのですね。

ところで、ずる賢い人非人のあなたのことを、真実一路を歩んだ芥川龍之介は何と評しているのかご存知でしょうか？

## 老奸巨猾的伪君子——岛崎藤村

**・至今仍被视作日本自然主义文学的巅峰之作《破戒》。**

——这是一部把协和问题抛向社会的震撼人心的作品，这部作品也成了打破人类戒律的一个契机。你在妻子和三个女儿去世后，对侄女犯下了错事。然后，为了给自己的错误行为开脱，你以忏悔真相为幌子，在报纸上连载了自己的作品《新生》。 你在众多观众面前深深地低头认错，让人觉得你似乎已经忏悔了。你的计划似乎成功地征服了大众。你还用你的聪明才智欺骗了文坛，甚至赢得了日本笔会会长的职位。

然而，你知道一直只看真相的芥川龙之介是怎么评价你这个老奸巨猾的人的吗？

# 風の旅人……柳田国男

**・日本民俗学の発祥の記念碑とも言える『遠野物語』。**

——東北地方に根付いている伝承・昔話・習俗を集めた説話集です。語りを記述する形で書かれていますが、不気味な内容と美辞麗句が一切ない文体と相まって迫真の臨場感を醸しています。自決の定理を導き出した三島由紀夫が、「ここには幾多の恐ろしい話が語られている。これ以上はないほど簡潔に真実の刃物が無造作に抜き身で置かれている」と評しているのもうなずけます。

郷土研究は、日本中に出向き自分の目と耳で確かめるという実証的な方法を採りましたね。その地方に伝わる民間信仰や伝説にも及んだのです。魔がはびこる他界というあなたの桃源郷にたどり着くために……。日本の民俗学を背負っている自負の下、ユートピア願望を紡ぐ神を求め〈風魔〉に乗って！

# 随风的旅者——柳田国男

**・被称为日本民间文学诞生的纪念碑也不为过的《远野物语》。**

——这是一本收集了扎根于东北地区的民间传说，民间故事和风俗习惯的话集。虽然是以叙事描写的形式写成，但阴森恐怖的内容加上没有任何华丽辞藻的文体，营造出一种逼真的现场感。得出自决定理的三岛由纪夫曾评价道：“这里有许多恐怖故事，没有比这个更简洁且自然地用刀刃让人深入其境的作品了。”

你到日本各地亲耳听，亲眼看采用实地验证的方法进行了地方乡土研究。这也延伸到了当地的民间信仰和传说。做这一切都是为了寻觅到自己的香格里拉 -——妖魔横行的另一个世界……。骑着风妖，带着背负日本民间传说的骄傲，去寻找寄托你乌托邦愿望的神灵！

## 普遍の法則……有島武郎

**・愛の本質を見極め、人間の行動様式を導き出す方程式が書かれている『惜しみなく愛は奪ふ』。**

——愛に含まれる感情を、感情を交えず理路整然とした文字式で表したのです。求める愛から与える愛へ、そして奪う愛へ。エロスの愛からアガペーの愛へ、そしてストイックな愛へ。このような変遷で愛をくくり、答えを得ようとしたのです。全ての例外を一切認めない窮屈な方程式でしたね。愛をとおして、人間のあり方に普遍性を見出したかったのですね。

愛の本能性などは念頭になかったのでしょう。だから、性欲を抑えきれずに霊と肉に挟まれた苦悶を味わいます。敬虔なキリスト教の信徒だったことも影響しているのかもしれませんが……。だからでしょうか？　自分の作った方程式からはみ出た愛が許せずに、情死という解答で締めくくったのですね。

## 普遍的法则——有岛武郎

**・教你识别爱的本质，并记载了人类行为模式的公式《为了爱情不惜一切》。**

——爱中包含的情感用一个逻辑严密，直白的公式表达出来，不带任何感情色彩。从追求的爱，到给予的爱，再到掠夺的爱；从厄洛斯之爱到阿加佩之爱，再到斯多葛之爱。他们试图通过在各种爱的变迁过渡中寻找到真正的答案。这是一个严密的公式，不允许有任何的例外。想通过爱找到人类的存在方式的普遍性。

估计你们没考虑到爱的本能吧。 因此，你陷入了灵魂与肉体的痛苦之中，无法控制自己的性欲。你是个虔诚的基督徒这一事实可能也对你有一定的影响吧……。难道就因如此，你不能让爱游离于你所创造的公式之外，所以你最终选择了殉情这一解决方案。

## 克眠剤の投与……魯迅

**・中華人民共和国を造り上げた毛沢東が、あなたに最大級の讃辞を与えましたね。**

——建国の設立と密接な関わりがあったからです。共産党は実権を握っていく中で、あなたの文学観のテーマである〈国民性の改造〉を文芸政策の中心に据えました。そして、共産主義思想を広く民衆に浸透させていったのです。あなたは安穏として家にこもっていたわけではなく、命の危険にさらされながらも勇猛果敢に当時の政府に抗議をしていましたね。小説家として封建儒教体制への批判や、コラムニストとして国民党への批判。さらには革命をも提唱していましたね。

厚いベールに覆われた「狂人日記」「阿Q正伝」などが収録されている小説集『吶喊』——題名にこめられたあなたの悲願をかみしめ、ページをめくっています。月を浮べた夜光杯を傾けながら……。

## 止困的处方——鲁迅

**・建立了中华人民共和国的毛泽东给予了你最大的赞誉。**

——因为你与建国有着密切的关系。共产党执政后，你的文学观的主题“重塑国民性”被作为其文艺政策的核心。并把共产主义思想广泛地渗透到人民群众中。你没有为了求安稳而闭门在家，而是不惜冒着生命危险勇敢地向当时的政府提出抗议。作为小说家，你批判封建儒家制度；作为专栏作家，你抨击国民党。你还提倡了要坚持革命。

包括“狂人日记”和“阿Q正传”在内的仿佛蒙着厚厚的面纱的小说集《呐喊》——我慢慢咀嚼着这充满了无尽悲情的书名。一边翻阅着，一边摇晃着手中浮着月亮的夜光杯……。

## 酔奏の旅路……種田山頭火

**・けふも　いちにち　風を歩いてきた**
**・月も　水底に　旅空がある**
**・分け入っても　分け入っても　青い山**

——無常観を背負い行乞流転の旅とともに生まれた、あなたの自由律俳句です。「自分さがし・波間に漂う浮草・果てしなく広がる浪漫の世界・心の拠り所を求めての流浪・人生の愛別離苦とつながった旅路」これらの言葉は、未知なる世界の魅知なる郷愁を奏でてきます。単なる憧憬なのでしょうか？　いや、放浪こそが人間の自然の営みなのかもしれません。自然との一体感を詠んだ『草木塔』のページをめくれば、誰もがどこかへ放浪したくなるはずです。

あなたの歩いてきた旅路にたぎるような懐かしさを感じるのは、回帰する時と場を投げかけてくれるからですね。

## 醉奏的旅途——种田山头火

**・今日 我也整日在风中漫步**
**・水底的月亮也能在旅途中眺望天空**
**・行行复行行 青山无尽穷**

——这些俳句是你背负着无常观在旅途中颠沛流离做出来的你的自由律俳句。“寻找自我・漂浮不定的浮萍・无边无际的浪漫世界・寻求心之所居的流浪・人生的爱恨离别的旅途” 这些文字奏响了对未知世界的旖旎乡愁。是单纯的憧憬吗？不，也许流浪是人类的天性。翻开这首关于与自然融为一体的诗歌《草木塔》，每个人都会有去某个地方流浪的冲动。

你会对自己走过的旅途产生一种怀念之情，是因为它会指引你回程时间和地点吧！

# 匠の作家……志賀直哉

**・文壇の大御所となり〈小説の神様〉と持てはやされ、ふんぞり返っていましたね。**

——私小説と言われる『城の崎にて』『和解』などは、主人公の苦悩する姿が描かれていても敗者や無頼漢の苦悩ではありません。白樺派の作品群では、有徳者の自己を肯定していく姿が力強く描かれているだけです。人間臭さがなく、上っ面をなでている感じがします。唯一の長編である『暗夜行路』に至っては、小説によって読者を啓発しようという押し付けがましさにあふれています。「作家－読者－評者」の三角関係が常に念頭にあったのでしょう。その三角形の頂点に自分を据えて、上から二者を見下ろしているようです。

太宰治の「文学は奉仕」であるという姿勢とは全く異なっています。だからです。彼の描く作品とは違い、謙譲の心や弱者の祈りを微塵も感じさせないのは！

# 大师级作家——志贺直哉

**・志贺直哉成为文坛的重要人物，甚至被吹捧为“小说之神”。**

——被传为自传小说的《城堡的先端》和《和解》，描写了主人公的苦恼，但不是失败者或不可救药的无赖的苦恼。 在白桦流派的作品中，贤者的自我肯定只是以一种强有力的方式描写。让人感觉只是略提及了表面，缺乏对人性的描写。唯一的长篇小说《暗夜之路》试图通过小说来让读者得到启迪的目的太过强烈。对于“作家——读者——评论家”的三角关系想必他一直都有很强的意识。他似乎将自己置于三角形的顶点，居高临下地俯视着这两者。

这与太宰治“文学就是奉献”的态度完全不同。也许正因如此，他所描写的作品里没有丝毫的谦卑，也没有弱者的祈求！

## 夢追い人……武者小路実篤

**・あなたの築き上げた王国〈新しき村〉。**

——個人の人間性を尊重し、自我の完全なる成長を理念としましたね。競争原理の否定・自由平等の謳歌・芸術性の尊重を掲げ、他者を害さず共同生活を営む空間です。危険思想や空想的社会主義との悪評ばかりでしたので、村の存在が社会的に認められるまで40年の歳月を費やしたそうですね。『馬鹿一』『真理先生』『友情』などのおびただしい数の著作の印税を、全て村の維持費に充てて！　決してくじけることなく、夢に向かい邁進していったのです。

「この道より我を生かす道なし　この道を歩く」——あなたの王国の入口にそびえる力強い筆致で書かれた文言です。さぁ、社会の規範にがんじがらめにされた人々を連れていってください。我流を押しとおせる〈酔夢の里〉へと！

## 追梦人——武者小路实笃

**・你的王国“新村”。**

——你的理念是尊重个人的人性，自我的全面成长。否定竞争的原则，崇尚自由平等，尊重艺术性，营造了一个不伤害他人，共同生活的空间。 这个空间被外界批判为危险思想意识，虚幻的社会主义，因此它的存在用了四十年的时间才得到社会的认可。所写的《马鹿一》（马鹿意为笨蛋，傻瓜。这里马鹿一为人名），《真理先生》，《友谊》等大量书籍的版税都用来支付这个村子的维护费用！为了自己的梦想他从未动摇，而是奋力前行。

“没有比这条路更能让我活出自我　那就走下去”——这些笔力雄健的文字耸立在你王国的入口处。来！带着那些被社会规范束缚的人一起走吧！带他们去我们随心所欲的“醉梦之乡”吧！

# 性の謳歌……谷崎潤一郎

**・女の官能美と魔性を暴くことに無上の喜びを見出していましたね。**

——美しいものは正義であり、醜いものは悪であるという考えが根幹にあったのでしょう。美しいものとは、あなたにとっては女体だけでしたね。

背徳の美がむせ返る『刺青』『痴人の愛』は、徹底した女体崇拝と女尊男卑でしたよ。男は主人公である女の魔性に取り憑かれ翻弄され、身も心もズタズタになります。女にかしずかなければ生きられない、哀れな男となるのです。しかし、実生活は全く逆でしたね。度重なる不倫や二度にわたる離婚劇の裏には、献身を惜しまない美しく若い女をいつも傍らに置いていましたから！　実生活は作品に奉仕しなければならないという方程式でもあったのでしょうか？　何はともあれ、女の涙を掌で転がし弄んだ御人ですね。

# 性的赞歌——谷崎润一郎

**・在发掘女性的官能之美和魔性魅力的过程中，你发现了无与伦比的乐趣。**

——美即正义，丑即邪恶。对你来说，唯一美丽的东西就是女性的身体吧。

《刺青》和《痴人之爱》的不道德之美，是彻头彻尾的女体崇拜及女尊男卑。男人被女主角的魔性魅力玩弄得粉身碎骨，他成了一个没了女人就不能活的可怜人。然而，现实生活却恰恰相反。他经历过屡次出轨，两次戏剧性离婚的背后，他的身边始终不缺年轻貌美且对他一往情深的女人！莫非他这样放肆的私生活是对他作品的一种奉献公式吗？无论如何，他都是一个把女性的眼泪揉在手里玩弄的男人。

# 自分への愛……石川啄木

**・誰か我を　思ふ存分　叱りつくる人　あれと思ふ　何の心ぞ！**
**・人がみな　同じ方角に　向ひて行く　それを横より　見てゐる心**

——煩悩をオブラートに包んだ歌集『一握の砂』は、「我を愛する歌」という副題が付いています。あなたの短歌は過去を顧みているのではなく、明日へ微笑むために今日を嘆いているのです。赤貧にあえいでいる悲哀ではありません。そして、ひたすら自分を愛しんで詠み上げるのです。

そよ風にさえビクビクする臆病な自尊心を守るためにも、自分へ愛を注ぎこまなければいけなかったようですね。また、天賦の才があると自分に信じこませ、他者に対して尊大に振るまっていたのです。他者から哀れみを受けることは、恥辱であり許せなかったのです。それを悟られないようにするためには、心の琴線を爪弾くしかなかったのです。他者にも自分にも！

# 对自己的爱——石川啄木

**・我希望有人尽情地责骂我　我的内心是怎么想的呀！**
**・所有的人都喜欢跟随大众朝着同一个方向走 在心里我总是冷眼旁观着这一切**

——含蓄地诉说着烦恼的诗歌集《一把沙子》的副标题是 " 爱我的歌 "。你的短歌不是对过去的反思，而是为了能微笑面对明天而对今天的感叹。这不是生活在赤贫中的悲哀，而是在抒怀着你对自己的爱。

似乎你必须把爱倾注在自己身上，才能保护住你那一阵微风都能把你吓得心惊胆跳的自尊心。他还坚信自己天赋异禀，对他人表现得傲慢无礼。 并认为接受他人的怜悯是可耻的。要想不被别人揣摩到自己心思，只能亲手拨弄心弦，操控着他人的和自己的！

# 昭和の仁侠道……菊池寛

**・作品よりも作家の地位向上に生涯を捧げていましたね。**

――劇作家協会・小説家協会・文芸家協会・文藝春秋社の設立……等々。著作権審議会なるものを発足させたのも、作家の生活を慮ってのことです。数多くある文学賞の草分けとなった「芥川賞・直木賞」を造ったのは、真に最たる表れです。受賞者には賞金を出すだけでなく、作品を世に広める宣伝活動まで行います。物質面の援助をすることで、今後とも優れた作品を書いてもらいたいとの願いなのです。

〈文壇の大御所〉と呼ばれてからは、支援を惜しまない活動に拍車がかかってきましたね。川端康成をはじめ文壇の重鎮となった作家の中で、生活に困窮していたデビュー当時に恩恵を受けていない者は皆無です。――着流しの浴衣で〈宵越しの金〉をたっぷりと財布に詰めこんでの饗応。倫理的な問題に人情の相克を絡ませた『父帰る』に、熱き人間愛を感じるのは私だけではないはずです。

# 昭和的侠义道——菊池宽

**・比起作品来，他毕生致力于提高作家的地位。**

——他是戏剧家协会，小说家协会，文艺家协会，文艺春秋社……等组织的创始人。版权委员会的成立也是出于对作家生计的担忧。作为众多文学奖项的先驱，芥川奖和直木奖的设立就真实地反映了这一点。获奖者不仅给予获奖者奖金，还帮他们后期的作品宣传和推广。希望通过为他们提供物质上的支持，从而让他们今后把精力放在优秀作品的创作上。

自从你被称为“文坛宗师”以后，你的慷慨助活动更是不计其数！包括川端康成在内的文坛巨匠们，出道时生活潦倒时下没有谁是没得到过你的资助的。——身着飘逸的浴衣，手持鼓囊的钱包给才子们供应着美食。在伦理问题与人情世故交织在一起的著作《父亲归来》中相信不止我一个人感受到了炽热的人性之爱。

# サディズム……夢野久作

**・不気味な破裂音を鳴り響かせ邪悪な風が吹き狂う『ドグラマグラ』。**

――現世に終わりを告げに来る魑魅魍魎が、渦巻いているような奇怪な内容と構成ですね。この作品を読み終えた読者は、脳味噌がグチャグチャにかき回された感覚を覚えることでしょう。最終章にたどり着くまでに、サディズムと化した自分の影法師と何度も出会うからです。残忍な加虐性は理性に阻まれて、実生活ではほとんど出てきません。しかし求めているのです。虐げることによって沸き起こる、あの何とも形容しがたい恍惚感を！

作品のもう一つの大きな魅力を探ってみましょう。夢と現実の境界を設けずに、物語を展開するところです。悪魔的な猟奇性ばかりに目を奪われていると、夢の空間へ場面が移っていることに気付きません。意識下に眠る欲望が肥大して現れる、真に白昼夢です。――その欲望とは、ひょっとしたらマゾヒズムかもしれません。

# 施虐狂——梦野久作

**・在《脑髓地狱》中，令人不安的爆炸声回荡，邪恶的风肆虐。**

——那些来宣告现世终结的魑魅魍魉编织出一段奇异而旋转的叙事。读完这部作品的读者可能会感受到脑子都被彻底搅动的感觉。在通往最终章的旅程中，他们会反复遇到自己那变得充满虐待倾向的影子。这种残忍的虐待，在现实生活中由于理智而几乎不显现。然而，人们却渴望这种通过压迫产生的难以言喻的恍惚感！

让我们来探讨一下这部作品的另一大魅力。它在不明确梦境与现实之间的边界的情况下展开故事。在被邪恶的怪异吸引的同时，读者可能会注意不到场景过渡到梦幻空间。潜藏在潜意识中的欲望涌现并膨胀，创造出一个真实的白昼梦。——这些欲望或许是具有受虐倾向的。

## 神の刑罰……芥川龍之介

**・自由は山巓の空気に似ている。どちらも弱い者には堪えることが出来ない。**
**・わたしは不幸にも知っている。時には嘘による外は語られぬ真実もあることを。**

——小雨の降りしきる未明に、聖書を枕辺に置き自らの命を絶たれましたね。死を決意し十字架につかれたキリストと、自分を重ね合わせたかったのでしょう。遺書がわりにしたためたであろう手記『侏儒の言葉』を読むとわかります。聖書を見倣ってか、寓話と警句で書かれている点からも明らかです。しかしあなたは、生きる糧を人間に押し付けがましく授けようとしていたようですね。そのためでしょうか？　負の十字架を背負って、ゴルゴダの丘を登ることになったのです。辰年辰月辰日辰刻に生を享けた、悲しき〈擬似キリスト〉・龍之介様！

## 神的刑法——芥川龙之介

**・自由就像山巅的空气一样，对于弱者来说总是难以承受。**
**・我也不幸地清楚这一点。有时候，通过谎言无法表达的真相也是存在的。**

——在轻细的小雨未明中，你将圣经枕在身旁，安静地结束了自己的生命。你似乎想把自己与那位决意背负十字架替世人受难的耶稣重叠。阅读过你被世人看作遗书的《侏儒的话》，我们更能看出这一点。与圣经相似的寓言和格言也是那么明显。但是，你又似乎试图以一种略带傲慢的方式将生命的粮食赋予人类。正因如此你才背负着十字架，决定攀登各各他山。龙之介先生，生于辰年辰月辰日辰刻，是一位悲伤的“拟基督者”！

## 夜の夢こそ真……江戸川乱歩

**・奇怪さが充満する猟奇的な作品で読者を虜にした、あなた！**

——その魅力は何でしょう。耽美的な毒の香りが匂うパンドラの箱を開ける鍵を、自分だけが手にしているような感じを抱かせることですね。謎が謎を呼びこむ巧妙な仕掛けは手法であり、決して本質的なものではありません。

ページをめくると、異常なモノへの憧れが妖しく交錯する世界がまぶしいばかりに広がってきます。触覚のエロチシズム『人間椅子』、覗き見のスリル『屋根裏の散歩者』、戦争で手足を失った夫と妻の性愛を描いた『芋虫』、恋する女性を殺しその死骸を愛でる男を描いた『虫』……等々。新たな刺激を求めてやまない人間の性を、自分の心に見出して生まれた作品群ですね。そして、自分の作品に心も体も冒されていったのですね。日中ではなく、真夜中にしか執筆されないこともあって！

## 夜晚的梦境更真——江户川乱步

**・他那奇异而充满猎奇的作品深深地迷住了读者！**

——他的魅力在于，让人感觉只有自己拿着能打开装有耽美毒气的潘多拉之盒的唯一钥匙。谜团引发谜团的巧妙手法是一种技巧，而并非是一些本质的东西。

翻开他的书页，一个对奇幻的向往与妖异交织的世界如梦般展开。触觉色情描写的《人间椅子》；窥视中的刺激《屋根阁楼的漫步者》；在战争中失去四肢的丈夫与妻子的性爱《芋虫》；杀死恋爱对象后恋尸的《虫》……等等。真是这些追求新刺激的人性在他心中找到了表达的出口，从而孕育了这一系列的作品。而这些作品也同时深深地影响了他自己的心灵和身体。让他甚至只在午夜执笔写作！

# 見えざる十字架……八木重吉

### ・あなたは十字架につかれたキリストに何を見たのでしょうか？

――癒し・救い・祈り・赦し・贖罪・福音・受難・創造・復活。それとも、新たな啓示を示す黙示録の世界ですか。

カンバスである詩の片隅には、深く頭を垂れ固く両手を合わせているあなたの姿がいつもあります。心に不純物がなくなるまで祈りは続けられるのです。心が透きとおるまで祈ってから、初めて詩を綴っていくのでしょう。だからこそ、一点の翳りもなく澄明なのですね。『未刊詩篇』に収録されている「愛のことば」「秋のこころ」「母」などは、心が極限まで純化した表れのように想われます。〈最後の審判〉を安らかな気持ちで迎えるためだと言っても、過言ではないでしょう。

# 看不见的十字架——八木重吉

### ・你在被钉在十字架上的基督身上看到了什么呢?

——治愈，拯救，祈祷，宽恕，救赎，福音，受难，创造，复活。还是一个展示新启示的默示录世界呢?

在诗的画布角落里，你总是深深地垂着头，紧握着双手紧握。祈祷持续到你心中没有杂念为止。只有在祈祷到心灵纯净之后，才开始写诗。因此，这些作品无一瑕疵，清澈明亮。收录在《未刊诗篇》中的“爱的言辞”，“秋之心”，“母亲”等，被认为是心灵极限纯净的体现。评价这写作品都是为了能安心迎接自己人生里的〈最后的审判〉的也不为过吧。

## 役者……川端康成

**・あなたは〈孤高の人〉を演じて鬱屈した心の中を誰にも見せませんでしたね。**

——他者とのつながりを人一倍強く求めていたようですが、怖かったのでしょう。求める心を見透かされたくなかったから！　だから誰も寄せつけずに、いつも一人でいたのですね。日本的な情緒が漂う『雪国』『千羽鶴』『古都』などに登場させている数奇な運命から逃れられず救いを求める女は、その裏返しなのですね。晩年は、現実の世界で叶わなかった想いを他界に求め〈魔界のエロス〉の世界を造り上げたのです。その結果、他者とのつながりを求める心はより強くなったようですね。奇怪さが際立った『片腕』は、それらが形を変え歪んで描き出された最たる作品です。

自らの手で黄泉の国へ旅立たれましたが、そこでは他者の目を気にせず自分をさらけ出しているのでしょうか？　それとも、舞台がないと一人芝居に長けたあなたとしては、何も演じられないのでしょうか？

## 演员——川端康成

**・你总是以一副“孤高之人”示人，但从未向任何人展示过郁积的内心吧？**

——你似乎比别人更强烈地渴望与他人建立联系，但也因为害怕，不愿意让人看透你所渴望的内心！所以你总是避开与任何人接触一人独处。在《雪国》,《千羽鹤》,《古都》等充满日本情感的作品中，出现了无法逃避奇妙命运寻求拯救的女性，这实际上是这一情感的反映。晚年时，在现实世界中无法实现的情感愿望，在《魔界之爱》的世界里得以实现。这使你似乎更加强烈地渴望与他人建立联系。其中，奇异作品《一只胳膊》就是这些情感转变和扭曲的杰出代表。

虽然你自己踏上了黄泉之路的旅途，但在那里你是否终于可以毫无顾忌地展示自己，而不在意他人的目光了呢？还是说作为一位擅长独角戏却没有舞台的你，正在无所事事呢？

# 色彩のマジック……梶井基次郎

・病いによる死の恐怖をいつも身近に感じていたのでしょう。

——作品を覆っている色調は灰色ですね。しかし様々な面影が交差する『檸檬』に代表されるように、鮮やかな色彩を物語の一点に施し作品をキリッと引き締めています。奇妙な幻想体験を綴った『桜の樹の下には』のピンク。虫の動態を飽くなき探求心で観察した『冬の蠅』の白。焦燥と憂鬱が重くのしかかっている日々を描いた『泥濘』の赤……等々。

視覚効果を十分に考えて作品を構築していたのですね。いや、死の暗い影が忍び寄る中で、一縷の生への希望を色に託していたのですね。そして、萎えていく肉体と精神を支えたのです。だからでしょうか？　生への倦怠を引きずりながらも、まぶしいばかりの光を放つ自己凝視の瞳を感じるのは！

# 色彩的魔法师——梶井基次郎

・一直摆脱不了疾病带来的对死亡的恐惧吧。

——覆盖在作品上的色调是灰色的。然而，正如《柠檬》等作品中各种面影交错，为故事赋予了鲜艳的色彩，使其更加紧凑。比如描述奇异幻想体验的《樱花树下》的粉色，以及用不懈的探索心态观察昆虫动态的《冬天的苍蝇》的白色，以及描绘了焦躁和忧郁的《泥泞》的红色……等等。

这些都是充分考虑了视觉效果而构建出的作品。不，应该说是在死亡的阴影笼罩下，将对生命的一缕希望寄托在了颜色上。从而来支撑着渐衰的肉体和精神。也许正因如此，尽管深陷于对生命的疲倦，我们还是能感受到你那自我注视的瞳孔中放射出的明亮光芒！

# はかなさ……堀辰雄

**・掌でほのかな玉の緒を優しく包みこんでいますね。**

——顔をしかめられるでしょうが、何となく破滅志向のあの人の作品と調べが似ています。命のはかなさを慈しんでいる点が、そのように感じさせます。死を予見していた自分への鎮魂をこめて綴った『聖家族』。たぐり寄せてもたぐり寄せても遠のいていく生を、逃れられない運命として描いた作品です。実生活は、生と死をさまよう体と心の闘いでしたね。小康状態の時にだけ執筆ができたのです。そして、止まることを知らない死の暗い影を、陽炎日記『風立ちぬ』で静かに美しく昇華させていきました。

だからでしょうか？　どの作品にも、消えゆく命への哀歌が漂っています。秋まで生き延びる力が残っていない〈哀れ蚊〉というイメージがあるのです。

# 虚幻而脆弱——堀辰雄

**・用手掌温柔包裹着那微弱的生命线一样。**

——可能会让人皱眉，隐约中总感觉与那位有着破灭倾向的人的作品有些相似。他们都在怜惜生命的脆弱性，这种感觉让人有所触动。《圣家族》是他为自己预见死亡而写下的安魂之作。作品描写了任凭你怎么挽留也与其渐行渐远的生命，这是不可逃避的命运。在现实生活中你也一直在身体和心灵的生死较量中煎熬。据说你只有在身体状况相对较好的时候才能写作。然后，在《起风了》中以安静而美丽的方式将永不停息的死亡的阴影升华。

也许正因如此? 他的每一部作品都弥漫着对逝去生命的哀歌。就好像活不到秋天的“可怜的蚊子”这样的脆弱。

# アンチテーゼ……坂口安吾

**・日本に根付く伝統的な価値観を否定し、新たな指標を示した随筆集『堕落論』。**

——伝統と慣習に覆われた古い鎧を脱ぎ捨て、人間は本来の姿に帰るべきだと声高に訴えていますね。そのためには、どこまでも堕ちなければいけないのだと！　作品と同様に、実生活も本能を全開させ自堕落な生を享楽していたのです。無頼派作家と呼ばれる所以ですね。

しかし小説には、このような熾烈な意気込みは全く感じられません。歯切れの悪い冗漫な文章が書き連ねてあるだけです。さて、随筆と小説の大きな大きな隔たりはどこから来ているのでしょうか？　本能は現実の世界で開花しなければ、意味はないのだと考えていたのです。そのため、小説という虚構の世界が許せなかったのですね。

# 反骨——坂口安吾

**・坂口安吾的散文集《堕落论》否定了日本根深蒂固的传统价值观，并提出了新的指标。**

——抛弃被传统和习俗覆盖的陈旧铠甲，高声呼吁人类应该回归本真的姿态。为此，你主张必须堕落到极致！你的现实生活与作品一样，充满本能，沉浸在放纵的生活中。这也是你被称为无赖派作家的原因。

然而，在小说中并没有感受到这种激烈的情感。相反，他的小说是拖拖拉拉的冗长文章。那么，散文和小说之间的巨大差距是从何而来的呢？你认为本能如果不能在现实世界中开花结果，就毫无意义。因此你无法接受小说这种虚构的世界。

# 旅情……井上靖

**・数多くの異国の地への放浪で育んだ感性。**

——地平への誘いの書『敦煌』には、真にあなたの唱える旅情が漂っていました。はるか往にし方の中国史を取材し西域を舞台にすることで、大陸への憧れをかき立ててくれました。冒険心を呼び醒ましてくれました。どこまでも続く砂礫ばかりの原野を突っ切るオアシスへの道、シルクロードが浮び上がってきます。全てが鉛色に塗りこめられた空間に、歴史に埋もれていった人物を鮮やかに甦らせています。雄壮な調べとともに……。

最晩年の作品『孔子』に至っては、あなたの人生に対する想いと旅情が溶け合い、主人公とともに物語を体験しているような錯覚さえ覚えましたよ。放浪者の旗手としての気概を持ち、異国の地での旅情を楽しんでいたからこそ生まれた作品ばかりですね。

# 旅途情怀——井上靖

**・通过漫游众多异国培养出的感性。**

——在《敦煌》这本向着地平线的邀约之书中，作者真挚的旅情弥漫其中。通过深入探索遥远的中国历史，以西域为背景唤醒了对大陆的向往，激发了人们冒险心。穿越布满沙砾的无尽原野，通往绿洲之道，丝绸之路浮现眼前。在一切都被涂抹成铅灰色的空间里，被埋没在历史中的人物栩栩如生地呈现出来。伴随着雄壮的音律……。

至于晚年之作《孔子》，我仿佛觉得能与作者对生命的情感和旅情融为一体，甚至产生了与主人公共同经历故事的错觉。正是因为你拥有放浪者的豪情，在异国他乡尽情享受的旅情才描绘得出这样的作品。

# 魂の遍歴……中原中也

**・「わが半生」「生ひ立ちの歌」「つみびとの歌」……等々。**

——郷愁、いや悲哀と懺悔を漂わす題名ばかりですね。享年三十歳。自らを苛み、息つく暇もなく生を駆け抜けた涙を紡いだ詩人！　あなたは、吹き募る北風を抱えこんでいたようです。そして、終わりのない悲しみを追憶の炎とともに灯すのです。シルクハットから覗いていた大きな瞳は、在りし日ばかりを見つめていたのです。2冊だけしか残されていない詩集『山羊の歌』『在りし日の歌』は、悲しい悲しいハーモニーを奏でていますね。

しかも、自責の念にかられた悲しみです。だからでしょうか？　耳を澄ますと、贖罪を訴える悲痛な呟きがこだましているのがわかるのです。悲しみを胸に宿している私には！

# 灵魂的遍历——中原中也

**・“我的半生”，“生平之歌”，“罪人之歌”……等等。**

——乡愁啊，不！都是散发着悲哀和忏悔的标题。享年三十岁。自怨自艾，无暇喘息，编织着无尽泪水的诗人！你好像怀抱着呼啸的北风。用记忆的火焰点燃无尽的悲伤。那双从丝绸帽里窥视着的大眼睛，只凝视着曾经的过往。仅留下的两本诗集《山羊之歌》和《往日之歌》演奏着悲伤的曲调。

而且还是来自自责的悲伤。正因如此吧？对于满怀伤痛的我来说，只要洗耳倾听，就会听到那诉求赎罪的悲痛嘀咕。

## 私的弁証法……高見順

**・雑踏の中にあっての孤独といつも酒を酌み交わしていましたね。**

——生と死・肯定と否定・具象と抽象など、相反するものを体の中に同居させていたことが生き様の特徴ですね。その諸刃の剣を病魔に悟られないようにして詩を綴っていくのでした。明日をも知れぬ病いに臥せってからは、残されたわずかな時間を楽しむために孤独とより親密になってきたのです。第一詩集『樹木派』から順を追って読み進めていくとわかります。遺稿となった『死の淵より』には、生と死の狭間に立った人間だけが感じ取れる〈栄孤盛酔〉の理が導き出されていますね。

病いが生命の養分を吸い取るかわりに、孤独はますます浄化されていったでしょう。酒の御力もあったのかもしれませんが……。

## 个人辩证法——高见顺

**・在杂乱之中，常常对着孤独饮酒。**

——生与死，肯定与否定，具象与抽象等等，这些矛盾的东西在体内共存是生活的特征。为了防止病魔发觉这把双刃剑只有继续写诗。自从患上不知明日的疾病后，哪怕是躺在病床上，为了享受为数不多的时光，与孤独更加亲密了。从第一本诗集《树木派》开始依次阅读就明白了。成为遗稿的《寄自死亡的深渊》中，推导出了只有站在生与死之间的人才能感受到的“荣孤盛醉”的道理。

与其说疾病吸走了生命的养分，不如说孤独会愈来愈被净化。或许这里面也有酒的力量呢……。

# 求愛の祈り……太宰治

**・自分を取り巻く世界になじめない人間を優しく優しく包みこんでくれる『人間失格』。**

——あなたの私小説は、愛を求めてやまない叫び声が耳元で優しく囁かれているように聞こえます。温かな眼差しと親愛の情をあふれさせて！　この感覚は、一体どこから来るのでしょう。作品の主人公に目を凝らすとわかります。そよ風にさえ恐れおののく無頼の徒が、いつでも〈人を憂え〉ているのです。他者の寂しさに、自分に胸を熱くたぎらせているのです。

無頼・欺瞞・罪意識・人間不信・破滅志向などが、あなたの心に大きく比重を占めていましたね。非生産的なものばかりですが、それらを胸に宿していたからこそ他者に優しくなれたのでしょう。そう言えば、「優」という文字は「憂」から作られたのですよね。

# 爱的祈祷——太宰治

**・温柔地包围着无法适应自己周围世界的人的《人间失格》。**

——你的小说听起来像是在耳边温柔地低语着无休止的求爱之声。让温暖的眼神和深情溢出！这种感觉到底从何而来呢？细品作品中的主人公就知道了。连微风都怕的无赖者，却无时无刻在“忧虑人”。在别人的寂寞中，让自己热血沸腾。

无赖，欺骗，罪恶感，不信赖人，消磨意志等等，这些东西在你的心中占据了很大的比重。这些都是无益的东西，但正是因为把它们寄存在心里，才会对别人变得善良。“优柔的优”这个字是从“忧愁的忧”中演变出来的（注）。

※ 注：日语里「優」是温柔，和蔼，优柔的意思。「憂」是忧愁，悲伤的意思。两个字在写法上有区别。

## 生への執着心……中島敦

**・自分の生の証しを確かめるために、熾烈な感情で作品を塗り固めていますね。**

――『山月記』の自尊心、『弟子』の情熱、『李陵』の孤独……等々。たぎるような一つのこだわった感情で物語を貫きとおすので、長編や登場人物が入り組んだ作品は書けないのです。しかし逆に、短編ならではの〈序・破・急〉を駆使した息もつかせぬ展開で構成しています。冗漫さを徹底的に排除した文体も作品の大きな特徴です。

作品の舞台はあえて異国の地を選び、燃えたぎる感情を極限まで高めていたのですね。「さっぱり」と「しつこい」という言葉のイメージを想像してください。そうです。こだわりを嫌う風潮が蔓延している日本では、あなたの執着心は萎えてしまうからですね。

## 对生命的执着心——中岛敦

**・为了证明自己活着，用炽热的情感涂抹作品。**

——《山月记》中的自尊心，《弟子》中的热情，《李陵》中的孤独……等等。因为用一种执着的感情贯穿故事，所以不能写长篇和登场人物错综复杂的作品。但是相反，短篇特有的“序，破，急”的情节紧张得令人屏住呼吸。彻底排除了冗长的写作文体也是作品的一大特色。

作品的舞台特意选择异国他乡，将炽热的感情提升到了极限。想象一下“爽朗”和“执拗”这两个词的形象。是的。对坚持与执着的厌倦风潮正在蔓延的日本，你的执着心会慢慢萎缩。

# 崩解感覚……野間宏

**・死と隣り合わせであった期間を思い返して審らかにする作業をしていたのです。**

——読み比べてみると、あなたの作品は他の戦争文学とは異質なことがわかります。しかし、内省に明け暮れる『暗い絵』『地獄篇第二十八歌』『顔の中の赤い月』は、果たして戦争文学と言えるのでしょうか？

戦時下に置かれた人間の心が、しだいに歪んでいく構図はおぼろげながら感じます。表情を失い暗く澱んだ瞳で、無気力に周囲を眺めるからです。たぶん、生きる意味を問いかけているのだろうと想いますが、死ぬ理由がないから生きているのだとも読み取れます。戦争の狂気を風化させないためではなく、生への指標を探る営みに疲れ果てた〈心の姥捨て山〉が、作品の主題なのかと問い正したくなります。何はともあれ、あなたを含めて戦争文学を綴った作家たちの心根には感服します。

# 崩溃感觉——野间宏

**・审视着自己和死亡擦身而过的时期。**

——通过阅读比较，不难发现你的作品与其他战争文学是异质的。但是，沉浸在自省中的《阴暗的图画》，《地狱篇二十八歌》，《脸上的红月亮》究竟能不能称作是战争文学呢？

逐渐扭曲的构图隐约地感受到的战时人们的内心。面无表情，阴沉的瞳孔，无精打采地环顾四周。可能是在质疑生存的意义，但也可能是因为没有死的理由才苟且活着。不是为了淡化战争的疯狂，而是为了寻找对活着的路标而筋疲力尽的“内心的姥姥弃山”（注），很想询问这是不是作品的主题呢？不管怎么说，我很佩服包括你在内的描写战争文学的作家们的内心。

※ 注：“姥姥弃山”因无法赡养老人而把双亲遗弃在深山以其自生自灭，以弃老为题材的日本民间故事。

# 布教の旅路……三浦綾子

**・病いの床でキリスト降誕の光を浴びて生まれ変わりましたね。**

——生きることに億劫だったあなたに、活力がみなぎってきたのです。それからでしたね。インマニエルを胸に宿し、水先案内人としての使命を背負って伝道に励むのでした。「癒し・救い・祈り・赦し・福音・贖罪・復活・原罪・隣人愛」などの言葉が日本では宗教語の範疇を出ない時代に、小説によってキリスト教の芽を育もうと試みたのです。

伝道の書である作品は、難しい箴言をちりばめた聖書とはかけ離れ、小学生でもわかるように書かれています。布教活動を重んずるあまり、誰にでもわかりやすくということが念頭にあったためでしょうか？　申し上げにくいのですが、メルヘンチックで児童書の域を出ていませんよ。特にデビュー作『氷点』は！

# 传教的路途——三浦绫子

**・在病床上沐浴着基督诞生的光芒而获得重生。**

——对于懒得活下去的你来说，一下子充满了活力。就是从那时开始的吧。心怀以马内利，肩负着作为引水人的使命，努力传道。“治愈，救赎，祈祷，宽恕，福音，赎罪，复活，原罪，爱邻人”等等这样的词语在日本还不属于宗教语范畴的时代，试图通过小说培育基督教的萌芽。

这本传道书与充满困难箴言的圣经相去甚远，即使是小学生也能理解。是不是因为太重视传教活动，想让任何人都能理解呢？很为难地说，它始终没有超出儿童书的范畴。尤其是出道作《冰点》！

# 散多苦労好……遠藤周作

**・原罪を背負う人間の心に神を据えることを声高に叫び続けていたのですね。**

――初期の作品群では、神なき日本人の罪意識を取り上げ人間は原罪によって歪められているのだと訴えています。中期の作品群では、罪と罰をテーマにして救いを求める心を神に委ねる必然性を説いています。そして、より日本人の感受性に合う形で神の存在を作品に組み入れたのです。キリスト教の地盤がない日本の汎神論的風土の中で、神はどのような意味を持つのかに腐心して執筆するのでした。人間が神を見ていなくても、神が人間を見ているのだという観点に立って！　数多くの伝道書とも言える作品の中でも、魂の救済を囁きかける『深い河』に顕著に出ていますね。

布教のために日本に派遣された、サンタクロース〈散多苦労好〉さん。今日はクリスマスイブです。さぁ、キリスト降誕を祝いましょう。日本にもやっとキリスト教が根付いたのですから！

# 散多苦劳好（注）——远藤周作

**・一直高声地喊着背负着原罪的人应心存神明。**

——在初期的作品群中，提出了没有神的日本人的罪意识，呼吁人类是被原罪扭曲的。在中期的作品群中，以罪与罚为主题，讲述了将寻求救赎的心托付给神的必然性。随之，以更符合日本人感受性的形式将神的存在纳入作品中。在基督教并没有任何根基，而日本又是泛神论的世风下，对上帝存在的意义而腐心地执笔。你的观点：即使人类不看上帝，上帝也一直在看着人类！在众多传道作品中，在低声诉说灵魂救赎的《深河》中显著出现。

为了传教而被派遣到日本的圣诞老人“散多苦劳好”。今天是平安夜。来，一起庆祝基督的诞生吧。因为基督教终于在日本扎根了！

※ 注：“散多苦劳好”为日语圣诞老人“santakurousu”的音译汉字。

## 酔魔の世界……安部公房

**・〈酔定時刻〉24時24分24秒との交歓です。**

——あなたの作品は、時空間が歪曲し亀裂が生じたブラックホールに投げこまれたような錯覚を起こさせます。異次元空間に放りこまれた主人公の意識の変化を軸に、物語を展開していますね。そこでは帰属する場所を失った主人公が、別のモノに変容していくのです。心も体も！　奇妙奇天烈な『壁』は、その最たるものです。

時と場が歪んだ空間で、主人公は最後にこう呟いています。「見渡すかぎりの曠野です。その中で、ぼくは静かに果てしなく成長してゆく壁なのです」と！〈実存への問い〉を、いつも自分に投げかけていたのでしょう。人間にとって唯一確実な存在を肉体であると定め、そこから自分の世界を明らかにしようとする実存主義を導き出したかったのですね。

## 醉魔的世界——安部公房

**・“醉定时刻”是 24 时 24 分 24 秒的交流。**

——你的作品会让人有一种被扔进时空扭曲而撕裂的黑洞里的错觉。以被扔进异次元空间的主人公的意识变化为轴心展开故事。在那里，失去归属地的主人公，变身为别的东西。心和身体都！奇妙不可思议的《墙》就是其中最值得一提的。

在时间和空间扭曲的空间里，主人公最后喃喃自语：“目之所及的旷野。在这里我就是一堵无休止地静地成长的墙！”他总是在向自己提出“生存问题”。你想把肉体定义为人类唯一确定的存在，并想从中推导出揭示自己世界的存在主义。

## スタンドプレー……三島由紀夫

**・自衛隊の駐屯地の一室で割腹による自決を遂げた〈雄斗虎（おとこ）〉！**

――「滅びの美学」を自らの命と引き換えに確立したのです。自決を決意してからは、作品に滅びゆくものの美しさを意識的に組みこんできましたね。そして沸点に達した武士道精神は、小説という虚構の世界に身を置くことを潔しとはしませんでした。政治団体組織〈楯の会〉を結成して、政界にも足を踏み入れたのでした。ついには「散るをいとふ世にも人にもさきがけて散るこそ花と吹く小夜嵐」という辞世の句をしたため、現実の世界での幕を閉じたのでしたね。

しかし、潔い自決の定理を導き出したあなたの真意もわからずに、「スタンドプレー」だと公言している人間もいるのです。滅びの美学の結晶体である『金閣寺』を拝読すれば、そのような短絡的な想いは消し飛ぶはずですが！

## 哗众取宠——三岛由纪夫

**・在自卫队驻地的一个房间里剖腹自决的“雄斗虎”！**

——以自己的生命为代价换取了“毁灭美学”的肯定。下定决心自决之后，作品中就有意识地融入了毁灭的美丽。而达到沸点的武士道精神，不屑仅置身于小说这个虚构的世界。他组成了政治团体组织“盾牌会”，也踏入了政界。最后，他留下了辞世的句子“世人悲花散 晚风吹起 花艳舞”在现实的世界里落下了生命的帷幕。

但是，也有人在根本不明白你纯洁的自决所要表达的你的意图的情况下，公开称你的行为不过是“哗众取宠”。但凡拜读过你的《金阁寺》的人的话，都丝毫不会有这种想法！

## 酔天宮……立原正秋

**・限りなく酌めども未だ唇を潤さず。**

——酒呑みの〈男の美学〉を実践するために描いてきた〈女の美学〉を作品から探ってみます。恋情にひたむきな女心のひだを重ね合わせた『紬の里』『あだし野』『残りの雪』……等々。肉欲の甘い疼きに引きずられる性と闘う、悲しいまでの女の矜恃。尽きることのない紅蓮の炎に、激しく燃え上がる肉体。あなたは〈愛の讃歌〉をなびかせ作品に著したと言われていますが、果たしてそうなのでしょうか？　愛にしかすがれない女が、嫉妬の渦巻く淵に溺れていく姿しか見えません。諦めを紡いでいる女の涙しか見えません。孤立していく愛、いや孤高の極みを求める愛を描いているのですね。

まぁ何はともあれ、愛を置き去りにしてきたかのようなカモフラージュを施して、女のファンを獲得していったのです。——〈酒羅の里〉にある〈酔天宮〉に祀られているあなたに、まずは一献！

## 醉天宫——立原正秋

**・酒杯从未停过但还没湿润嘴唇**

——试着从作品中探索为实践喝酒的“男人的美学”而描绘的“女人的美学”。在恋爱中叠加了一心一意女人心的《和服之下》，《化野》，《残雪》……等等。与被肉欲的甜蜜痛苦拖拉着的性斗争，悲伤到极致的女人的矜持。在无尽的红莲的火焰中，猛烈燃烧起来的肉体。据说你的作品都飘荡着“爱的赞歌”，到底真的是这样的吗？只执着于爱的女人，就只能看到沉溺在嫉妒旋涡的深渊中的身影。只能看到纺织着放弃的女人的眼泪。描写的是对孤立的爱，或者说是孤傲至极的爱。

不管怎么说，你伪装出一副仿佛已经将爱之置于脑后似的样子，获得了一群女粉丝。——给供奉在“酒场之乡”的“醉天宫”的你，首先敬上一杯！

# 天上人……谷川俊太郎

**・あなたは対象を彼方から見つめ詩を構築しますね。**

――瞳の位置が、まるで天空にあるようです。過去と現在を交差させ喪失感を詠み上げた『二十億光年の孤独』から、その瞳の位置は変わりません。いや、心の扉を優しくノックするその後の詩集『日々の地図』『ことば遊び』に至っては、より天空に瞳が近付いていますね。言霊を弄んだような語呂合わせ的な要素を鑑みると、あたかも天空から人間を操っている誰かさんのようです。

詩の音韻源を支える言葉には、感傷性は全くありませんね。宇宙にあるブラックホールに感傷性を吸いこませていたのでしょう。時の外れから滴る〈久遠の雫〉を、いつも掌で転がしていたからですね、天上人様！

# 作为天上来客——谷川俊太郎

**・你从远方凝视对方，然后勾出了诗歌。**

——眼睛的位置仿佛在天空中。从交错于过去与现在而抒发出失落感的《二十亿光年的孤独》开始，那双眼睛的位置就没有变过。不，温柔地敲开心灵之门后的诗集《天天地图》和《语言游戏》中，你的眼睛好像更接近天空了。想到你巧妙地玩弄着语言的灵力，仿佛从天空中操纵人类的某个人似的。

支撑诗歌音韵源的词语里，完全没有多愁善感。是把这些伤感都吸进宇宙黑洞里了吧。因为你的掌心里总是滚动着时间之外滴落的“久远的水滴”，我的天上人大人啊！

## 筒囲ワールド……筒井康隆

**・現実と非現実が結び付いた珍妙な空間に居座り続けていますね。**

——人知の及ばない夢の世界での出来事を、現実の世界に運び入れ味付けをする料理人があなたです。スピーディに特殊なスパイスを効かせて！　そのせいか作品を読み進めていくと意識が朦朧となり、描かれていることが夢なのか現実なのかわからなくなります。実際には絶対に起こり得ないことが書かれていても、違和感はないのです。いや、むしろ生々しい現実味さえ帯びています。現実の世界をピリッと風刺している『懲戒の部屋』を読めば、すぐに納得するはずです。

虚偽の情報に踊らされ、何が真実かわからなくなっている現代人の目を醒まさせてください。蜃気楼だらけの社会を押しのけてください。瞳に映る世界が実体のない虚構だと考えている、私からの切なる願いです。

## 筒城世界——筒井康隆

**・一直置身于现实和非现实相结合的奇妙空间里呢。**

——将人类智慧所不及的梦中发生的事情带到现实世界中去调味的厨师就是你。快速地让特殊的香料起作用！也许是因为这个原因，阅读你的作品时不知不觉中意识就会变得朦胧，不知道你描绘的是梦还是现实。即使写的是绝对不可能发生的事情，也毫无违和感。不，甚至带着生动的现实感。如果你读了《惩罚室》的话，马上就能理解了。

请唤醒被虚假信息所左右，不知道什么是真相的现代人。请推开满是海市蜃楼的社会。我认为现在引入眼帘的世界是没有实体的虚构，这是我的恳切愿望。

# 老廃物……大江健三郎

**・孤立した山村に紛れこんだアメリカ兵を手なずけていく村人の困惑と恐怖を描いた『飼育』。**

——初期の作品から一貫して変わらない、大きな排他主義！　その効果的な演出のために、あなたは閉ざされた場をいつも舞台としていますね。

「暴力・死・再生」がモチーフになって、内容には興味を惹かれます。しかし構成が複雑で、言葉が難解で一文も長いため疲れるのです。その上、心の両義性にも焦点を当てるので主題を読み取るのに骨が折れます。これも、あなたの内に秘めた排他性のなせることなのでしょう。ノーベル文学賞の受賞者だと万人に認めさせるためにも、老廃物となるであろう排他性を早く取り除いてくださいね。

# 老废物——大江健三郎

**・《饲育》描写了美国士兵无意间闯入了孤立的山村，村民们将其慢慢驯服间产生的困惑和恐惧。**

——从初期作品开始就一成不变的强烈的排他主义！为了演出更有效，你总是把封闭的场所作为故事舞台。

“暴力，死亡，再生”为主题，内容很吸引人。但是结构复杂，语言难懂，一句话很长，所以很累。而且，由于还注重心灵的两义性，所以想读懂主题很费劲儿。这也是你内心隐藏的排他性吧。为了成为受万人认可的诺贝尔文学奖获得者，也请尽快排掉代谢废物的排他性吧。

## 母星……池澤夏樹

**・世界的な大ブームを巻き起こした『となりのトトロ』の原作者・宮崎駿の映像の世界。**

——あなたの描く作品と全く同じです。どちらも幻想と現実を溶け合わせ、哀愁を帯びた抒情性を優しく奏でています。実生活で苦悩する登場人物たちは、誠実に問題と向き合っています。大空が不誠実の塊を吸い上げてしまったかのようです。あなたは大空をバックボーンにした地球という惑星に、人間への全権委任状を託しているのでしょう。星座から降り注ぐ微粒子をちりばめた『真昼のプリニウス』を読めばわかります。

彼方に広がる青空が作品の背景ですね。360度の大パノラマ・天空から地上を見下ろす鳥瞰図・小さな穴から覗く遠景。それらが限りある空間を、無限の広がりを持つ空間へと変貌させていきます。だからですね。夢見心地で大空を浮遊しているような気を起こさせるのは！

## 母星——池泽夏树

**・掀起世界级大热潮的《龙猫》原作者・宫崎骏的影像世界。**

——和你描绘的作品完全一样。两者都融合了幻想和现实，温柔地奏着带着哀愁的抒情性。烦恼于现实生活中的登场人物们真诚地面对着问题。天空好像吸走了不诚实的那一块。你把全权委托书托付给了以天空为骨干的地球这个行星似的。读一读镶嵌着从星座落下的微粒子的《白昼的普林尼乌斯》就知道了。

无尽蔓延的蓝天就是作品的背景。360 度大全景，从天空俯瞰地面的鸟瞰图，从小孔中窥视的远景。将这些有限的空间转变为无限扩展的空间。所以呢，才让人感觉像在梦中漂浮在天空一样！

# 宿命への予言……村上春樹

**・一つの季節が悲しげに終わりを告げに来るメロディーが漂う初期の作品群。**

——しかし、あの忌まわしき〈サリン事件〉を題材にした『アンダーグラウンド』から、全く様変わりしてきましたね。過去と未来からはじき出されたであろう現在を、運命として受け入れなければならないということが主題となってきたのです。過去が未来を引きずりこんだ形で現在を表して、運命を逃げ場のない状態にするのです。

数多くの偶然をつなぎ合わせ必然の時と場を現出させる、真に時空を紡ぐ錬金術師ですね。しかし最近の作品は、奇をてらったものばかりで時空を紡いではいません。商業ベースに乗り作品を量産し続けた結果なのでしょう。金貨を生み出す錬金術師になったように感じるのは、私だけでしょうか？

# 对宿命的预言——村上春树

**・漂浮着一个季节悲伤地宣告结束的旋律的初期作品群。**

——但是，从用那个令人厌恶的“沙林毒气事件”为题材的《地下》开始，完全变了。从过去和未来中推出来了现在，你必须得以命运来接受的才能成为主题。而一直先于过去的情绪下带出的现在，使得命运成为了无处可逃的一种状态。

将无数的巧合连接起来，展现出必然的时间和地点，是真正编织时空的炼金术师。但是最近的作品，全是奇特的作品，并没有编织时空。应该是以商业为基础的高产的结果吧。难道只有我一个人觉得这是成了冶炼金币的炼金术师了吗?

## 雄斗虎（おとこ）……宮崎靖久

**・〈修羅道〉を極めて、弱者は強者にひれ伏すべきだという反道徳的な定理を導き出した現人神。**

——力みなぎる拳、鋭い眼光、相手を萎縮させるオーラ。これらを武器に、闘争本能をむき出しにした時代があったようですね。そして、我を押しとおせる王国の頂点に立ったのでしたね。そのためか、デビュー作の手記『ひとりごと』から一貫して、自分の優位性を誇示する節が随所に見受けられます。他者よりも上位に立つことが、あなたの至上の望みでしたからね。

他者の思惑など少しも気にする必要はありませんよ。想いのままに振る舞っていいのですよ。さぁ、他者の視線ばかり気にしている人間をあなたの亜空間（天を衝くような男樹が生い茂る空間）へ引きずりこみ、共生の不要さを教えてください。そうしなければ、あなたが地球に降臨した意味はありませんよ。

## 雄斗虎——宫崎靖久

**・穷尽“阿修罗之道”得出弱者应该屈服于强者这一反道德定理的现人神。**

——充满力量的手拳，锐利的眼光，让对方萎缩的气场。似乎有过以这些为武器，暴露出斗争本能的时代。然后，压制自我爬上王国的顶峰。因此，从处女作的手记《自言自语》中，到处都能看到炫耀自己优势的章节。站在比别人更高的位置，是你至上的愿望吧。

一点也不需要在意别人的想法。你可以随心所欲地行动。来吧，把那些只关心他人视线的人拖进你的魔幻空间（长着好像顶天立地的男子般枝繁叶茂苍天大树的空间），告诉他们不需要共生。如果不这样做，你降临地球就没什么意义了。

# 一体感……山田詠美

**・自由大国アメリカのハーレムとソウルを精神的な風土としている魅惑的なあなた。**

——エッセイを読む限りでは、開放的な異国での生活を想う存分に楽しんでいる姿しか思い浮かびません。しかし小説では、孤独に打ちひしがれ愛にすがるヒロインを描いています。そして、体と体の結び付きで心の隙間を埋めるしかないのだと声高に叫んでいるのです。『ラバーズオンリー』『トラッシュ』『カンヴァスの柩』などに、端的に示されていましたよ。

窓のない薄暗い小部屋で、膝を抱えたまま身じろぎもせずにうずくまっていた時が長い間あったようですね。誰にも背中をさすってもらえずに……。孤独を温め続けててきた、永遠の不良少女殿！

# 一体感——山田詠美

**・以自由大国美国的哈莱姆和首尔为精神风土的迷人的你。**

——阅读散文时，我只能想象到在开放的异国生活中尽情享受的样子。但在小说中，却描绘了被孤独击倒，渴望爱情的女主人公。还有，大喊着只有通过身体和身体的结合才能来填补心灵的空隙。在《仅限爱人》，《垃圾》和《画布棺材》中直截了当的描绘出来。

在没有窗户的昏暗的小房间里，抱着膝盖一动不动地蹲了很久，没有人安抚……。一直温暖着孤独的永远的不良少女殿下！

## 戯れ言……俵万智

**・男という　ボトルをキープ　することの　期限が切れて　今日は快晴**
**・食べたい　でも痩せたいという　コピーあり　愛されたい　でも愛したくない**

——時代に魅入られ大ベストセラーになった歌集『サラダ記念日』。「軽・小・短」というおかしな言葉が横行した1990年代の潮流に乗り、空前の発行部数を樹立したのでしたね。軽い感覚で物事を捉えようとする若者の心と合致したからです。生も死も恋も、実生活の全てを重く考えることを嫌った年代でしたね。

しかし、一昔前の感覚が染み付いた私には全く理解できません。例えば恋愛です。ゲーム感覚で、日常的な遊びとして楽しんでいますね。おさげ髪をなびかす、女子会のノリのような韻律もいただけません。ところで、軽佻浮薄さが大手を振っている現代でも再ブレークしそうな気配を感じるのですが！

## 胡说八道——俵万智

**・男人 这个的存放期限过了 今天万里无云**
**・想吃又想瘦 反反复复 想被爱但又不想去爱**

——被时代所吸引成为大畅销书的歌集《沙拉纪念日》。“轻，小，短”这样奇怪的词乘上了横行的 1990 年代潮流，创下了空前的发行量。因为这和想要用轻的感觉去捕捉事物的年轻人的心是一致的。无论是生，死，恋爱，都讨厌跟现实生活重合并赋予沉重思考的年代啊。

但是，渗入了传统思考的我完全不能理解。比如恋爱。像游戏一样，成为日常消遣孜孜不倦。梳好的辫子任其随意乱飞，像女子会那样的节奏韵律也不能接受。话说回来，在现在这个轻佻轻浮的时代难说可能会有再次受宠呢！

# 破壊神……森本平

**・挽歌の振りでサルサを歌い　ぼくは他人をいたぶるのが大好き**
**・現象と予兆と預言の日々であれ　意味などはない解釈だけだ**

——ブッ飛んだ何かを感じさせる、始まりのバラード！　姑息な構成法に頼らずに、直截的な言葉で畳みかけるのが流儀ですね。狙いをつけた対象を切り取り、引き延ばしてからデフォルメします。あなたの意識下で、その対象は様々な感情が混ざり合いヘドロ状態となっています。しかし詠み上げる時には、熾烈な闘いを制した感情が剣状になって噴き出すのです。

全て灰燼に帰す〈破壊神〉を胸に宿しているのでしょう。〈創造神〉は恐れをなし雲隠れをしているため、心象風景の殺戮絵巻は果てしなく続くのです。押し寄せる破壊の奔流に呑みこまれ、息もできないぐらいです。あなたの短歌集『モラル』などは平常心で鑑賞するのは至難の業です。——〈渇酔状態〉もなく、平和ボケで萎えてしまった酒呑みの闘争本能に火をつけるためにも、あなたの使命は重大なのです。

# 破坏之神——森本平

**・用哀乐来唱萨尔萨 我喜欢欺压别人**
**・无论是现象　预兆和预言的日子　都是没有意义的解释而已**

——开始的序章，让人感觉到爆炸般的东西！不依赖姑息的构成法，用直截了当的语言叠加手法是很有风格的。对写作对象毫不留情，拉伸后再变形。在你的意识下，这个对象是各种感情混合而成的淤泥状态。但是在吟诵的时候，抑制炽裂斗争的感情就会变成利剑喷涌而出。

大概是因为内心存着能将一切化为灰烬的“破坏之神”吧。因为“创造之神”无所畏惧地藏在云后，所以心象风景的杀戮画卷就会无尽地延续下去。被蜂拥而至的破坏洪流吞噬，连呼吸都来不及。你的短歌集《道德》等，如果要以平常心去欣赏是非常困难的。——没有“醉酒状态”，为了点燃那些因为所谓的和平而萎靡不振的酒鬼们的斗争本能，你的使命也是很重大的。

## 時代の申し子……金原ひとみ

**・奇怪さをとおり越した醜悪な題名『蛇にピアス』。**

——内容も然り。舌に開けた穴を徐々に広げ、最後はナイフで切り離して先が二つに割れた舌を作ろうとする少女が主人公です。自傷的な行為でしか生きる意味が見出せない少女が、サディストの巣窟で生の充実を味わうという内容です。加虐性と被虐性の相関関係を巧みに織り混ぜ、生への指針がつかめない若者に対しての提言を随所にちりばめてはいますが……。

淫靡さが垂れこめたこの作品が芥川賞を射止めたわけですが、文学性は全く感じられません。しかし年を追うごとに、作品よりも異質な経歴の持ち主ばかりが受賞します。その最たる人物が、話題性には事欠かないあなたです。不振にあえぐ出版業界の巻き返しを図るために、文壇に新星を造る必要があったからですね。

## 时代的宠儿——金原瞳

**・跨越奇形的丑恶题名《蛇环》。**

——内容也是如此。主人公是一位将舌头上开的洞慢慢扩开，最后用小刀切开，制作出舌尖裂成两半成蛇形舌头的少女。讲述的是只有通过自残行为才能发现生存意义的少女，在虐待狂的巢穴里体验到生命的充实的故事。巧妙地将加虐性和被虐性的相生相克关系交织在一起，对无法找到对生的渴望的年轻人的建议随处可见……。

这部充满淫靡的作品赢得了芥川奖，但完全感觉不到文学性。但是随着时代变迁，每年都有比起作品来个人经历更异质的人获奖。那个最厉害的人，不乏话题性中的你。这是因为有必要在文坛上建造新星，才有望让不景气的出版界可以卷土重来。

4章

# 航世

航世

## 社会（社会）

# 信〈芯〉信

**・人間を愛し得る人、愛さずにはいられない人、それでいて自分の懐に入ろうとするものを、手をひろげて抱き締めることが出来ない人なのです（夏目漱石）**

――悲しいですね。寂しいですね。でも数多くの人が、このような想いを抱いているのです。裏切られるのが怖いからですか、それとも臆病だからですか。たぶん、両方が心に大きく比重を占めているはずですが、他に大きな要因がありそうですね。

誰かとつながっていたいのです。しかし、愛しい人であろうとも深入りは避けたいのです。〈感情共有体〉の関係にはなりたくないのです。「コーヒーの冷めない距離」の方が、居心地がいいから！　まぁ何はともあれ、周りから切り取られたという孤絶感を味わいたくないのです。さて、今のあなたにも当てはまらないでしょうか？――その対策は、愛することに自信を持てばいいのです。それには、自分を信じればいいだけですよ。「自信」という字を見てください。でもでも、難しいのですね。自分が信じられないから！

# 信〈芯〉信

**・一个可以爱他人，无法不去爱的人，但却无法张开双臂拥抱那些试图走进他内心的人（夏目漱石）**

——很悲伤，不是吗？ 很孤独，不是吗？ 但很多人都有这样的感受。 是因为害怕背叛还是因为胆小？ 这两个因素的比重很大，但或许还有其他更重的因素呢。

我想与人建立联系。 然而，即使是再可爱的人我也会避免深交，不想陷入“情感共享”的关系。“咖啡不凉的距离”更舒服不是吗！ 不管怎样，我都不想去体验那与他人隔绝的孤独感。你也有同感吧？ ——解决之策就是对爱满怀信心。你需要做的就是相信自己。看看“自信”这个词。但是啊但是啊，这很难啊！ 因为很难相信自己啊！

# 記号化した世界

**・ある晴れた午後、地平線を限る山並みや影を投げかける枝を見つめていると、そこに永遠が立ち現れてくる(ベンヤミン)**

――科学の粋の結晶体であろう光ファイバーを使った映像機器のおかげで、平面の画像が立体的に見えます。それればかりでなく、遠く離れた世界の出来事が現実味を帯びて目に飛びこんできます。あたかもその場にいるような錯覚さえ覚えます。実体験さながらの画像のおかげで、家にいても世界中どこでも行けますからね。

しかし、あくまでも虚構であり絵空事なのです。でもそのうちに、映像の世界が現実だと想いこむようにもなる危険性があります。また、現実の生々しさに対しての感性も鈍ってくるのですよ。――さて今のあなたは、仮想現実の世界にドップリとつかっていないでしょうか？　現実との境界がわかっていないと、人間関係において重さや厚みが感じられないのですよ。想い当たる節があるはずですね。最新の映像機器に囲まれて生活しているのですから！

# 符号化的世界

**・在一个晴朗的午后，当我凝视着地平线上的山脉和投射影子的树枝时，永恒出现在了那里（本雅明）**

——多亏使用光纤作为科学精华的视频设备，平面图像可以立体化。不仅如此，发生在遥远一方的事情也以无比的现实感冲击着视觉。你甚至会感到仿佛身临其境。逼真的图像体验，让你无需离开家就可以环游世界。

但是，这只是一个虚构和空想。然而你也有可能陷入影像世界是现实的危险中。此外，对于现实里的感知也会变得迟钝。——那，现在你是不是完全沉浸在虚拟现实世界中了呢？如果不能分清现实和虚拟的边界，就无法感受到人际关系中的重量和深度。你应该有这样的感觉吧。毕竟我们的生活被最新的图像设备包围着呀！

# 則天去私

**・平生はみんな善人なんです。少なくともみんな普通の人間なんです。
それが、いざという間際に急に悪人に変わるんだから恐ろしいのです（夏目漱石）**

——大多数の人がうなずく人間に対しての捉え方です。性善説に根ざしているものなのでしょう。しかし、人間の本性は悪であり善のように見えるのは偽りだとする性悪説の捉え方もあります。裏切られた時や欺かれた時があれば、あながち性悪説も否定できないのではないでしょうか？

でもまだ納得できないようですね。自分を被害者の側に置いているからですよ。あなたも裏切りや欺きの加害者になったことはあったはずです。不思議なことにそのような場合は、止むに止まれぬ事情があり仕方がなく行ったのだと解釈するのです。人間はどこまでも自分本位ですからね。客観的に見ればただの言い訳だとわかりますが、当事者になるとわからないのですよ。この歪んだ自己肯定感が！

# 则天去私

**・每个人一生中大多数时候都是好人。至少他们都是普通人。
但是一旦在紧要关头就突然变成了恶人，这是令人畏惧的（夏目漱石）**

——这是大多数人都认可的对于人类的定义。这可能根植于人性本善的理论。然而，也有人认为人类的本性是邪恶的，善良只是一种表象。当你遭受背叛或被欺骗时，你不是也不能否认自己的人性邪恶吗？

但估计你还不太能接受。这是因为你将自己放在了受害者的立场上。你自己曾经也可能成为过背叛或欺骗的那一方。奇怪的是，在这种情况下，总能将其解释为一种避免不了的无心之失。人啊天生就是以自我为中心的。从客观角度看，这只是一种借口，但当你是当事人就可能意识不到了。这种扭曲的自我肯定感啊！

## そっと誰かに

**・かなしみはしずかに　たまってくる　しみじみとそしてなみなみと　たまりたまってくる　わたしのかなしみは　ひそかにだが　つよく透きとおってゆく（八木重吉）**

——心に巻き付いている悲しみを誰かに紡いでもらい、その糸で天国へ昇りたいと願ったことはないでしょうか？　悲しみを胸に宿していると、そのオーラで周りの人も悲しくなるそうです。寂しさのオーラは、周りの人を自分の方へ引き寄せてくれます。魅力さえ感じさせるのです。しかし悲しみのオーラは、周りの人を遠ざけてしまうのです。

忘却の彼方に放り出したいような悲しみを拭い去るには、同じ悲しみを背負った人と語り合ってはいけません。悲しみがますます大きくなり、より心に刻みこまれるからです。——中原中也の『山羊の歌』・八木重吉の『秋の瞳』の詩集のページをめくってください。そうすれば、彼ら二人があなたの悲しみを天国へ送り届けてくれるはずです。

## 轻轻地向某人诉说

**・悲伤悄然积聚　渐渐地不断　地积蓄我　的悲伤虽　然是暗藏的　但却清晰可见（八木重吉）**

——你是否曾希望有人能将你心中缠绕的悲伤编织成通天的绳子，让你借此可以入九霄呢？据说，怀抱悲伤的人会让周围的人也感到悲伤。孤独的气息会将周围的人吸引到自己身边，甚至让人感受到一种奇怪地魅力。然而，悲伤的氛围却会将周围的人推开。

想要将心中的悲伤抹去的话，就不能与自己有同样悲伤的人交谈。那样会让悲伤会越来越深，会在心里留下烙印。——你可以去翻翻中原中也的《山羊之歌》和八木重吉的《秋之瞳》。他们也许能将你的悲伤送往天堂。

# 帰属意識はどこに

**・白鳥は　哀しからずや　空の青　海の青にも　染まずただよふ（若山牧水）**

——誰が決めたのか知りませんが、地面は陸続きなのに国境があります。人間関係においても自分で他者との間に境界線を引いていますね。「ボーダレス化」がやかましいぐらいに叫ばれていますが、この二者においては埒外のようです。境界を造ることで自他の区別をつけたいのでしょうが、その最終目的が何なのかは未だに要領を得ませんが……。

人間に限定して考えるならば、〈境界壁〉で仕切られた空間がないと心の平安が保てないからかもしれません。でも、その場が逆に心を掻き乱す場合もありますね。いやむしろ日々の暮らしでは、その方が多いはずです。しかし、人間は何かに所属しなければいけないのです。一人で生きているわけではないので！——せっかく自分で境界を設けたのだから、せめてその中だけでも自由奔放に動き回りたいですね。

# 归属感在何方

**・白鸟啊　你是否不觉哀伤　不染空中的青也　不染海洋的蓝而自由飞翔（若山牧水）**

——不知道是谁决定的，尽管大地相连，却存有国界。在人际关系中，自己与他人之间也划着边界线。尽管“无国界化”被大肆宣扬，但在这两者之间似乎还是有一道墙。也许是因为想要通过划定边界来区分自我和他人，但至今还是未能理解其最终目的是什么……。

如果把思考范畴仅限于人类来看的话，也许是因为没有被“边界墙”分隔着的空间，内心就无法保持平静。然而，有时反而会扰乱心绪。不，事实上在日常生活中，这种情况更为常见。但是，人类必须归属于某种群体。毕竟我们不是独自生存的！——既然给自己划分了边界，那希望至少在界内能够自由自在。

# 満腹感を

**・追いかけてみるほど遥か遠くなり「そういうものさ」と呟く声が（宮崎靖久）**

——激辛の食べ物が人気を博していますね。激辛ラーメン店はいつも長い行列ができています。激辛スナック菓子は飛ぶように売れています。舌が痺れるほどの辛さでも、慣れてくると物足りなささえ感じるからなのです。だからでしょうか、提供する側はより強烈な香辛料を使ってくるのです。

そう言えば、味覚だけでなく五感全てが強い刺激を求めているようです。現状では飽き足らなくなるからです。次から次へと新たなものを欲する心と相まって、激しさの度合いはますますエスカレートしていきます。果てしなく続くのです。表裏一体となっている欲と刺激は、決して満足することがないのですから！　では、心は一体どのようなことで満たされるのでしょうか？　一時的ではなく永遠に！

# 饱腹感

**・不停地追　却越来越遥远　听到有人低声说道“就是这样的”（宫崎靖久）**

——特辣食物越来越受欢迎。极辣拉面店前总是排起长龙。超辣零食的销量也在飙升。尽管辣得舌头发麻，可一旦习惯后甚至还会觉得不够辣。所以呢，供应商们不停地使用更强烈的辛辣料。

细想想，不仅仅是味觉所有的感官似乎都在寻求强烈的刺激。是因为不再满足于现状，对新事物的渴望层出不穷，就好像抗辣程度日益升级。无休无止地持续下去。正反一体而成的欲望与刺激相互交织，是永远无法满足的！那么，我们的内心又要如何才能被满足呢？不是暂时的，而是永恒的！

# 無限の可逆性

**・不来方の　お城の草に　寝ころびて　空に吸はれし　十五の心（石川啄木）**

——杓子定規に物事を考える癖がなかなか抜けませんね。もっと自由な発想をすれば、より可能性が広がるのに！　真面目すぎるのです。「1+1=2」という公式よりも「1 +1=∞」とする方が、日々の暮らしを楽しめるはずですが！

それには普段の生活から、結果を念頭に置かず動けばいいのです。結果を考えてしまうから、限定されたことしかできないのですよ。結果は後から付くものです。始める前には見えていないはずです。ただ予測としてあるだけですが、それに縛られてしまうのですね。ところで、このような考え方をするようになったのは、何か大きな要因があったのでしょうか？　いや違いますね。たぶん、取るに足りないほどのつまらない失敗の積み重ねででき上がった〈悲しき処世術〉なのでしょう。

# 无限的可逆性

**・躺在不来方城 ※ 的草地上　仰望天空　我十五岁的心像要被吸入了天空（石川啄木）**

——以固定的方式来思考问题的习惯很难改掉啊。如果更自由大胆的去想问题的话，估计你的可能性就更大！你还是太过认真了。与其去按“1 + 1 = 2”这样的公式行事，不如按“1 + 1 =∞”去想，这样日常才会更丰富多彩！

要做到这一点，平时生活中就应该不考虑结果而去行动。因为考虑结果就会限制行动的可能性。结果是事后才能知道的，开始前是看不见的。虽然只是一个预测，但人们还是会被它所束缚。话说回来，会这么思考是因为有什么重要因素吗？不，不是的。可能是由于一连串微不足道的失败积累而形成的“悲伤的处世之道”吧。

※ 注：不来方城指岩手盛冈市里的盛冈城，另外盛冈市也被称为“不来方”。

# 自己制御装置

### ・罰せられぬことほど苦しい罰はない(芥川龍之介)

——欲望のおもむくままに好き勝手に何をしてもいいとなったとしても、法を犯すこともなく周囲に迷惑をかけることもしないのではないでしょうか？　社会の常識や規範が身に付いているからです。決して罰があるからではないはずです。法律は秩序を守るため作られました。その時に併せて罰を作り、背く人を牽制したようですが……。

自分を律している一番大きなものを考えてみましょう。もちろん罰ではありませんよね。義務・他者の視線・自分の価値基準・自尊心・家族・友人・愛しい人……等々。もしそれが失くなったとしたら、あなたは箍(たが)がはずれ悪事を働くのですか。いや、しないはずですね。でもでも、罰はあった方がいいのです。いつも順風満帆なわけではありません。感情に歯止めが利かなくなる場合もありますからね。その時に、罰を想い浮かべ自己規制を働かせるからですよ。——ちなみに、罰の対義語は罪ではなく〈赦し〉だと私は考えていますがいかがでしょうか？　それは、社会いや世間いや個人に対しての赦しと捉えているからですよ。

# 自控装置

### ・没有比惩罚不了更痛苦的惩罚（芥川龙之介）

——就算按自己意愿随心所欲，也不会轻易触犯法律或给周围带来麻烦，对吧？这是因为我们自身养成了社会的常识和规矩。并不是因为会受惩罚才去遵守。法律是为了维护秩序而制定的。同时惩罚可能也是为了约束违反法律的人吧……。

让我们考虑一下最大的自我约束是什么。当然不是惩罚。义务，他人的目光，自我价值标准，自尊心，家庭，朋友，所爱之人……等等。如果会失去它们，你会放纵自己做坏事吗？不，肯定不会的。但是但是啊，惩罚还是必要的。人生并不总是一帆风顺。有时也会无法控制自己的情绪。这时，就想到惩罚并会自我控制。——顺便说一句，我认为惩罚的反义词不是罪过，而是“宽恕”，您觉得呢？这是因为我将宽恕理解为对社会，对世界，对个人的宽恕。

# 鳳凰とともに

### ・龍となれ　雲自ずと来たる(武者小路実篤)

――今のあなたは、大空を自在に駆け巡っている龍ですか。それとも、地上でコソコソとうごめいている蛇ですか。自分のテリトリーでいくら縦横無尽に動いていても、他者からすれば蛇にしか見えません。もっと大きな世界で動いていなければ、誰も龍だとは認識しないはずです。

では、大きな世界とはどのような世界なのでしょうか？　他者への貢献があるか否かが鍵です。「自分のために」という指標を取り除けばわかりますね。人間は自分のためだけに生きているのでありません。他者のために生きているのです。「自分だけ」がという意識が突出していれば、大きな世界は永遠にわからないのですよ。

――立ちふさがるものを蹴散らして、雲をかき分け天に昇っていきましょう。決して竜頭蛇尾にならずに！

# 与凤行

### ・成龙 云自来（武者小路实篤）

——你现在是在天空中自由飞腾的龙吗？还是在地上蜿蜒爬行的蛇呢？无论你在自己的领地上爬得多么纵横无阻，在别人看来只不过是一条蛇而已。如果不活跃在更广阔的世界里，估计没有人会看出你是一条龙。

那么，什么样的世界才是更广阔的世界呢？关键在于是否对他人有所贡献。你可以通过排除“为了自己”来划分，你就会明白了。人不仅仅是为了自己而活，还为他人而活。如果意识中只有“自己”，那么永远领悟不到更广阔的世界。——让我们踢开挡路的障碍，拨开云雾，冲上九霄。决不要变成龙头蛇尾！

## 差別から区別へ

**・テッパンに手をつきて　ヤケドせざりき男もあり（坂口安吾）**

――「私はあなたと違うのです。だから～ができます。だから～をしなくていいのです」という考えで、他者と関わっていないでしょうか？　〈選ばれし者〉だという自負の下、他者を見下して自分のあり方を決定しているあなたのことですよ。

幾度なく経験している名刺交換の場面を想い浮かべてください。名刺には名前の横に職種と所属、そして肩書きが印刷されていますね。特にこの肩書きで自分と相手との位取りをして、接し方を変えているはずです。他者との比較が区別ではなく、優劣を付ける差別になっているからです。もしあなたの肩書きを剥ぎ取ったら、どのような態度で人間関係を築いていくのでしょう。面子（めんつ）があると想いますので、私にだけ教えてくだされぱいいですよ。

## 从歧视到区别

**・把手放在通红的铁板上也不会烫伤的男人（坂口安吾）**

——你是否是抱着“我与你不同，所以我可以这样做，可以不那样做。”的想法与他人交往？说的就是你这样常用一种“被选中的人”的自负姿态来轻视他人我行我素的人。

想象一下你经常交换名片时的情景。名片上姓名旁边还印着职业和所属单位，以及头衔。特别是这个头衔，你可能会靠它来评价自己和对方的地位高低，并区别对待。与他人的比较不是区分，而是区分优劣的歧视。——如果你被剥去了头衔，你会以何种态度建立人际关系呢？我想你会顾及面子，所以只要悄悄告诉我就可以了。

# 順列式

**・頭の中に大きく比重を占めていることは何でしょうか？**

——家族・愛しい人・友人などと応えた人は及第点です。自分以外の他者が入っているからです。残念ながら、仕事・遊び・名声などと応えた人は及第点ではありません。自分の世界が中心だからです。では次に、それが負の感情と正の感情のどちらが大きいのかを考えてください。そして、自分との関わり度を考えてください。最後は、頭の中と心の中で想い描いていることが一致しているのかを推し量りましょう。ちぐはぐではないと想いますが……。

心と頭と体は、各々が独立しているわけではありません。心が動いてこそ、頭に働きかけ体に指令がいくのです。体→頭→心という経路ではないのです。体に充実感を与えたいのならば、頭ではなく先ずは心です。しかし、心が欲していることが〈自分だけの世界〉か否かを必ず確認しなくてはいけませんよ。

# 排列式

**・在你的脑子里占据重要位置的是什么？**

——把家人，所爱之人，朋友等列入答案的人刚好及格。因为这些里面没有包括了自己。不幸的是，把工作，娱乐，名声等列入答案的人不及格。因为你们的世界是以自我为中心的。接下来，请思考一下负面情绪和正面情绪哪个占得更多。然后，再想一下这些和你的关系。最确认一下你脑里所想象的和内心深处的是否一致。我想应该是一致的……。

内心，头脑和身体并不是彼此独立的。当内心活跃，大脑才会向身体传达命令。并不是身体→脑子→内心的路径。如果你想让身体感到充实，首先要关注的是你的内心而不是脑子。然而，你必须确保内心所渴望的不仅仅是一个“自我的世界”。

# 単眼の優位性

**・ほとんどの昆虫は複眼です。**

——3人が目を閉じてまだ見たことのない動物・象を触り、その形を確かめています。尻尾を触った人は「細いロープ」・脚を触った人は「太い木」・鼻を触った人は「柔らかいパイプ」のようなものが象だと言います。実物の象を知っている人が間違っているのだと再三指摘しても信じません。

物事の一部分しか捉えていないのに、全体として考えるからですね。自分が体験したことになれば尚更ですね。第一印象は特に強烈ですから、刻みこまれたものは変わりませんね。そして、間違った認識のまま今日まで来ているのです。このようなことは数限りなくあるはずですが気付かない、いや訂正されても受け入れられないのではないでしょうか？　それならば、自分が正しいことと認識するものにその物事を変えてしまえばいいのですよ。周囲は誰も納得しませんが……。でもそれでいいのです。自分の世界が全てですから！

# 单眼的优势

**・大多数昆虫都是复眼。**

——三个人闭上眼睛，用手触摸着以前从未见过的动物，大象来确认它的形状。他们纷纷描述着大象，摸到尾巴的人说是“细绳”；摸到腿的人说是“粗木头”；摸到鼻子的人说是“软管”。哪怕是见到过真正大象人告诉他们不对，他们也不会相信。

这是因为他们只捕捉到了事物的一部分，却把它当作事物的整体。特别是如果是自己经历过的事情，更会这么认为。第一印象特别深刻，刻在心底的东西不会轻易改变。因此，哪怕你的认知是错误的，也会一直带着误解持续到今天。这种情况应该是数不胜数的，但我们可能都没有意识到，甚至即使被指正也不愿接受吧？——那么，为什么不改变对事物的认知呢？即使周围没有人能够理解……。但这也没关系。因为你的世界是由你主宰的！

# 厚化粧で繕って

**・十人十色の心と頭と体。**

――「氏名・性別・年齢・学歴・職歴・資格・特技・性格」これらは、履歴書に記入する項目です。私たちは履歴書を持ち歩いているわけではありません。では、どのような人なのかを推し量るためにどうしているのでしょう。いつもしていることなので、わかりますね。顔を見て判断しているはずです。そして次に、言葉や動作です。最初が顔であり、大きな判断基準となっているのです。

しかし顔は化粧で装う、いや繕うことができます。上手にメイクを施せば、周りに悟られずに全く違う顔ができ上がりますね。女の専売特許だった化粧を今では男もするようになり、多くの人の素顔がわかりにくくなっています。でもいくら化粧でごまかしても、どのような人なのかは何となくわかるのですよ。――顔は履歴書だということを肝に銘じて、素顔の自分を鏡で確かめてください。

# 用浓妆掩饰

**・环肥燕瘦的身，心，颜。**

——“姓名，性别，年龄，学历，工作经历，资格，特长，性格”这些都是简历上要填写的项目。我们并不是随身携带着简历。那么为要靠什么来推断对方是怎么样的人呢？这是我们经常在做的事情，所以你应该马上就明白了吧。肯定是看对方的面孔来判断。接着是言行举止。首先是看脸呀，这可是一个重要的判断标准。

然而，脸是可以化妆来遮瑕，甚至修饰的。通过巧妙的化妆技术，你变成一个周围都认不出来的面容。化妆曾经是女性的专属领域，但如今男性也开始化妆了，许多人的真实面貌变得难以辨识。但无论妆容化得多么精致，我们也总能从中感知到一个人的本质。——牢记面孔就是一份简历，用镜子看清素颜的自己吧。

# 心の輪廻

**・生まれ変わるとしたらあなたはどのような動物になるのでしょうか？**

——鼠・兎・猫・犬・豚・猿・馬・羊・牛・虎・熊・象・麒麟……等々。今の生き方の延長線上にあるものとして考えてください。小説『山月記』の主人公は虎に変身しました。人間であった時に、尊大な自尊心を宿して生活をしていたからです。外形が内心にふさわしいものに変わってしまったのです。しかし虎になっても、頭の中は人間であった時と同じように思考が働きます。心も人間のままなのです。そのため悶え苦しみます。そして、人間の心がなくなればいいと切に願うのです。

やはりあなたも、変身したものに従って頭や心がなってくれればいいと考えますか。もしそうだとしたら、生き物ではない方がいいのではないでしょうか？　変身するものは、身の回りにも街の中にもたくさんありますからね。

# 心灵轮回

**・如果你能够转世，你会成为什么样的动物呢?**

—— 鼠，兔，猫，狗，猪，猴，马，羊，牛，虎，熊，象，麒麟……等等。请将其视为你现在生活方式的延伸。小说《山月记》的主人公变成了老虎。这是因为他还是人类时活在傲慢的自尊心中。于是他的外形变成了与内心相符的样子。然而即使成为老虎，他的头脑仍然以人类时期的思维方式运转。内心也仍然是有人性的。因此他感到痛苦不堪。他切切地希望能够摆脱人类的心灵。

那么你是否也认为，脑子和心灵也能够随着变身而改变会更好呢? 如果是这样的话，也许不变为活物或许会更好吧? 因为我们的周围和大街上都有许多东西可以去变。

# 維持機能

**・徹夜続きでしたので昨日はぐっすりと眠ることができました。**

——風邪の菌が体に入れば熱が出たり、食あたりになればお腹を壊します。また病気になった時やケガをした時には、治療のためにあらゆる器官を総動員させます。このように体は、異常を知らせるとともに対処までしてくれます。外からの事象にすぐ反応をし、正常な状態に戻そうとするのです。体は生命の維持を最優先にしているからです。

しかし頭は、〈自尊心〉の保持が最優先なので反応も対処も違います。最善の方法を考え、取り繕ったり権謀術数を巡らせたりするのです。体のように直截的ではありません。様々な思惑を交差させるのです。そして、実行役である体に指令を出すのです。もし頭が体と同じように機能していたら、健全な生活は営めなくなるのではないでしょうか？　うまくバランスが取れていないと、世間から爪弾きにされるかもしれませんね。

# 维持功能

**・因为连续熬了几个夜，所以昨天睡得格外香。**

——感冒病菌如果进入了身体就会发烧；如果食物中毒，就会拉肚子。此外，当我们生病或受伤时，身体会调动所有器官进行治疗。就像这样，身体不仅会告知异常，还会采取相应措施。它会对外界的侵入立刻做出反应，并努力让身体恢复正常状态。这是因为身体将生命维持视为首要任务。

然而，大脑则以维持“自尊心”为首要任务，其反应和对策也不同。它会思考最完善的方法来为其出谋划策。它不像身体那样直截了当。它交织着各种想法，并向执行机构身体下达指令。如果大脑的功能和身体一样，那么健康的生活可能就无法继续了吧？如果平衡不当，可能还会受到社会的批判。

# 裸の自分

**・裸で外を出歩く人はいませんね。**

——外では服を着ることが、社会の規範であり常識になっています。外界から肌を守り体温の調整のために服は作られたわけですが、今は着飾る方に比重が置かれていますね。いかに自分を華やかに見せるかが主眼となり、ネックレスなどの装飾品も数多く身に付けるようになりましたね。俗に言う「お洒落」に腐心している人が多くなったのです。他者の目にどのように映るかを、いつも気にしているあなたのことですよ。

では、内面はどうなのでしょう。心の中は他者が見ることはできないので、なおざりになっていないでしょうか？　心を着飾るための修養を怠っていないでしょうか？　玉石も磨かなければ輝きを失い、ついにはただの石コロになってしまうのですよ。外面と内面、どちらも大切なので偏りがないようにしたいですね。その両方で、狂気を学んだ外界と対峙するのですから！

# 裸露的自己

**・没有人会赤身露体地外出吧。**

——穿衣外出是社会常态和常识。衣服最初是为了保护皮肤免受外界伤害和调节体温而设计的，但现在更多地侧重于装饰。如何让自己看起来更华丽成了穿衣重点，为此人们开始戴上各种装饰品，比如项链等。很多人都沉迷于所谓的“时尚”之中。说的就是总在意他人眼中的形象的你呀。

那么内心呢？内心是看不见的，你是否忽视它了呢？你是否懈怠了修养内心呢？如果惰于打磨，玉石也会失去光泽，最终变成一块普通的石头。外在和内在都很重要，所以我们不能偏向一方，要保持平衡。因为我们用它俩于外界周旋！

# 一心同体へと

**・謎めいた言葉〈秘〉。**

——固い絆で結ばれた「あなたと私だけの秘密」は、誰でも幾つか持っていますね。しかし、心を許し合っている人にも知られたくないこともありますね。それが1桁（けた）であれば問題ないのですが、もし10以上あるとしたら対人恐怖症を患っている可能性が高いですよ。いや〈人間不信症〉かもしれません。自分だけの宝物だから、胸の内にそっとしまっておきたいものもあるでしょう。でも、自分の恥部だと認識しているものが大半を占めているのではないでしょうか？　見下されることを恐れ隠してしまうのですね。決してそんなことはないのに……。

秘密を持つことは悪いことではありませんが、今以上に増やさない方がいいですよ。ましてや、自分一人で秘密裏に事を運ばない方がいいですよ。もっともっと人間を信じましょう。秘密を共有することで連帯感も生まれ、信頼関係がより深まるのですから！

# 向着一心同体

**・神秘的词“秘密”。**

——每个人都有几个由坚固的羁绊连接的“你我之间的秘密”吧。然而，即使是彼此信任的人，也可能有些不愿意被对方知道的事情。如果秘密只是个位数，那没什么问题，但如果是十多个，那可能就有患有社交恐惧症的迹象了。甚至还可能是“厌世症”。既然是自己珍贵的宝物，那就应该好好珍藏于心。但其中大多数人保守的秘密都是自己的耻辱之事吧？害怕被人看不起，所以选择隐藏起来。尽管实际上可能并非如此……。

拥有秘密并不是坏事，但最好不要增加。更重要的是，不要独自一人悄悄处理秘密。让我们更加相信人性吧。——通过分享秘密，我们可以建立同理心，加深信任关系！

## 必要十分条件

**・いつもいつも満たされていたいのですね。**

——空気は生きるために不可欠なものです。しかし、普段は空気があることを意識しません。あって当たり前の存在だからです。海に潜った時にありがたさがわかるぐらいですね。でももし空気がなかったら、命さえも危ぶまれるのです。このようなものはたくさんありますが、気付かないのですよ。

失って初めてわかるかけがえのない大切なものを考えてみましょう。「家族・友人・愛しい人」「義務・権利・自由」「自尊心・向上心・信仰心」「記憶・時間・目標」それとも「名誉・美貌・若さ」……等々。これらはあなたにとって、生きていく上で果たして必須事項なのでしょうか？　ただ失いたくないのではありませんか。自分の生を享楽するためのものではありませんか。　生活を営む必要最低条件である衣・食・住とは違い、失っても何も支障はないのかもしれませんね。しかし、記憶だけは永遠に残ってもらいたいですよね、ロマンティストのあなたは！

## 十分必要的条件

**・你总是希望能够一直被满足。**

——空气是生存必不可缺的。然而，通常我们并意识不到空气的存在。因为它的存在是理所当然的。只有当我们潜入大海时才能体会到它的珍贵。如果没有空气，生命即会受到威胁。类似这样的东西还有很多，但我们却都意识不到。

我们想象一下一些只有在失去之后才会后悔莫及的事物。比如“家人，朋友，爱人”，“义务，权利，自由”，“自尊心，进取心，信仰”，“记忆，时间，目标”，还是“荣誉，美貌，青春”……等等。这些对你来说，是生活所需的东西吗？不就只是你不想失去的东西而已吗？它们不就是为了享受生活而存在的？与维持生活所需的衣食住不同，失去它们可能并不会有太大影响。但是，也许对浪漫的你来说，是希望它们能永远留在记忆里的吧！

# 共存共栄の旗を

**・あの人との修復は不可能かもしれません。**

――「犬猿の仲」をとおり越し「水と油」の関係になった人は何人いるのでしょう。その中には、生理的に受け入れられなくなった人もいますね。意見の衝突が度重なったことも要因ですが、実は最初から嫌悪感を抱いていたからですよ。それがしだいに増幅されていったことが大きいのです。

私たちは直感が大部分を占める第一印象で、相手に対してのあり方の大半を決めてしまうのではないでしょうか？　まず好悪の感情で捉え、次に立場を天秤にかけます。つまり、感性が先で理性が後だということです。理性ではなく、感情を含む感性で人間を識別するのです。本能として！　理性は身に付いていったもので、感性は生まれながらに持っていたものですからそうなるのです。そして、理性で感性を制御しながら暮らします。しかし人間関係においては、感性が理性を押しのけることが数多くありますね。全ての生き物は、同じ種族で平和に共存できるか否かが大きな大きな鍵ですから！

# 举起共同繁荣的旗帜

**・与那个人修复关系是不可能的。**

——究竟有多少人从“犬猿不睦”的关系恶化到了“水火不容”呢？其中一些人可能在生理上都已经无法接受对方了。多次的意见冲突所导致是一个因素，但实际上从一开始可能就对对方感到厌恶了。这种情绪逐渐加剧了吧。

我们大部分时间都是通过直觉和第一印象来判断他人，这决定了我们对待对方的方式。首先是感受的好坏，然后权衡立场。换句话说，感性在先，理性在后。我们不是用理性，而是用包含了感情的感性来识别他人。这是本能！理性是后天习得的，而感性则是与生俱来的。我们在生活中用理想控制自己的情感。然而，在人际关系中，很多时候感性往往会压倒理性。所有生物能否与同族和平共存，这是一个非常重要的问题！

## ディナーショーへ

**・メル友と毎日のように連絡を取り合っていますが！**

——声を上げて笑ったり涙を流して泣くことが、日々の暮らしではほとんどなくなりましたね。ましてや、声を荒らげて怒ることは全くありませんね。テレビで面白い場面で顔をほころばせ、悲しい場面で少し涙ぐむくらいではないでしょうか？喜怒哀楽の感情は外の世界、いや他者と接するからこそ出てくるものです。一人で過ごす時を多く持ちすぎると感情が枯れてしまうようです。

御馳走を食べている時は、とても幸せな気分に浸れます。真に至福の時です。でも美味しさを倍増させたいのなら、絶対に一人ではない方がいいですよ。酒は一人でも十分楽しく味わえますが、食事は違いますね。しかしここで重要なのは、誰と一緒にテーブルを囲むかです。大声で笑いたいなら尚更ですね。枯れている感情に生気を取り戻すためにも、食事を楽しむ相手を見つけましょう。

## 去晚宴吧

**・我每天都在和网友保持联系！**

——在日常生活中我几乎不再大声笑或大哭了。更别说怒吼发脾气了。在电视上看到有趣的场景时会微笑，看到悲伤的场景时也会略带泪光吧？喜怒哀乐的情绪是与外界，与人接触才会产生的。如果你经常一个人独处，情绪可能会变得枯竭。

享用美味佳肴时，会感到无比幸福。这是真正的幸福时刻。但如果想要加倍感受到美味带来的幸福，绝对不要一个人独享。你可以享受一个人喝酒的乐趣，但吃东西就不一样了。但在这里要注意的是与谁共进晚餐。如果想放声大笑，那就更需要有人陪伴了。找个人一起吃饭吧！就算是为了让你即将枯竭的情感重焕生机也好啊。

# 人間不信への警鐘

### ・読心術はすばらしい能力かもしれませんが！

——もし相手の心の中がわかれば物事はスムーズに運ぶことが多いようですが、マイナス面の方が大きいのではないでしょうか？　人間は言葉を繕ったり嘘をつく場合もあります。言葉と裏腹の部分があるのです。それが垣間見られるのです。本性がわかってしまうのは、恐ろしいことですよ。人間が信じられなくなっていく危険性を多分に秘めているからです。そして、人間不信にも陥っていくのです。この主な要因は度重なる裏切りを味わうからではなく、実は相手の心の中がわかるからに他ならないのです。

さて、あなたはこれでも読心術に長けたいと想いますか。人間関係で修練を積まなければならないことは、他にもたくさんあります。私でしたら、相手を一刀両断にする〈抜刀術〉ですが！

# 对厌世的警钟

### ・读心术或许是一种神奇的力量！

——如果能够知道对方的内心，事情进行得往往会更加顺利，但负面影响可能也会更大吧？人类有时会掩饰言辞或撒谎。有时口里说的和心里想并不一样。这是可以窥见的。了解他人的本性是一件可怕的事情。因为会存在从此不再相信人的危险。会陷入厌世的可能。这主要原因并不是因为经历了一次次的背叛，而是因为能看到对方内心深处的真实想法。

那么，您是否仍然想要精通读心术呢？在人际关系中需要积累的东西还有很多。而我个人更倾向于能跟对方断得一干二净的“拔刀术”！

## 当然の理

**・あなたの常識は世界の非常識かもしれませんね。**

——日本では人が右側で車が左側という通行経路が当たり前です。外国に行くと自国では当たり前で何の疑いもなくしていたことが、実は当たり前ではないケースが数多くあります。文化が違えば慣習や風俗が違ってくるのです。そして考え方も然り！　それほど環境に大きく左右されるのです。

今までの価値判断の基準となるものも、外的な要素に育まれてでき上がっているわけです。何が必要か否か、何が重要か否か、何が大切か否かが個々人によって異なっているのは、そのためなのでしょう。自分の考えを他者に押し付けた時に、反発があったことを想い出してください。では、他者に納得してもらうためにはどうしたらいいのでしょうか？　簡単なことです。自分の価値基準を周りに浸透させ、それが常識になれば何も問題は起こりませんよ。でも、方法論がなかなか想いつきませんが……。

## 当然的理念

**・你的常识可能在世界上是非常识吧。**

——日本是唯一一个人靠右，而车靠左行的国家。当你去国外时，会发现很多在自己国家认为理所当然的事情，在其他国家并不一定如此。文化差异影响到习俗和风俗的不同。甚至连思维方式都不相同！所以说环境的影响是很大的。

我们内心中的价值判断标准也是在外部环境的影响下形成的。什么是必需的，什么是重要的，什么是珍贵的，这些会因人而异，也是因为环境不同所致。你可以回想一下，当你试图把自己的想法强加给他人时，是否遭到了反对。那么，如何才能说服别人呢？很简单。将自己的价值观标准渗透到周围，让它成为常识的话，就不会有问题了。但是，具体的办法却不那么容易想得到……。

# 笑神様に

**・笑いは万国共通の光明ではありません。**

——笑いは周囲を明るくし心を和ませてくれますが、楽しく嬉しい表情を伴ってのことです。頬が引きつったまま笑う人はいませんからね。では、冷笑・嘲笑・憫笑はどのような表情なのでしょうか？　このような笑いを浴びせた相手の顔を想い出してください。逆に、自分がした時の顔を想い出してください。失笑や愛想笑いの表情とは全く違いますね。言葉で言い表すことが難しいのですが、暗く澱んだものが顔に表れていたはずです。

「笑う門には福来たる」という格言は、笑いを一面的にしか捉えていません。プラスの側面だけですね。他者からの仕打ちで、なじられるより笑われる方が数倍も辛かったはずです。自尊心が木っ端微塵に打ち砕かれるからです。その傷痕は、深くえぐれたまま心に残っているのではないでしょうか？　「ワッハハ　ワッハハ」という侮りの哄笑とともに！

# 致笑神

**・笑并非万国共通的光明。**

——能够照亮周围，温暖心灵的笑，是伴随着愉悦和快乐的表情。没有人会真的笑到面容抽搐的。那么，冷笑，嘲笑，怜悯的笑容又是什么样的表情呢？请想象一下让你笑成这样的那个人的表情。反过来，也想象一下换成自己的话又是什么表情。与失笑或谄笑的表情完全不同。虽然很难用语言描述，但应该是一张阴暗凝滞的表情吧。

俗话说“笑者得福”，这只是片面地理解了笑。只看到了其中积极的一面。跟他人责难的态度比起来被嘲笑更为痛苦。因为那会击碎你的自尊心。这种伤痛不是会深深地刻在内心深处吗？伴随着那“哈哈哈！哈哈哈！”的嘲笑声！

# 大きな心で

### ・誰のものでもない物が果たしてあるのでしょうか？

——金銭と引き替えに手にした物は確かに自分のものとなります。しかし、その他の物は誰かの所有物です。公園に置かれているベンチなどの公共物も国の所有物です。自分のものではないので、勝手に扱うわけにはいきませんね。

人間はとりわけ所有欲が強いと言われています。愛しい人に対しては特に顕著ですね。自分だけの人だという独占欲になって！　愛していれば当たり前なのかもしれませんが……。でも、レシートなどの〈所有証明書〉の類いはありません。心のつながりだけで成り立っているのです。考えてください。愛しい人は、あなただけの特別な人ではないはずですよ。ひょっとしたら、みんなの愛しい人かもしれませんね。——世の中に一つぐらいは、誰のものでもない物や人があってもいいのではないでしょうか！

# 宽大的内心

### ・真的有不属于任何人的东西吗？

——用钱换来的，当然是你的。但其他物品则属于他人所有。像公园里的长椅等这样的公共物品也是国家所有。既然不是自己的东西，就不能随便处理。

据说人的占有欲特别强。对于心爱的人尤为明显。只属于自己的那种独占欲！有爱的话也许会被认为是很自然的事吧……。但是，没有像类似于收据这样的“持有证明”。它仅仅建立在心灵之间的相通之上。你仔细想想看。你心爱的人不应该是对你特殊待遇只属于你一个人的。搞不好，可能是每个人心中所爱的人呢。——在这个世界上，有一件东西或一个人能人不属于任何人，这也是可以的吧！

# グレーゾーンから

### ・あなたを色で喩えるとしたら何色なのでしょうか？

——街を見回すと灰色が多いことに気付くはずです。道路・ビル・電柱・屋根・壁……等々。家の中でも全く同じです。雑貨類や様々な製品は、鮮やかな色よりも灰色を基調としたくすんだ色が使われています。もし逆だったら、気の休まる時がありませんね。特別な意味や感情に結び付く必要がないような場所では、鮮やかな色は使っていないのですよ。

人間においても同じです。大多数の人が灰色なのです。特別な人間でないかぎりは！　しかし「自分の色は何か」と聞かれたら、灰色だと応える人は先ずいないでしょう。マイナスのイメージが強いからです。でも平々凡々と暮らしているあなたは、やはり灰色なのですよ。他の色になりたいのなら、何か特別なことをしてくださいね。

# 来自灰色地带

### ・如果把你比作一种颜色，你会是什么颜色呢？

——当你环顾四周，会注意到街道上有很多灰色。道路，建筑，电线杆，屋顶，墙壁……等等。在家里也是一样。各种商品和产品通常采用灰色调的暗色，而不是鲜艳的颜色。如果相反的话，生活中就得不到放松的时刻了。在那些不需要表达特殊意义或情感相关的地方，不会使用鲜艳的颜色。

人也是一样。大多数人都是灰色的。除非是特别的人！但是，如果有人问“你的颜色是什么？”，估计没有人会回答灰色吧。因为灰色给人印象太消极了。但是作为碌碌无为平平凡凡的你来说，你仍然是灰色的。如果你想拥有其他颜色，那就做一些特别的事吧。

# 無の有為性

**・赤ちゃんの吸収力と成長の速さは目を見張るものがあります。**

――「最果ての地」という言葉のイメージは、マイナスの側面が大きいですね。果てしなく続く荒涼とした風景を想い浮かべるのではないでしょうか？　例えば北極です。しかし、生き物が生息できない氷に閉ざされた色も音もない無の世界だからこそ、オーロラのような光り輝くものが生まれたのかもしれません。

実は、無から有を生み出すのは比較的たやすくできるのですよ。周りに遮るものや拘束するものがなければ、自由なやり方で何かを紡ぎ出せるからです。磨き上げて輝くものにするのは自分しだいですが、試金石となるものは身近にたくさんあるのです。見えていないだけです。心や頭に多くのものを詰めこみすぎている人は、先ずは空っぽにしましょう。逆に、無為に時を過ごして空っぽになっている人は、すぐにスタートが切れますね。春を待たずして、蛹(さなぎ)から蝶へと変身するチャンスですね。

# 无的意义

**・婴儿的吸收能力和成长速度令人惊叹。**

——“最遥远的地方”这个词给人的形象负面感觉很大。是不是让你想象到一片无边无际的荒凉景象呢？比如北极。然而，正是因为这个没有生物居住的冰封的无色无声的无的世界，才诞生出像极光一样绚丽的东西。

事实上，从无中创造出有相对来说是容易的。如果周围没有限制或束缚，就可以用自由地创造出一些东西。将其打磨成闪闪发光的东西取决于你自己，但可以用作炼金石的东西却很多。只是你没有看到。那些内心和头脑里塞太满的人，首先应该将它们清空。相反，那些无所作为，空空如也的人反而很快就能开始行动。这可是无需等待春天即可从蛹变蝶的机会啊。

# かぐや姫伝説

**・月に兎はいるのですよ。**

——実際に見たことも確認したこともないのに、地球は丸いと信じていますね。ダーウィンの進化論を知っているだけで、人間の祖先は類人猿だと信じていますね。なぜでしょうか？　昔からの定説だからですか。誰も異議を唱えないからですか。科学的な根拠があるからですか……等々。このような要因が重なり合って、鵜呑みにするようになったのでしょう。猜疑心の強いあなたでも！

しかし、情報は配信者によって操作されます。虚偽の情報で酷い状況を招いた例は、世界中に数限りなくあります。中世の「魔女狩り」がいい例です。——自分が配信者となり貴重な情報を流す場合は、事の真偽を見極めることが大切ですね。でも、自分だけの狭い世界で安穏としていたらわかるはずがないのですから、様々な風が吹きすさぶ外の世界に飛び出しましょう。それ以前に社会、いや身近な人から信用される人間になりましょう。

# 辉夜姬传说

**・月亮上真有兔子。**

——即使从没见过或证实过，你仍然相信地球是圆的。只是因为知道达尔文的进化论，就相信人类的祖先是猿猴。为什么呢？因为这是长期以来的定论吗？因为没有人提出过异议吗？因为有科学根据吗……等等。因为这些重重因素，大家都选择了盲信。哪怕是猜疑心非常重的你！

然而，信息是由发布者操纵的。世界各地因为虚假情报而受害的例子数不胜数。中世纪的“猎巫行动”就是一个很好的例子。——如果自己成为信息发布者并要传播重要信息的话，辨别事情的真伪十分重要。但是，如果只在自己狭窄的世界中安享安逸，就不可能了解到这些。所以让我们走出去，去感受外面那个风吹草动的世界吧。在此之前，首先要成为一个被社会，被身边的人信任的人。

# 希望調査を

**・大空を飛び回ることが今でも夢ですが！**

——メルヘンチックな調べが童話の世界へと誘うメリーゴーランド。風を切って進むスリル満点のジェットコースター。周りの景色の移ろいをゆったりと味わえる観覧車。遊園地には他にもたくさんの心が浮き立つ乗り物がありますが、今のあなたは上記の中でどれに乗りたいのでしょうか？

年齢とともに嗜好するものが変わるのと同様に、考え方も変わっていきます。子供の頃に夢中だったものに全く興味が持てなくなったことは、誰もが経験しますね。しかしもし、子供の頃から〈したい〉ことが同じだとしたらどうでしょう。成長の過程で何も学んでいないと捉えてうなだれますか。それとも、初志貫徹の心を持ち続けていると捉えて胸をそびやかしますか。どちらにしろ、一つは変わらぬものがあって然るべきですね。

# 调查希望

**・即使现在，我仍然梦想着在苍穹中翱翔！**

——梦幻的曲调将你引领进童话世界的旋转木马。破风而行，惊险刺激的过山车。悠闲地品味周围景色变化的摩天轮。在游乐园里，还有许多让人心驰神往的游乐设施，但是你想坐其中的哪一个呢？

就像品味会随着年龄的增长而改变一样，思考方式也会随之变化。每个人都曾有过对小时候热衷的事物突然失去兴趣的经历。但如果从小就“想做”的事情一直没有改变的话呢？你是否为觉得在成长的过程中感到没有学到任何东西而沮丧吗？或是否为坚持初衷而感到兴奋呢？无论哪种情况，都应该有一件事是不变的。

# 儚さに包まれて

**・もうすぐ希望にあふれた旅立ちの時です。**

——期待に胸を膨らませ今か今かと待ちわびているのですが、終わった時の虚しさを考えてはいないでしょうか？　冷めた心を持ち、いつでもどんなことでも！楽しいことはいつまでも続いてくれればと願いますが、必ず終わりが来るのです。時間は同じ所には止まってはいません。だから、始まりがあれば終わりもあるのです。それは遠く離れているのではなく、同じコインの表と裏なのですよ。

平家物語の一節「祇園精舎の鐘の声、諸行無常の響あり。（中略）たけき者もつひには滅びぬ、ひとへに風の前の塵に同じ」は、琵琶の奏でる音色のせいではなく、万物流転の理を悲しく詠み上げているように聞こえるのは私だけではないはずです。やはり、〈滅びの美学〉を常日頃から意識した方がいいのかもしれません。有終の美を飾るために！

# 被虚幻围绕

**・差不多该踏上充满希望的旅程了。**

——怀着期待，迫不及待地等待着，但你是否考虑过结束后的空虚？持有冷静的心态，无论何时何事！虽然希望美好的事情能够永远延续下去，但终将会有结束的时刻。时间不会停留在同一地点。所以，有开始就必有结束。这并不相隔甚远遥，就是同一硬币的正反面的距离。

《平家物语》中有这样一段话："祇园精舍钟声响，诉说世事本无常。～～强梁霸道终覆灭，恰似风中尘土扬"跟琵琶的音色无关，这听起来像是在悲伤地吟唱着万物流转的无奈。这么认为的肯定也并非只有我一个。——果然，平日里就时常意识到"毁灭美学"或许才是更好的。为了装饰这有完结的美！

## 革命者

**・何事も否定から始めましょう。**

――意にそぐわないことがあると、どのような行動を起こすのかを考えてみました。仕方がないとして従っていくパターン。受け入れられないとして抗っていくパターン。代案を掲げそれを実行していくパターン。だいたいこの三つに分類されるようです。さて、あなたはどれに当てはまるのでしょうか？　中華人民共和国を築き上げた毛沢東は、当時の政府にただ闇雲に反対し戦っていたわけではありません。代案を実行していたのです。

ここで鍵となるのが代案の支持率です。支持が低ければ、一人よがりにすぎないのです。また数多くの賛同者を得なければ、強大な敵を倒すことはできないはずです。一人の力はたかが知れていますからね。歴史に名を残す人物は、必ず多くの支持者を集めていますよ。提案だけではなく自らが率先して行ってきたからなのでしょう。――社会の大部分を占めている、口先だけの人間にはなりたくありませんね。しかし忙しさにかまけて、いや身に付いてしまった責任回避癖で〈有言不実行〉になっていないでしょうか！

## 革命者

**・任何事都从否定先开始吧。**

——我想了想在达不到意愿时，会怎么做。一种是无奈地顺从的模式。一种是拒绝接受并抵抗的模式。还有一种是提出替代方案并执行的模式。大致上可以分为这三种吧。那么，你会选哪一种呢？建立了中华人民共和国的毛泽东，并不是盲目地反对当时的政府。他执行了替代方案。

这里的关键是在于替代方案的支持率。如果支持率低，那就只是自说自话而已。如果不能得到大量支持者，就不可能击败强大的敌人。一个人的力量是微不足道的。留名于史册的人物，都是拥有广泛支持的。这不仅仅是提出建议，而是自己亲自率先行动。——我不想成为社会上占大多数的只会说空话的人。但是，你不会也因繁忙而养成了逃避责任的恶习而成为“言而不行”的人了吧！

# 体内回帰へ

**・安住の地がなくて、もがいていますね。**

——起点とする場所から離れるのが「行く」ことで、起点とする場所に戻るのが「帰る」ことです。中国では「回」が帰るという意味に当たる字です。離れていても、元いた所に一回りして戻ってくることを表すために作られたようです。

さて、あなたはどこに行きたいのでしょうか？　今いる場所から離れて、なぜそこに行きたいのでしょうか？　回答が出たら、次に帰る場所を考えてください。帰る所が起点と異なる場合は、自分の居場所がないということですよ。今もこれからも！〈帰る家〉を早く見つけないと、いつまで経っても行くことはできませんね。さぁ、今いる場所を帰る家にするのです。何をしなくてはいけないのかは、童話『家なき子』を読んでもわかりませんよ。自分で見つけるしかないのです。

# 回到体内

**・即使没有安身之所也苦苦挣扎着。**

——离开起点是“走”，回到起点是“归”。在中国“回”字是回归的意思。这个字似乎是为了表达即使离开了原地，绕一个圈子最终还是会回到原处的意义而造出来的。

那么，你想去哪儿呢？为什么要离开现在的地方去那儿呢？答案出来后，就马上想一下接下来你要回哪里。如果回归的地方与起点不同，那就意味着你没有自己的归属地。无论是现在还是将来，如果找不到“归属之家”，你永远无法找到前进的方向。现在就把你所在的地方当作你的归属之家吧。哪怕你读童话故事《无家可归的小孩》你也不能从中得到怎么做的答案。答案必须你自己找才行呢。

# 隙間風とともに

**・道標のない〈酔奏の旅路〉を歩いてみましょうよ。**

——様々なものを詰めこんで、いつも頭を満杯状態にしていたいのですね。隙間があると不安感が襲ってくるから！　たぶん詰めこむものは、何でもいいのでしょう。隙間を埋め安心感を得たいだけですからね。

では心の隙間は、どのようなものでふさげばいいのでしょうか？　考えてください。永遠の不良少女・作家の山田詠美は、男と女の肉体的な結び付きだけだと作品で声高に叫んでいます。愛を至上とする彼女らしい捉え方ですが……。しかし、心の隙間を感じたことがなければわかるはずはありませんね。もしそうだとしたら羨ましい限りですが、でもでも隙間は頭にも心にもあった方がいいのです。さぁ、なぜでしょうか？　この質問に答えられるようでしたら、〈風の旅人〉の称号が放浪の俳人・種田山頭火から授与されるはずですよ。

# 与间隙风为伴

**・沿着没有路标的“酒醉之旅”走走吧。**

——你似乎想用各种东西填满，总是想让头脑处于满负荷状态。因为一旦有了空隙，就会感到不安！也许什么东西都可以拿来填，因为你只是想填满空隙，获得安心而已。

那么，心灵的空隙应该用什么来填补呢？请想一想。永远的“不良少女”作家山田诗美在作品中大声疾呼，只有男女之间的肉体结合才是最重要的。这是她以爱情至上的理解方式……。然而，如果从未感受过心灵的空隙，就无法理解其中的滋味。如果真是这样的话，那真是令人羡慕。但是啊头脑和内心都有一个缝隙更好。这是为什么呢？如果你能回答这个问题，那你就能被放浪诗人・种田山头火授与“风行者”的称号。

# 野望の王国へと

**・ノーベル文学賞候補の村上春樹。**

——各国で翻訳され、世界で人気を博している作家です。彼の描く主人公像と関係がありそうです。お洒落で物静かで知的、自分の世界観を持ち孤独を愛でる人物です。他者との関わりにおいては、常に一定の距離を保ち決して深入りはしません。これらのことが、国を問わず現代人の生活様式であり考え方なのでしょう。

内容面では、運命を主題に偶然をつなぎ合わせ必然の時と場を展開させていきます。過去が未来を引きずりこんだ形で現在を表して、運命を逃げ場のない状態にしているのです。これも功を奏し、何事も運命だとして諦めを甘受する人たちからも強い支持を得ています。彼は時代の潮流を的確に捉えて、作品に著しているのです。ところで、あなたは時代、いや現状に満足しただ安穏と暮らしているだけではないでしょうか？　現状維持は退歩なのですよ。赤ちゃんが、ずっと赤ちゃんのままでいたらおかしいですよね。成長するのは当たり前のことですからね。今以上に飛躍したいのなら、野望を抱き何か事を起こすのです。

# 往野心的王国

**・诺贝尔文学奖候选人村上春树。**

——他的作品被翻译成多种语言，风靡全球的作家。这和他塑造的主人公形象有关。时尚，沉静，有知性，拥有自己的世界观并热爱孤独的人。与他人交往中，始终保持一定的距离，决不过分涉入。这些特点不论在哪个国家，都代表着现代人的生活方式和思维方式。

在内容方面，他将命运作为主题，将偶然事件串联起来，展现必然的时间和空间。被过去绊住脚的未来表达着现在，使命运成为无法逃避的状态。这种手法取得了成功，即使是那些接受一切都是命运并甘愿接受命运的人也对他给予了强烈支持。他准确把握时代的潮流，并将其反映在作品中。顺便问一下，你现在是不是也只满足于现状，过着安逸的生活？保持现状意味着退步。婴儿如果不成长永远安于婴儿状态的话那就太奇怪了。成长才是很自然的事情。如果想要更上一层楼，就应该心怀壮志去做些事情。

# 未来観測図

**・現在と未来のどちらに比重を置いて生活しているのでしょうか？**

——今という時の積み重ねで未来が造られていくのだから、現在が有意義であれば未来も同じになるはずですが……。でも「一寸先は闇」だと言われているように、先のことは急に変わる場合も数多くあります。だから、将来の設計をきちんと立て現在を生きていかなければいけないのでしょう。童話『蟻と蟋蟀（きりぎりす）』がいい例ですね。

しかし未来ばかりを見つめていると、現在の自分のあり方を大きく規制するようになってしまうのです。文豪・夏目漱石は『こころ』で「私は未来の侮辱を受けないために今の尊敬を斥けたい」と、主人公に呟かせています。突き詰めていくと、このような考え方になる可能性も否定できませんね。——「臥薪嘗胆」は、ほどほどがいいですよね。今この時を楽しむためには！

# 未来观测图

**・你的生活更注重现在还是未来呢?**

——现在的积累构建了未来，所以如果现在是有意义的，未来也应该是一样的……。但是正如俗语所说的“一步之后就是黑暗”一样，未来也是变化莫测的。因此，我们必须认真规划未来并活在当下。童话故事《蚂蚁与蟋蟀》（注）就是个好例子。

然而，如果过于关注未来，就会大大限制当前的自己。文豪，夏目漱石在《心》中主人公低声说道：“我希望拒绝现在的尊重，以免受到未来的侮辱。”深究下去，这种想法也是可以理解的。——为了享受现在的时光，“卧薪尝胆”还是适可而止吧！

※ 注：《蚂蚁与蟋蟀》讲述了一只蟋蟀在夏天蚂蚁们辛苦劳作时唱歌玩耍，但当冬天食物耗尽时，他向蚂蚁求助的故事。

# 明日こそは

**・「いつ始めますか？　いつ終わりますか？　どこに行きますか？**
**どこに帰りますか？　何をしますか？　何をしませんか？」**

——この疑問文の文末表現を〈つもりですか〉と〈たいですか〉に変えた時に、各々の回答は同じでしょうか？　それとも違うでしょうか？　これは、決断力の数値を量っているのです。もし全てが同じ回答でしたら、決断力はとても大きいのですが、違っているものが多ければ決断力は乏しいはずです。回答は無数にあるのではなく、限られた中から選べばいいのです。それができないのは、優柔不断だからです。決して慎重だからではありません。現代人、いやあなたの特徴ですね。

明日は過去からの〈告別式〉をしてください。先延ばしをしてはいけませんよ！

# 明天一定

**・“什么时候开始？什么时候结束？要去哪里？要回哪里？要做什么？不做什么？”**

——当在这些疑问句上加上“打算”或“想要”时，每个问题的答案会相同吗？还是会有所不同？ 这取决于决策力。如果所有答案都相同，那么决策力就很强，但如果有很多不同的答案，那么决策力就可能较弱。答案并不是无数选项的，你得从有限的选项中选出答案。不能做到这一点是因为缺乏果断。这并不是因为你很谨慎，而是因为这是现代人，也是你的特点。

明天请举行一场跟过去的“告别仪式”吧。不要再拖延了！

## 仕組まれた機構

### ・社会という組織体は一体誰が動かしているのでしょうか？

――日々の生活で一方通行的なことが多くなりました。仕事は用件のみの応答だけで済ませ、他のことは話しません。買い物をする時はレジでお金を払うだけで、口を開きません。街は広告であふれ返っていますが、質問は一切できませんね。テレビの放映も見て聞いているだけです。

私たちはこの一方通行的な方式に慣らされて、違和感もなく当たり前のように暮らしています。合理性に重きを置いた現代においては、双方向性は無用の長物になる可能性も出てきました。意思の疎通は人間関係ではとても大切なことですが、それすらもなくなる可能性があるのです。大変な事態を孕んでいますが、鎖ではなく真綿で首を優しく締めているような感じなので誰も気付きません。むしろ、その真綿を各自がマフラーにして暖を取っているのです。――もうそろそろ飼い馴らされていることに疑問を持ちましょうよ。

## 策划好的机制

### ・社会这个组织体到底是由谁来运作的呢?

——在日常生活中，单向性的事情变得越来越多。工作上只回应业务问题，不多说其他的事情。购物时只是在收银台付钱，不会开口说话。城市到处都是广告，但却无法问任何问题。电视也只是看着听着播放内容而已。

我们已经习惯了这种单向通行的方式，毫无异样地过着日子。在注重合理性的现代社会中，双向性可能变得毫无意义。虽然沟通是人际关系中非常重要的事情，但它甚至可能面临消失。我们正处于一个非常危险的状态，这不像是被锁链束缚，而更像是用棉线轻柔地勒住脖子，导致于没有人能意识到。可笑的是，每个人居然还将这根棉线当作围巾取暖。——是时候该质疑自己被驯化的事实了。

# 正しき理屈

**・世の中でまかり通っている「勝てば官軍」方式の考え方。**

――理由は後からどうとでも付けられます。勝つことが大切なのです。負けたら、どんなに道理が通っていても認められないのです。その端的な例が生物界の生存競争です。有史以前から全ての生物は、弱肉強食の世界で暮らしています。弱いものは滅ぼされ、強いものだけが生き残り繁栄を続けているのです。人間も同様に、雄雌を決する戦いを繰り広げてきたのです。

勝敗を最優先する考え方は人間界にも深く根を下ろしていますが、なぜか否定的に捉えられていないでしょうか？　優劣の基準は勝ち負けではなく、他のことで決めるべきだと！　しかし、社会の仕組みは勝ち残った強者が造り上げているのです。自分の正義を押しとおしたいのなら、まず強者になることです。力なき正義は無に等しいのですよ。肝に銘じておきましょう。

# 正确逻辑

**・世间横行的“胜者为王”的想法。**

——理由可以事后随便随意编造。重要的是要取胜。如果失败了，再合理的理由也无法被认可。一个简单的例子就是生物界的生存竞争。自古以来，所有生物都在弱肉强食的世界中生存。弱者被消灭，只有强者才能生存繁衍。人类也是如此，决定雌雄的战斗悄然展开。

成王败寇的观念在人类社会中根深蒂固，但为什么它没有被否定呢？评价标准不应该是胜负，而应该是其他的东西！然而，社会的机制是由胜出的强者建立起来的。如果想要推行自己的正义，就要先成为强者。没有权力的正义毫无意义。务必铭记于心。

# 上昇志向のために

### ・〈平和ボケ〉になってはいないでしょうか？

――戦争は自国を守るために他国を攻撃します。いや、自国の利益のために他国を侵略します。別の見方もあります。他国に目を向けさせることで自国の様々な問題から国民の目を逸らす、為政者の一つの手段なのかもしれません。大義を設け外に敵を造り、意識をそこに集中させているのですよ。

さて、自分を成長させる手段を考えてみましょう。波風が立たない暮らしの時よりも、逆境に陥った時の方が心が奮い立っていたはずですね。敵がいる場合は尚更です。ゆっくりしてはいられません。急いで策を講じないと壊滅させらてしまいます。背水の陣で臨んだことを想い出してください。友好関係にあるライバルとでは、必死さが違っていたはずです。不倶戴天（ふぐたいてん）の敵をあえて造るのです。そして、敵を粉砕するための最善策をすぐに実行に移すのです。――しかし戦いは、国同士に限らず狂気を孕んでいることを忘れずに！

# 为了向上的志向

### ・你是否已经陷入“和平麻木”了呢？

——战争是为了保护自己的国家而攻击其他国家。不，是为了自己国家的利益而侵略其他国家。也有不同的看法。这可能是为政者通过把注意力转向其他国家而来转移国民对本国各种问题的注意力的一种方式。他们设立正义之名，制造外部敌人，并将人们的注意力集中在那里。

来，让我们考虑一下如何提高自己吧。与其过着平静无波的生活，不如在逆境中振奋精神。尤其是有敌人存在的情况下更是如此。我们不能懈怠。如果不立即采取行动，就会被灭。想象一下背水一战的心境。面对的是有着友好关系的竞争者的话，你的必死之心程度应该是不同的。所以我们要刻意制造出不共戴天的敌人。然后，立即实施最佳计划来粉碎敌人。——但请不要忘记，战争的疯狂不仅仅存在于国家之间！

# 闇の微粒子

**・地球を恐怖の坩堝（るつぼ）と化した疫病コロナ！**

——顕微鏡でしか見ることのできない、この細菌に人間はなす術を持ちません。世界中で数億もの人が亡くなり重症者も数多くいます。コロナのことが報道されない日はないぐらいです。3年間も悲惨な状況が続いているのです。新しい種が次から次へと生まれ、終息がいつになるのか見当もつきません。

他の生物は何ともないのに、人間だけが感染し命の危険にさらされています。なぜ、人間だけに！ 科学的には解明されているのでしょうが、未知の部分が多いようです。そのために、他の生物を支配下に置いた傲慢な人間に対する神の刑罰だと捉える人が増えてきましたね。神にすがる人も出てきましたね。しかし、もしもこの酷い仕打ちを神が起こしたとしたら、今後あなたは神の存在をどのように考えるのでしょうか？

# 暗黑粒子

**・将地球化为恐惧熔炉的疫情冠状病毒！**

——人类对于这种只能在显微镜下才能看到的细菌束手无策。全球数亿人死亡，重症患者众多。每天关于冠状病毒的报道几乎无所不在。悲惨的情况已持续了三年之久。新的变种层出不穷，难以预料何时才会结束。

其他生物没有受到影响，只有人类受到感染并面临死亡危险。为什么只有人类受到影响！尽管在科学上得到了解释，但仍存在许多未知的因素。因此，越来越多的人开始将这悲剧视为是上帝对傲慢的人类做出的惩罚。想借助神力的人也冒出来了。然而，如果这种残酷的惩处真的是由上帝造成的话，那么你将会如何看待上帝的存在呢？

# 5章

## 他者（他人）

# 存在証明書

**・自分にどれくらいの値を付けたらいいのでしょうか？**

——燕が翼を広げて気持ち良さそうに滑空しています。葉ズレの音色が耳を澄ますと届いてきます。風のおかげで……。でも、風は空に浮かんでいる雲を追いやって追いやって、ついには消滅させてしまうのです。風は目で捉えることはできませんが、確かに存在して多くのものに影響を及ぼしているのです。

風を「あなた」に置き換えてみましょう。そして、他者があなたの存在をどのように考えているのかを想像してください。次に、いくらの値を付けるのかを推察してください。バーゲン品のような安値なのか高級ブランド品のような高値なのか、果たしてどちらなのでしょうか？　何はともあれ、価格を決めるのは自分ではなく店側だということを忘れずに！

# 存在证明书

**・我们应该给自己定价多少呢？**

——燕子张开翅膀，心情愉快地滑翔着。细听还能听到树叶的簌簌声。多亏了风……。但是，风驱赶着漂浮在空中的云，最终将其消灭。风虽然无法用眼睛捕捉到，但它确实存在并影响着很多东西。

试着把风换成“你”。然后，请想象一下他人是如何看待你的存在的。接下来，请推测一下定价是多少。是廉价的大减价品还是高价的奢侈品，到底是哪一种呢？不管怎样，不要忘记决定价格的是店家而不是自己！

# 脱、原理主義

**・ひなびた無人駅に佇んだことがあるでしょうか？**

——旅は予定と目的を決めなければ、より楽しくなるそうです。そればかりに気を取られないからなのです。ガイドブックをなぞる旅は、点と点を移動することに終始し味気ないものです。気に入った場所だったら何時間でもいればいいのです。宿泊してもいいのです。予定と目的を立てているからできないのです。予定はあくまでも予定であって、決定事項ではありませんよ。

そう言えば、日々の暮らしも同じようなものかもしれません。予定をこなすことで毎日が過ぎているとしたら！　新たな発見や出会いに胸をときめかすためにも、事前には何も決めないようにしたらどうでしょう。そして、いくら時間がかかっても路草をしてみましょう。

# 脱离原理主义

**・你曾在荒凉的无人车站停留过吗?**

——据说旅行如果不决定预定和目的的话，会变得更开心。因为我们不会被这些吸引注意力。照着旅游指南旅行，始终是点对点的移动，很乏味。如果是喜欢的地方，可以待几个小时，也可以住宿。因为制定了计划和目的，所以做不到。计划只是计划，不是决定事项。

这么说来，日常生活或许也是如此。如果每天都靠完成计划来度过的话！为了让自己对新发现和新邂逅怦然心动，最好事先什么都不要决定。然后，不管花多少时间，也要试着闲逛吧。

# 卒、待ちぼうけ

**・置き忘れてきた言葉は見つかったのでしょうか？**

——胸に刻まれた何かしらの言葉があったからこそ、あなたはそれを糧として生きてこられたのですよ。でも、あまりに多くの苦難と出合い押し潰されてしまいましたか。それとも、忘れてしまっただけですか。

一陣の風が、そのうちにその言葉を運んで来ますよ。探し回るのではなく待っていればいいのです。ただひたすら待つのです……。しかし、いつも前へ前へと進んできたのでじれったいのですね。いや、待つことが弱者の処世術だと想いこんでいるのですね。置き忘れてきた言葉こそ、あなたが想い出の交差点でずっと待ち続けてきたものなのですよ。

# 不能只是等待

**・找到遗忘的话语了吗?**

——正因为你心中有着某种刻骨铭心的话语，你才能以此为精神食粮活下来。但是，遇到了太多的苦难，被压垮了吗？还是只是忘记了？

一阵风不久就会把那句话吹来。不是到处找，而是等着就可以了。只是一味地等待……。但是，因为你总是在不断地前进，所以很着急。不，你认为等待是弱者的处世之道。那些遗忘的话语，正是你一直在回忆的十字路口等待的东西。

# 消滅への道のり

**・覆いかぶさってくるビルの谷間に佇んだことがあるでしょうか？**

——漆黒の闇に呑みこまれないようにするには、闇と同化すればいいのです。自然界では弱い生き物ほど擬態をして、周りに身を紛らわせることで自分を守ります。生き抜くためには必要なことですね。

しかしその時に、ため息をつかないでくださいね。一回ごとに体が一回りずつ縮んでいくからです。度重ねていくと体は芥子粒（けしつぶ）のようになり、あらゆる器官が機能しなくなります。できることは、ただ息をするだけです。でも、その方がいいのかもしれません。自分のあり方に自信が持てない、今のあなたにとっては！　自信を付けるには息を大きく吐き出せばいいだけなのですが、それもできないようですね……。

---

# 走向消亡的道路

**・你曾在高楼大厦之间停留过吗？**

——为了不被漆黑的黑暗吞噬，只要和黑暗同化就可以了。在自然界中，越是弱小的生物越会进行拟态，通过让自己混入周围来保护自己。这是生存所必需的。

但是，这时候请不要叹气。因为每做一次身体就会收缩一圈。如果不断重叠，身体就会变得像芥子粒一样，所有的器官都会失去功能。能做的只有呼吸。但是，也许这样比较好吧。对现在的自己没有自信的你来说！要想提高自信，只要用力呼气就可以了，但你好像连这个都做不到……。

# 飢餓海峡

**・大海原を眺めて心が少しは晴れ晴れとしたでしょうか？**

——いつもあなたは何かを欲していますね。愛や温もりに飢えているのですか。権利や地位に飢えているのですか。思想や神に飢えているのですか。子供の頃とは違い、欲するものが精神的なものになってきたようですね。どれも入手困難なものばかりのようですが、ぜひとも手中に収めたいのですね。でも、欲しているものはわからないはずです。なぜなら、漠然とした〈ひもじさ〉から来ているからです。

人生の安楽椅子に長く座っていると、沸き起こってくる感覚かもしれません。いや、逆の場合も大いにあり得ますが！ あなたの今の暮らしから考えると、果たしてどちらなのでしょうか？

# 饥饿海峡

**・望着大海，心情会变得晴朗一些吧？**

——你总是想要些什么呢。你渴望爱和温暖吗？你渴望权利和地位吗？你渴望思想和神吗？和小时候不同，现在想要的东西更多是精神上的东西了。虽然都是些很难买到的东西，但还是想把它们收入囊中。但是，应该不知道自己想要什么。因为它来自一种模糊的“饥饿感”。

这也许是在人生的安乐椅上坐久了，就会沸腾起来的感觉。不，相反的情况也有可能！从你现在的生活来看，到底是哪一种呢？

# 夢の名残り

**・月を肴に盃を傾けたことはあるでしょうか？**

——忙しない日々の暮らしで疲弊しているようですね。その要因として一番大きなものを考えてください。たぶん人間関係が挙げられるはずです。一人きりになってみるのです。そのためには、言葉の通じない異国の地でしばらく暮らすのです。観光ではなく生活をすると、孤独が掌で温められるようになりますよ。取り残された心細さが心に沁みこんできて、人が恋しくてたまらなくなるはずです。

雑記帳と片道切符だけを持ち、飛行機で旅立つのです。そうすれば、子供の頃に描いていた夢も再び甦ってきます。新たなスタートを切るためにも、日本を離れるのです。さぁ、決断の時です。

# 梦的余韵

**・你曾以月为酒肴，举杯畅饮过吗？**

——每天忙忙碌碌的生活好像很疲惫吧。请思考一下最大的原因。应该可以举出人际关系。试着一个人独处。为此，要在语言不通的异国他乡生活一段时间。不是观光而是生活，孤独就会被掌心温暖。被遗忘的不安会沁入你的内心，你一定会想念别人。

只带着杂记本和单程票，坐飞机出发。这样的话，小时候描绘的梦想也会再次复苏。为了新的开始，离开日本吧。是时候做决断了。

# 曖昧なる微笑み

**・心が揺さぶられることが最近あるでしょうか？**

——日本人の多くは、言葉に「的・系・そう・らしい」などの接尾語を付け断定しない言い回しをします。曖昧に物事を片付けようという表れなのかもしれません。でも、含みがあり味わい深さを醸し出す要素にもなっています。人間関係においても同様ですね。ぼやかした方がいい場合も数多くあるので、決してマイナス面ばかりではありません。

しかしそこには、責任を負いたくない心が大きく働いているのが見え隠れしていますね。黒白をつけたために更なる悲劇が起きてしまったことを何度も経験している、あなたはわかるはずです。だから、何事に対しても微笑みを浮かべているのでしょうか？

# 暧昧的微笑

**・最近有没有让你内心动摇的事情？**

——很多日本人在语言后面加上“〇〇的”，“〇〇系”，“好像是〇〇”，“像〇〇那样”等的后缀，避免断言的措辞。这可能是暧昧地处理事物的表现。但是，它也成为了让人回味无穷的要素。人际关系也是如此。在很多情况下，装模作样反而更好，所以绝对不是只有负面影响。

但是，从中可以看出不想承担责任的心理在起很大作用。因为不分黑白而引发更大的悲剧，经历过很多次的你应该明白。所以，你对任何事都保持微笑吗？

## 知りすぎた者に

**・子供の頃に楽しんだ目隠し鬼ごっこ。**

——今あなたが知っておかなければいけないことは、何でしょうか？　ゴシップ記事・国際情勢・義務と権利・神の存在・自分という人間……等々。それとも、誰かの心の中。でも、知らなくても日々の暮らしに何の支障もありませんね。

そのことを知らなければ、心を悩まさずに済む場合も数多くあります。逆に、知ることで自分の世界がさらに広がっていくという側面も、もちろんあります。さて〈知る〉を天秤に乗せたら、プラスとマイナスどちらが重いのでしょうか？　知ってしまったばかりに奈落の底に落ちた経験があれば、もちろん後者の方ですね。目を逸らすことも大切です。ましてや、他者の心の扉を無理矢理こじ開け覗いてはいけませんよ。

## 致知道太多的人

**・小时候就喜欢玩的蒙眼捉迷藏。**

——现在你必须知道的是什么？八卦新闻，国际形势，义务与权利，神的存在，自己这个人……等等。还是在谁的心里？不过，就算不知道也不会对日常生活造成任何影响。

如果不知道这一点，很多情况下心灵就不会烦恼了。反过来说，通过了解，自己的世界也会变得更广阔。那么，如果把“知道”放在天平上，正负哪个更重呢？如果有因为知道而跌入深渊的经历，当然是后者。转移视线也很重要。更不要强行撬开他人的心扉。

# 平衡感覚

**・何事にもそれに見合う代償があるはずです。**

――善い行いをすれば善い報いが、悪い行いをすれば悪い報いが返ってきます。因果応報の理です。それでは、次の文言も同じように考えられるでしょうか？
「大きな喜びを求めなければ、大きな悲しみはやって来ないのです」
　対義語で考えてみます。「問答・優劣・進退・公私・新旧・利害・開閉・生死」などの語句は、どちらかを別の単語に置き換えられないほど正反対の意味です。しかし「悲喜」は違いますよ。悲と喜は複雑に絡み合い対義語にはならないのです。それでも納得できないようでしたら、悲劇名詞と喜劇名詞を幾つか挙げてください。罪の対義語が罰ではないことを知っていれば、すぐにわかるはずなのですが……。

# 平衡感

**・任何事情都应该有相应的代价。**

　　——行善有善报，作恶有恶报。因果报应的道理。那么，下面这句话也可以这么想吗？“不追求大喜，大悲就不会降临。”
　　试着用反义词来思考。“问答，优劣，进退，公私，新旧，利害，开闭，生死”等词语的意思是完全相反的，无法用其他词语替换。但是“悲喜”是不同的。悲和喜错综复杂，无法成为反义词。如果还是不能接受的话，请列举几个悲剧名词和喜剧名词。如果你知道犯罪的反义词不是惩罚的话，应该马上就能明白……。

## 同類項への道

**・私にはあなたが怒っているような顔にしか見えませんが。**

——なぜ、それほど気にしているのでしょうか？　あなたを見つめる瞳は、多くはないのですよ。いや、むしろほんの一握りなはずです。自分と関わりのある人を見ているだけです。自分と関わりのない人は、ただの物体として映っているのですよ。

しかし、周りの視線が気になるのですね。自分と同じように他者を極度に意識しているのだと想いこんで！　人間は自分と他者の考え方や感じ方が同じだと想いがちですが、実は全く違うのです。育ってきた環境、つまり外的な条件に左右されて内的なものが形成されています。だからでしょうか。同じものを見ても同じことをしても、異なった捉え方をするのですよ。あなたが日々の暮らしで気にしなくてはいけないことは、ただ一つだけです。さて、何なのでしょうか？

## 通往同类之路

**・在我看来你只是一副生气的表情。**

——为什么这么在意呢？注视你的眼睛并不多。不，应该说是极少数人。他们只是看着和自己有关的人。与自己无关的人，会被视为物体。

但是，你很在意周围的视线呢。认为别人和自己一样是极度意识到的！人们往往认为自己和他人的想法和感受是相同的，但实际上是完全不同的。受成长环境，也就是外在条件的影响，形成了内在的东西。所以即使看同样的东西做同样的事情，也会有不同的理解。你在日常生活中必须注意的事情只有一件。那是什么呢？

# 時空の定義書

### ・偶然をつなぎ合わせるとどうなるのでしょうか？

——幾つもの偶然が重なって、一つの物語ができ上がったことを想い出してください。偶然が偶然を呼びこみ、必然となったはずです。そして運命が決まっていったのです。運命は過去を紡ぎ現在を形造り、未来へ向かって延びています。宿命は必然を元に現在を形造り、未来へ延びてはいません。つまり、現在を基点として運命と宿命ははっきりと分かれているのです。

過去・現在・未来は一本のパイプでつながっているのではなく、過去と未来に押し出された形で現在があるのです。時空の実をついばむフェニックスに助言を与えてもらえれば、現在の時空がどこに位置するのかが見えてくるはずです。宿命と運命の理もよくわかるはずです。でも、予言が確信に変わってしまいそうで怖くて聞けないのですね。

# 时空定义书

### ・把偶然拼凑起来会怎样呢？

——请回想一下，好几个偶然重叠在一起，才形成了一个故事。偶然招来偶然，成为必然。于是，命运就这样被决定了。命运编织着过去，塑造着现在，向着未来延伸。宿命以必然为基础塑造现在，并没有延伸到未来。也就是说，以现在为基点，命运和宿命泾渭分明。

过去，现在，未来并不是通过一根管道连接在一起的，现在是以被过去和未来推着的形式存在的。如果能得到啄食时空果实的凤凰的建议，应该就能看到现在的时空位于哪里。宿命和命运的道理也应该很清楚。但是，因为害怕预言会变成确信，所以不敢听。

## 悲しき性

**・大いなる刺激を欲していますね。**

——新聞は日によって重さが異なるのを知っているでしょうか？　実は紙面や広告の数ではなく、書かれている事柄が関係しているのです。同じページ数でも、不幸せな記事が多い日には重くなります。逆に、幸せな記事が多い日には軽くなるのです。

日々の出来事として、悲劇と喜劇は同じくらいあるはずです。でも希望にあふれた記事は、ほとんど載っていません。目を背けたくなる記事ばかりが目につきます。編集の段階で操作しているのでしょう。読み手の思惑と一致させるために！　テレビの番組で、喜びの場面よりも悲しみの場面が多いのも同じ理由からです。他者の悲劇を観客席から見て楽しんでいるのです。そして、自分の幸せを認識するのです。

## 人类可悲的天性

**・你想要很大的刺激呢。**

——知道报纸每天的重量不同吗？实际上，原因并不是报纸和广告的数量，而是所写的内容。即使是同样的页数，不幸福的报道多的日子也会变得沉重。相反，幸福的报道多的日子就会变得轻松。

每天发生的事情中，悲剧和喜剧应该是一样多的。但是几乎没有充满希望的报道。满眼都是让人不忍直视的报道，是在编辑阶段操作的吧。为了和读者的想法一致！电视节目中悲伤的场面比喜悦的场面多也是同样的理由。他们从观众席上欣赏他人的悲剧。然后，认识到自己的幸福。

# 凍える口

**・頭に浮かんだ言葉が喉の奥に吸いこまれて口が開かなかったことはないでしょうか？**

――心に悲しみがあふれている時には、言葉は出てきません。悲しみが言葉を呑みこんでしまうからです。逆に、心に喜びがあふれている時には止めどなく言葉が出てきます。ではその中で、他者から言われて一番嬉しい一言は何かを考えてください。そうです。「ありがとう」という言葉ですね。

ところで、感情のおもむくままにささくれ立った言葉を発してないでしょうか？いつの間にかあなたから離れていった人は、あの一言が原因だったのですよ。たぐり寄せてもたぐり寄せても遠のいていく人が増えないためにも、長い時間をかけて濾過された言葉を使いましょう。感謝の意をこめて！

# 冻僵的嘴

**・你有没有过脑海里的话到嘴边却开不了口的时候?**

——内心充满悲伤的时候，说不出话来。因为悲伤吞噬了语言。相反，当内心充满喜悦时，就会不停地说出来。那么，请思考一下，听到别人说的最开心的一句话是什么。是的。“谢谢”这个词。

话说回来，你是否会根据感情的变化说出刺耳的话呢？不知何时那个人离开了你，就是因为那句话。为了不让越来越多的人越拉越远，请使用经过长时间过滤的话语吧。满怀感谢之意！

## 否、深呼吸

**・消えゆく虹のカウントダウンをしてはダメです。**

——やりたいことを聞かれても何も想い浮かんでこないのは、満ち足りた暮らしのせいでしょうか？　すぐにブレーキを踏むことを覚えたからでしょうか？　いや、頭の中に〈義務〉ばかりあるからですね。

自分に負荷をかけ律していくことも大切ですが、これでは生を楽しめませんよ。義務が肥大化して頭だけでなく心も体もパンパンに膨れ上がっていますね。弾力がないので針で突けば、大きな音を立てて破裂してしまいそうです。先ずは、自分を拘束しているものを吐き出してみましょう。そして、その半分以上を思い切って捨てるのです。さぁ、吸いこんでばかりの生き方から早く卒業しましょう。

## 否定・深呼吸！

**・不能倒计时消失的彩虹。**

——你被问到想做的事，什么也想不起来，是因为生活满足吗？是因为你学会了马上踩刹车吗？不，就是因为脑子里只有“义务”。

虽然给自己增加负担并约束自己很重要，但这样是无法享受生活的。义务变得庞大，不仅是头脑，连心灵和身体都膨胀起来。因为没有弹性，如果用针戳的话，会发出很大的声音，好像会破裂。首先，试着把束缚自己的东西吐出来吧。然后，果断地舍弃一半以上。来吧，让我们早日从只顾吸气的生活方式中毕业吧。

# 迂回戦略

**・どちらを選ぶかで何時間も考えこまないでください。**

――横断歩道を渡ろうとした時に、信号が点滅し始めました。立ち止まって次の青信号まで待ちますか。走って渡ってしまいますか。それとも、先に見える歩道橋に向かって歩き始めますか。

生死を賭けた勝負で、一つしか選択肢が残されていないわけではありません。目的が同じならば、方法は違ってもいいのです。自分なりのやり方でいいのです。数学では答えを導き出すために、幾つもの解法があるそうです。決して一つだけではないのです。でも、解法にどの公式を使えばいいのかわからないのですね。それは、あなたが他者の声に耳を傾けないからですよ。自分のやり方が唯一絶対的なものだと信じて！

# 迂回战略

**・别为了选哪一个而花好几个小时。**

——正要过人行横道的时候，信号灯开始闪烁了。你要停下来等到下一个绿灯吗？要跑过去吗？还是朝前面的天桥走去？

在赌上生死的比赛中，并非只剩下一个选项。只要目的相同，方法不同也没关系。按照自己的方式就可以了。据说在数学中，为了导出答案，有好几种解法。绝不仅仅是一个。但是，不知道该用哪个公式来解决。那是因为你没有倾听他人的声音。别相信自己的做法是唯一绝对的！

## 自動詞から他動詞へ

**・舞台裏は決して覗いてはいけません。**

——芸術家には鼻持ちならない人が多いと聞いています。その中でも、絵画を描くことを生業としている人は最たるものだそうです。三次元の立体を二次元の平面に写し取ることに、何の後ろめたさを感じることなく行っているという理由からです。

しかしそれ以上に、絵画を値踏みする〈批評家〉ほど厄介な人はいません。世の中に完璧なものなどありません。どこかしら何かが欠けているのです。それに何かしらの難癖をつける人種です。さてあなたは、このような荒探しの批評家になっていないでしょうか？　批評家は、その道の専門家ではありません。少しの知識があり美辞麗句を操ることができれば、誰でもなれるのですよ。

## 从自动词到及物动词

**・不要偷看后台。**

——我听说很多艺术家都很不讨人喜欢。其中，以绘画为生的人是最典型的。因为将三维的立体映射到二维的平面上，没有任何愧疚感。

但除此之外，没有比评判画作价值的“批评家”更麻烦的人了。世界上没有完美的东西。总觉得少了些什么。而且是喜欢吹毛求疵的人。那么，你是否也成为了这样的粗暴的批评家呢？批评家并不是这方面的专家。只要有一点知识，能驾驭华丽的辞藻，谁都能做到。

# 不可解な構造

**・臆病者が卑怯者になってはいけません。**

——受身形の「される」という言葉が、会話で頻繁に使われることに気付いていたでしょうか？　能動形の「する」より多いかもしれません。「私は注意をされた」という文言を考えてみましょう。注意した人はどこかに置き去りにされて、述部である「される」に比重が大きくなっているのです。被害者受身と呼ばれ、日本だけに存在する言い回しだと言われています。

このような文言には、注意をされた側に逃げ道が用意されていることが感じ取れるはずです。他者から「される」ということで、被害者意識が出てくるからです。そればかりでなく、他者の行為により自分のあり方が決まるのなら主体的に何かをしようという意識も出てきませんね。しかし、社会はこれを是としているのです。あなたもそうですよね。

# 不可思议的结构

**・胆小鬼不能变成懦夫。**

——有没有注意到在对话中频繁使用被动语态“被”这个词呢？可能比主动形式的“做”还要多。试着思考一下“我被警告了”这句话。警告的人被抛在了某处，叙述部分的“被”的比重变大了。这种说法被称为“受害者被动”，据说是日语特有的思维方式。

从这样的语句中，应该能感觉到为被警告的一方准备了退路。因为“被”他人做，会产生受害者意识。不仅如此，如果自己的存在方式是由他人的行为决定的话，也不会产生主动去做什么的意识。可是，社会把这个作为是。你也一样吧。

## 入学式をひかえて

**・今何を一番先にしなければいけないのかを考えてください。**

——演技をする必要がない所では、大人はいつでも子供に戻っているのです。幾つもの仮面の中からその場面にふさわしいものを瞬時に選んで、付け替えているからわからないだけです。今のあなたには！　でも、もう少しするとわかるようになります。社会が大人だと認識する領域に足を踏み入れているからです。いや、ずる賢さが自分にも他者にも見えているのですから！

〈子供時代〉を卒業をする時が来ましたね。さぁ、卒業式の後は入学式ですよ。何はともあれ、モラトリアム期間はもう卒業しなくてはいけません。新成人が後ろにたくさん控えているわけですから、いつまでも同じ所に止まっていたらはじき出されてしまいますよ。先ずは〈決別式〉から始めましょう。

## 在入学典礼之前

**・请考虑一下现在首先必须做什么。**

——在不需要表演的地方，大人总是变回了孩子。只是因为他会在瞬间从多张面具中选出适合那个场面的面具，然后替换掉而已。对现在的你来说！但是，再过一段时间就会明白。因为踏入了社会认为是大人的领域。不，因为自己和别人都看得出他狡猾！

终于到了从“儿童时代”毕业的时候了。毕业典礼之后就是入学典礼了。不管怎么说，延期期已经必须毕业了。因为后面有很多新成年人，如果一直停留在同一个地方，会被挤出来的。首先从“诀别仪式”开始。

## 百面相

**・鏡に映る自分の顔とにらめっこをするのです。**

——喜怒哀楽に限らず全ての感情は、他者がいるからこそ出てきます。特にプラス的な感情は、他者の存在が大きく作用しているようです。相手の喜ぶ顔を見て、喜びが倍に膨れ上がった経験がありますね。同様に、あなたの喜ぶ顔を見ることで周りの人たちも喜んだはずです。しかし今は、怒りや悲しみの表情で相手を怒らせ悲しませて、周りに不快な想いをさせているのではないでしょうか？

「以心伝心」ではなく〈以顔伝心〉ですよ。大切なことは、言葉ではなく表情なのです。たとえ嫌なことばかりでも打ちひしがれていても、笑顔・笑顔・笑顔でいきましょう。

## 百面相

**・瞪着镜子里自己的脸。**

——不只是喜怒哀乐，所有的感情都是因为有他人的存在才会出现。特别是积极的情绪，他人的存在似乎起到了很大的作用。看到对方高兴的表情，喜悦就会倍增。同样，看到你开心的表情，周围的人也会很开心。但是现在，你的愤怒和悲伤的表情会不会让对方愤怒和悲伤，让周围的人感到不快呢？

不是“以心传心”，而是“以颜传心”。重要的不是语言而是表情。即使遇到了很多不愉快的事情，也要保持微笑，微笑，微笑。

# 弄ばれる大義

**・プレゼントを渡した時に喜んだ愛しい人を想い浮べてください。**

——あなたを喜ばせる以上に、自分が喜びたかったのです。あなたの嬉しそうな顔を見ることで！　逆の場合も同じです。あなたを悲しませたくない以上に、自分が悲しみたくなかったのです。プレゼントは相手のためではなく、自分のためにしているのですよ。いつでも主体は自分なのです。自分の心が満たされれば、それでいいのです。自己満足の世界でいいのです。このように、他者は自分のためにいるのだという公式がいつも頭の中にあります。

このような考え方は間違っているのでしょうか？　いや、誰もがしているはずです。ただ気付かないだけです。他者のためにしているのか、自分のためにしているのかを！

# 大义被玩弄

**・请想象一下看当你给你心爱之人礼物时对方开心的样子。**

——比起让你高兴，我更想让自己高兴。看着你开心的表情！反之亦然。我不想让你悲伤，更不想让自己悲伤。送礼物不是为了对方，而是为了自己。无论何时，主体都是自己。只要自己的内心得到满足就可以了。自我满足的世界就可以了。像这样，他者是为自己而存在的公式一直在脑海中。

这样的想法是错的吗？不, 每个人都这么做。只是没有注意到而已。是为了他人，还是为了自己！

# 終わりなき道標に

**・どこにも焦点を合わせずに街の灯を眺めてみるのです。**

――あなたのスタート地点は、一体いつなのでしょうか？　10代のあの時・20代のあの時・30代のあの時、それとも今。生活に躍動感がみなぎっていた時を想い起こしてください。そこからが、新たな始まりだったのです。

それでは、ゴールはどこなのでしょうか？　手が届く所・はるか彼方・五里霧中・それとも今。いや、考えない方がいいのかもしれませんよ。なぜなら、ゴールまでのタイムリミットを決めてしまうからです。そして、計画表まで作ってしまうからです。時間と予定に縛られる生き方より、その場で何でも決めた方が面白いですよ。ワクワク感とドキドキ感を胸に抱き突っ走りましょう。

# 在无尽的路标上

**・不要把焦点放在任何地方，试着眺望街灯。**

——你的起点到底是什么时候呢？十多岁的时候，二十多岁的时候，三十多岁的时候，还是现在？请回想一下生活中充满活力的时候。那就是开始。

那么，终点在哪里呢？触手可及的地方，遥远的彼方，五里雾中，还是现在？不，也许还是不要想比较好。因为他们给自己设定了到达终点的时限。而且还会制定计划表。比起被时间和计划束缚的生活方式，当场做出决定更有趣。抱着兴奋和激动的心情向前奔跑吧。

# 等身大の自分に

**・剣豪・宮本武蔵の生き様を想い描くのです。**

——さて、あなたはどのようなオーラを放っているのでしょうか？　いや、どのような雰囲気を身にまとっているのでしょうか？　考えてください。でも、自分ではわかりにくいはずです。なぜなら、それは他者が感じ取るものだからです。他者の目にどのように映っているのかが問題なのです。

不思議なことですが、自分の思惑と異なる場合が多いようです。着ている服と同じですね。自分では似合うと想っていても、他者から見れば全く似合っていないということです。自分を客観的に見ることは、とても難しいからです。当たり前ですが、主観が必ず入ってきますので！　そして、自分に都合のいいように解釈するのです。全身を映す鏡の前に立てば、〈おどけたピエロ〉に出会うかもしれませんよ。

# 成为真实的自己

**・描绘一下剑豪・宫本武藏的生存方式吧。**

——那么，你散发着怎样的光芒呢？不，他身上散发着怎样的气息呢？请考虑一下。但是，自己应该很难理解。因为这是由他人感知的。问题在于你在别人眼里是什么样子的。

不可思议的是，和自己的想法不同的情况很多。和身上的衣服一样。即使自己觉得适合，在别人看来也完全不适合。因为客观地看待自己是非常困难的。这是理所当然的，但一定会有主观感受！然后，按照对自己有利的方式进行解释。站在能照出全身的镜子前，说不定会遇到“滑稽小丑”哦。

# 口笛を吹いて

**・見知らぬ街を当てどもなくさまようのです。**

——路草をくう楽しさを知っているでしょうか？　色々なものが目に飛びこんできます。新たな発見もします。いつも同じ道ばかりを脇目もふらずに歩いていると、何も見えなくなってしまいますよ。何も感じなくなってしまいますよ。仕事だけに追われて1日が終わってしまう日が続いたら、体も心もボロボロになってしまいます。もうそろそろ一息つきましょう。もっと自分を労ってあげましょう。健全な頭と心は、健全な体からしか生まれません。

全てを犠牲にして働くことが美徳だとされた時代は、過去の遺物となったのです。誰もが理解していることですよ。どうでしょう。これで少しは安心できたはずです。それでも不安を感じているのなら、〈就労強迫観念症〉を患っている可能性が高いですよ。すぐに治療をしないといけませんね。

# 吹口哨

**・在陌生的城市漫无目的地徘徊。**

——你知道路上闲逛的乐趣吗？各种各样的东西跃入眼帘。也会有新的发现。如果总是目不斜视地走在同一条路上的话，就什么都看不见了。什么感觉都没有了。如果一天都被工作追着跑的话，身心都会变得疲惫不堪。差不多该歇口气了。多慰劳一下自己吧。健全的头脑和心灵，只能来自健全的身体。

牺牲一切工作被认为是美德的时代已经成为过去的遗物。这是谁都明白的道理。怎么样？这样应该可以稍微放心了。如果你仍然感到不安，很有可能是患上了“工作强迫症”，必须马上治疗。

## 同心円

**・太陽が水平線に沈んでいく様を眺めるのです。**

——文明を築いたのは、人間の向上心とともに後戻りをしない時間です。時間を刻みながら進んでいく時のことです。でも、毎年春が来て夏が来るという繰り返す時間もあります。永劫の循環を続ける時のことです。この二つの時がバランスよく組み合わされ、日々の暮らしが営まれているのですが……。

ところで、あなたの時間の捉え方は前者の方ですね。四六時中、時計を見ているからです。時間を定めることで、確かに整然と物事は行われていきます。もし時間を定めなければ、混乱することは間違いありません。人間界の秩序は壊れていきます。でも昨日と今日が入れ替わっても、何も問題はないのですよ。

## 同心圆

**・眺望太阳沉入水平线的样子。**

——文明的建立是伴随着人类的上进心不回头的时间。是指一边雕刻时间一边前进的时候。但是，每年也有春天来了夏天来了这样重复的时间。是持续永恒循环的时候。这两个时间平衡地组合在一起，维持着我们每天的生活……。

对了，你对时间的看法是前者吧。因为我一天到晚都在看表。确定时间确实能让事情井然有序地进行。如果不规定时间的话，肯定会混乱的。人类世界的秩序会被破坏。但是，即使昨天和今天交替，也不会有任何问题。

# こぼれ落ちる前に

**・太陽を背にして足元の影に目を凝らすとわかります。**

――自分が誰からも見えなくなってしまう恐怖を感じたことはないでしょうか？無視されて、いるのにいないとみなされるのではありません。目の前にいてもその姿が相手には見えず、透けて向こう側が見えるのです。眼差しに力がなくなると、だんだんと透けてくるそうです。さぁ、勇気を出して自分の影を見てください。はっきりとした濃い影があるのかを確かめてみましょう。

ところで、「影が薄い」と言われたことはないでしょうか？　当たり障りのない受け応えばかりしていると、そのうち誰からも意見を求められなくなります。そして、いてもいなくても同じだとみなされるのです。これが〈透明人間〉への道ですよ。〈消滅人間〉の一歩手前の！

# 在滴落之前

**・背对太阳，注视一下脚下的自己影子。**

——有没有感到过自己被谁都看不见的恐惧呢？被无视，不是说你在那儿却视而不见的无视。而是即使在眼前，对方也看不见，可以透过透视看到对面。眼神一旦失去力量，就会渐渐透出。来，鼓起勇气看看自己的影子吧。确认是否有明显的深色阴影。

不过，你是否也被人说过“影が薄い”（你长得不起眼）呢？如果只做一些不痛不痒的回应，不久就不会再向任何人征求意见了。而且，在与不在都被认为是一样的。这就是“透明人”的道路。离“消失的人”还有一步之遥！

## ぎこちなさの卒業

**・かじかんだ手を早くほぐしてあげましょう。**

——日本の伝統芸能である能を観賞したことがあるでしょうか？　一つの表情しか持たない仮面を付けて、身振りだけで感情を表す芝居です。これは素人にはとても難しいことです。修練を積んだ役者にしかできません。しかし、感情を顔に出さずに何くわぬ顔で暮らしを営んでいるのが現代人ですね。

さて、ここで表情について考えてみましょう。笑うからより嬉しくなり、泣くからより悲しくなるのです。顔の皮膚を動かす行為があるからこそ、その時の感情が増幅されるのです。心の揺れを今以上に感じて生を実感したいのなら、まずは表情を豊かにすることです。誰に対しても身構えて顔をこわばらせているから、鏡の前でしか顔をほぐせなくなったのですよ。

## 从笨拙的自己毕业

**・尽快缓解冻僵的手。**

——有看过日本的传统艺术能剧吗？戴上只有一个表情的面具，只靠肢体语言来表现感情的戏剧。这对于外行人来说是非常困难的。只有修炼过的演员才能做到。但是，不把感情表现在脸上，若无其事地生活的才是现代人。

那么，让我们来思考一下表情。因为笑而更开心，因为哭而更悲伤。正因为有了脸部皮肤的运动，才会增加当时的感情。如果你想比现在更真切地感受到内心的动摇，首先要丰富自己的表情。因为对谁都摆出一副严肃的架势，所以只有在镜子前才能放松。

# すげ替えられる警告

**・ノートに想い浮かんだ言葉を書いてみましょう。**

――暗く後ろ向きのものばかりで、明るく前向きなものは出てこないのではないでしょうか？　日々の暮らしで嫌なことばかり続いているからですね。取り去りたい気持ちはわかりますが、生を実感するためにはあった方がいいのですよ。

「人間万事塞翁が馬」「禍福はあざなえる縄のごとし」といった幸・不幸の格言は、客観視せずに自分に向けて作られたのだと考えるべきなのです。そして、〈青春〉を歩んでいるのだと強く意識してください。草木が芽吹く春に澄みわたる大空が、青春に含まれる意味ですよ。〈人生〉を歩んでいるのとは、違ったイメージが湧いてくるはずですね。

# 被替换的警告

**・把想到的话语都记在笔记本上吧。**

——是不是都是阴暗，向后看的东西，没有明亮，积极的东西出现呢？因为每天的生活中都持续着不愉快的事情。我能理解你想把它拿掉的心情，但为了真实地感受生命，还是有它比较好。

“塞翁失马，焉知非福”，“祸福如绳”等有关幸与不幸的格言，不应该客观地看待，应该认为它们是针对自己而创作的。并且，请强烈地意识到自己正走在“青春”的道路上。草木发芽的春天澄澈的天空，包含着青春的意思。走在“人生”的路上，应该会有不同的印象沸腾吧。

## 夢の訪れ

**・新たな出会いに胸を膨らませましょう。**

――さぁ､｢かい｣と｢こう｣という漢字を3つずつ書いてください。その漢字をつなげて熟語を作ると、今のあなたの置かれている状況がわかるのです。世にも不思議な文字占いです。

｢回・会・改・開・怪・解・悔・壊・懐・拐・塊・邂｣と｢好・考・孝・攻・功・後・香・拘・控・耕・硬・逅｣の、いずれかの漢字が惹かれ合います。意味のとおる熟語になっていなくても、気にすることはありません。自分で意味を付ければいいのです。自分の想いどおりに解釈して構わないのです。占い師があなたに何かを言うわけでもありません。解答を出すのは自分なのですから！

## 梦的到来

**・为了新的邂逅而鼓起胸膛吧。**

——请分别写下（用日语）读作“kai”和“kou”的三个汉字。把这些汉字连起来组成成语，就能知道你现在所处的状况。这是世间不可思议的文字占卜。

“回，会，改，開，怪，解，悔，壊，懐，拐，塊，邂”和“好，考，孝，攻，功，後，香，拘，控，耕，硬，逅”，其中一个汉字互相吸引。即使不是意思明确的熟语，也不必在意。自己赋予意义就可以了。按照自己的想法去解释也没关系。占卜师也不会对你说什么。因为给出答案的是自己！

# 断捨離の掟

**・捨てきれない　荷物のおもさ　まえうしろ（種田山頭火）**

――その荷物は、絶対に背負わなければいけないのでしょうか？　年齢を重ねれば重ねるほど量が増えていきそうです。重すぎたら潰れてしまいますね。特に義務ばかりだと、潰れたら起き上がる気力は湧いてきませんね。手に提げて持ってもいいはずですが、あなたは自分の肩に乗せたがりますね。多くのものを背負っていることを誇示したいからなのです。他者に、いや自分に！　それで自尊心を満足させたいのでしょう。さて荷物を下ろす時、いや捨てる時が来たようですね。

富や名誉などの欲は、悟りを開けば捨てられるそうです。親や兄弟などの絆も、非情に徹すれば捨てられるそうです。捨てられないものはただ一つですよ。何だかわかるでしょうか？

# 断舍离的法则

**・丢不掉的行李压在前后（种田山头火）**

——那个行李一定要背吗？随着年龄的增长，量也会增加。太重的话会压扁的。特别是全是义务的话，一旦崩溃了就没有力气再站起来了。应该可以拎在手上，但你更想放在自己肩上。因为想夸耀自己背负了很多东西。对他人，不，对自己！以此来满足自尊心吧。看来是该放下行李的时候了，不，该扔东西的时候了。

财富，名誉等欲望，只要开悟就能舍弃。父母和兄弟姐妹之间的羁绊，如果彻底无情的话也会被抛弃。不能丢的东西只有一个。你知道是什么吗？

## 従容の罰

**・ふるさとの　訛なつかし　停車場の 人ごみの中に　そを聴きにゆく（石川啄木）**

——関わりがなかった人たちと仲良くなった場面を想い起こしてください。どのようにして仲間になったのでしょうか？　仲間だけに通じる言葉を使い、仲間だけがわかる話をしたからですね。たぶん、それで連帯感が持てたのでしょう。部外者を入れない強固な要塞を造り上げて、満足しているあなたのことですよ。仲間以外の人との距離感が未だにつかめず怖いのですね。

しかし、気心の知れた人ばかりの居心地のいい場にいつまでもいると、臆病な心がますます増大してきますよ。そして、ついには外の世界に出られなくなってしまうのです。甘い蜜でむせかえる〈蟻地獄〉ですから！

## 从容的惩罚

**・怀念家乡的口音 在停车场的人潮中去听它（石川啄木）**

——请回想一下和毫无关系的人成为好朋友的场面。他们是如何成为伙伴的呢？因为我用的是只有同伴们才懂的语言，说的是只有同伴们才懂的话。大概是因为这样才有了连带感吧。你建造了不让外人进入的坚固要塞，并为此感到满足。你还是无法把握和同伴以外的人的距离感，很可怕吧。

但是，如果一直待在只有知心朋友的舒适场所，胆小的心会越来越大。然后，最终无法去外面的世界。因为那是用甜蜜蜜呛人的“蚁狮穴”！

# 青い鳥

**・幾山川　越えさり行かば　寂しさの　終てなむ国ぞ　今日も旅ゆく（若山牧水）**

——心のひだに入りこんだ寂しさを、ピンセットで取り出してみましょう。そして、形や色だけではなく動静を顕微鏡で観察するのです。生きているのか否かが重要なチェックポイントです。もし動き回っていたら大変です。他の感情を呑みこんで、増殖していく危険性があるからなのです。それほど寂しさは他の感情よりも強いのです。

でも、なぜか惹かれます。他の感情とは違うフェロモンでも発しているのかもしれません。だから、寂しさを胸に宿している人に魅力を感じるのです。——その匂いを感じ取れるあなたは、実は寂しさが体全体から滲み出ているのですよ。果たしてこのことは、称讃すべきなのでしょうか？

# 青鸟

**・越过许多山川　前往那寂寞的尽头　今日也还在旅途中（若山牧水）**

——用镊子把钻入心底的寂寞取出来吧。而且，不仅是形状和颜色，还要用显微镜观察动静。是否活着是重要的检查点。如果到处走动就麻烦了。因为有吞没其他感情，增殖的危险。寂寞比其他情绪更强烈。

但是，不知为什么会被吸引。也可能是与其他情绪不同的费洛蒙。所以，把寂寞寄居在心中的人会让人感到有魅力。——能感觉到那个味道的你，其实是寂寞从身体渗出来了。这件事到底该不该称赞呢？

## 遡ってみれば

**・太初に言葉ありき　言葉は神なりき（聖書）**

——知恵の実をかじった人類は、言葉を発明し文明を築き上げました。言葉は人類だけに与えられた特権です。さて今日は、その役割を考えてみましょう。先ずはコミュニケーションとしての手段です。それ以上に大きいのは、様々なことやものを頭の中にイメージさせてくれることです。過去を記憶に残し未来を想い描かせてもくれます。

しかし、いいことばかりではありませんよ。悲しみや絶望などの負の感情も、言葉によってイメージが形造られるからです。だからもし言葉がなかったら、今のあなたの苦しみはなくなるかもしれません。でも、未だに言葉を欲していますね。自分にも他者にも！　空っぽになりたくないからですか。それとも、一人きりになりたくないからですか。

## 如果追溯一下

**・太初有语言 语言就是神（圣经）**

——啃食智慧果实的人类发明了语言，建立了文明。语言是人类独有的特权。那么，今天我们来思考一下它的作用。首先是沟通的手段。更重要的是，它能让我们在脑海中想象各种事物。留下过去的记忆让我们描绘未来。

也不全是好事。悲伤，绝望等负面情绪也可以通过语言塑造形象。所以如果没有语言的话，也许你现在的痛苦就会消失。但是，你还是想要语言。对自己也对他人！因为不想空着吗？还是因为不想一个人独处？

# 涙君、さようなら

**・涙とともにパンを食べた者でなければ　人生の味はわからない(ゲーテ)**

——涙は悲しさの象徴のように捉えられていますが、決してそれだけではありませんね。嬉しい時にも悔しい時にも涙は出てくるからです。

その時々に涙を手で掬って、舌の上で転がしてみましょう。味が違うのがわかるはずです。喜怒哀楽に限らず、全ての感情で出た時の涙を比べてみるのです。塩っぱい涙・酸っぱい涙・苦い涙・甘い涙・味のしない涙などがありますよ。でも、できないようですね。涙で頬を濡らすことが全くなくなった、今のあなたには！　多くの悲しみで、涙が枯れ果ててしまったからでしょうか？　いや違うようですね。日々の暮らしに疲れ果て、心を揺さぶることが億劫になってしまったからですよね。

# 眼泪君，再见

**・凡不是就着泪水吃过面包的人是不懂得人生之味的人（歌德）**

——眼泪被认为是悲伤的象征，但绝不仅仅是这样。因为无论是高兴的时候还是后悔的时候，眼泪都会流出来。

不时用手捧起眼泪，在舌头上滚动。应该知道味道不一样。不只是喜怒哀乐，要比较所有情绪时的眼泪。咸的泪，酸的泪，苦的泪，甜的泪，没有味道的泪……等等。但是，好像做不到。对现在的你来说，泪水浸湿脸颊的事完全没有了！是因为太多的悲伤，让眼泪枯萎了吗？不，好像不是。因为每天的生活已经让人疲惫不堪，懒得去做震撼心灵的事情。

## あなただけの王国

**・最果ては青　ひたゆく蟻の列（権頭史）**

――無地の紙・コンパス・10色のクレヨンを用意してください。まず、紙に10個のマルを書きましょう。大きさは自由です。次に、そのマルに色をつけましょう。最後は、マルの中に数字（今の年齢からさかのぼった歳）を記入しましょう。これで完成です。

さぁ、どの年齢のマルが一番大きく（小さく）、色が明るい（暗い）のかを見るのです。何を推し量ろうとしたのか、もうわかりましたね。これは、過去の自分についての決算書のようなものです。未来のことではありません。あなたが知りたいのは過去のことなのでしょうか？　そうではないはずです。でも、未来の企画書を作成する時にも使えますので、ぜひ試してください。

## 你自己的王国

**・最末是蓝色　一味地走的蚂蚁队伍（权头史）**

——请准备素色的纸，圆规，10 种颜色的蜡笔。首先，在纸上画 10 个圈。大小是自由的。接下来，给圆圈上色。最后，在圆圈内填入数字（从现在的年龄追溯的年龄）。这样就完成了。

看哪个年龄的圆圈最大（小），颜色最亮（暗）。你知道我在揣测什么了吧。这是一份关于过去自己的决算书。不是未来的事。你想知道的是过去的事情吗？应该不是这样的。但是，在制作未来的企划书时也可以使用，请一定要试一试。

# 一人ぼっち

**・未だに語り合う相手がいると信じているかもしれませんが！**

——あなたは人類の代表者として、自分だけが大きな不幸を一身に背負っていると想っていますね。そして、大袈裟に吹聴したことはないでしょうか？

身の上話は誇張があることを、実はみんな知っているのです。知らないのはあなただけです。だから、あなた以外は身の上話を喜劇にして話をするのです。でも不思議ですね。それを実行している人は、絶対に喜劇の主人公になり得ないのは……。取り繕っているからなのです。自分で脚色してはいけません。ましてや大勢の前で演じるとなると、稽古を積んだ役者以外にはできないはずです。素人が迫真の演技をしても、必ずボロが出るものですよ。

# 孤身一人

**・也许你还相信有可以交谈的对象！**

——您认为作为人类的代表，只有自己一人背负着巨大的不幸。而且，有没有夸张地吹嘘过呢？

其实大家都知道自己的身世有些夸张。只有你不知道。所以，除了你，其他人都把自己的身世编成喜剧来讲述。不过真是不可思议。实行这个的人，绝对不可能成为喜剧的主人公，因为……。因为是在掩饰。不能自己渲染。更何况是在很多人面前表演，只有练习过的演员才能做到。外行即使表演逼真，也一定会有破绽。

## 試される未来

**・心を許し合っている人以外は、半径１メートル以内には入れたくないのですね。**

――弱い肉食獣は群れで狩りをします。自分だけで狩りが行える身体能力が備わっていないからでしょうか？　いや違いますね。ただ単に勇気がないからです。周りと協力し合うことが当たり前になっているからです。でも、いつも群れていたらわかるはずはありませんよ。

身に付いてしまった習性を変えることは難しいですが、今ならまだ間に合います。群れから離れてみるのです。仲間だけで成り立っている居心地のいい場から飛び出すのです。何から手をつけていいのかわからないかもしれませんが、誰かに聞いてはいけません。自分で考えるのです。そして、何ができるのかを見極めるのです！

## 被考验的未来

**・除了自己交心的人以外，都不想让对方进入半径 1 米以内吧。**

——弱小的食肉动物是群居狩猎的。是因为自己没有足够的身体能力狩猎吗？不，不是的。只是因为没有勇气。因为与周围的人合作是理所当然的事。但是，如果总是成群结队的话，是不可能知道的。

虽然已经养成的习惯很难改变，但现在还来得及。试着离开群体。从只有同伴的舒适场所跳出来。也许你不知道该从何着手，但不要问别人。自己思考。然后，要看清自己能做什么！

# 自分探し

**・がなり声とうめき声しか聞こえないのですね。**

——四季の訪れが感じ取れず人の気配にだけ敏感に反応するようになったのは、いつ頃からなのでしょうか？　他者の思惑をいつも気にして、自分のあり方を決めていた時分のことです。もう想い出せないくらい遠い昔かもしれませんね。

『人間失格』の主人公は人の反感を買うことに脅え、幼い時から道化を演じてきたようです。著者であるあの人は、人をもてなすために道化で周りを喜ばせてきたようです。何はともあれ、この二者は道化という行為で他者と接していたのです。いけないことではありませんね。でも、他者のことばかりが頭の中を占有していると本来の自分が何も出せなくなっていきます。そうならないためには、自意識を他意識で割り算するのですよ。——他意識が何かは自分で考えてくださいね。

# 寻找自己

**・只能听到嗡嗡声和呻吟声。**

——感觉不到四季的到来，只对人的气息有敏感的反应是从什么时候开始的呢？那是在总是在意别人的想法，决定自己的存在方式的时候。也许是已经想不起来的遥远的过去。

《人间失格》的主人公怕引起别人的反感，从小就开始扮小丑。作为作者的那个人，为了拥有别人，用逗笑来取悦周围的人。不管怎么说，这两者都是通过逗笑这一行为与他人接触的。并不是不可以。但是，如果脑子里只剩下别人的事，就什么也拿不出真正的自己。为了避免这种情况，就要把自我意识除以他意识。——其他意识是什么，请自己考虑吧。

# 交通規制に従って

**・水枕をあてがった頭で空の重さを考える日々。**

——高熱でうなされていた時を想い起こしてください。もし出口がなかったら、熱が体内を駆け巡り体を焼き尽くしたかもしれませんね。出口があったからこそ、熱が体から出ていったのです。もし入口と出口が同じ場所だとしたら、どうでしょうか？　混み合いぶつかり合って、スムーズに外に出ることはできないはずです。違う所に出入口があるからこそ、整然と経路が保たれているのです。入口と出口は、やはり別々にある方がいいですね。

過去が熱・現在が体・未来が出口だと仮定しましょう。過去に引きずられてばかりいると、未来が見えなくなります。そして、現在をダメにしてしまいます。葬り去りたい過去を消すには、頭ではなく心に出口を見つけることですよ。

# 遵守交通管制

**・每天把头放在水枕上思考天空的重量。**

——请回想一下因高烧而呻吟的时候。如果没有出口，热量可能会在体内循环，把身体烧尽。正因为有了出口，热量才能从身体里散发出去。如果入口和出口一样的话，会怎么样呢？人多拥挤，很难顺利走出去。正因为出入口在不同的地方，路径才能保持整齐。入口和出口还是分开比较好。

假设过去是热量，现在是身体，未来是出口。如果总是被过去牵着鼻子走，就看不到未来。然后，毁掉现在。想要抹掉想要埋葬的过去，不是在头脑中，而是在心灵中寻找出口。

# 行進曲に乗って

**・緊張しながらも大望を抱いての入学式。**

——夢に向かって必死になっていたあの頃のことを想い返してください。その夢ははっきりとした目標があってのことではなく、漠然としていたはずです。でも、心は燃え上がっていましたね。さて次は、夢への道を考えてみましょう。今は見えないようですが、あるのです。夢が目標になった時にわかります。すると、道の状態までもが見えてくるのです。凹凸なのか、舗装されているのか、障害物があるのか……等々。

しかし、夢が夢のままだと距離感もつかめません。はるか彼方にあっても、近くにあるのだと錯覚してしまいます。さぁ何はともあれ、スタートはこれからです。胸を張っていきましょう！

# 随着进行曲

**・一边紧张一边抱着大希望的入学典礼。**

——请回想一下为了梦想而拼命努力的那个时候。这个梦想并不是有明确的目标，而是很模糊的。但是，你的心燃起来了。接下来，让我们思考一下通往梦想的道路。现在好像看不到了，但有。当梦想成为目标的时候就会明白。这样一来，连道路的状态都能看清。是凹凸的，还是铺装的，有没有障碍物……等等。接下来，让我们思考一下通往梦想的道路。现在好像看不到了，但确实有。当梦想成为目标的时候就会明白。这样一来，连道路的状态都能看清。是凹凸的，还是铺装的，有没有障碍物……等等。

但是，梦想还是梦想的话，就无法把握距离感。即使在遥远的远方，也会产生近在咫尺的错觉。不管怎么说，开始才刚刚开始。挺起胸膛吧！

# 名俳優の小道具

**・水たまりに映っている見知らぬ人の顔を見ています。**

——家庭での顔・職場での顔・恋人と会う時の顔・友人と会う時の顔……等々。時と場に応じて様々な顔を使い分けていますね。今は当たり前になったので、もう疲れないのでしょう。

華やかな仮面舞踏会を想い浮かべてください。女性はドレスで男性はタキシードを身にまとって、きらびやかな仮面を付けてダンスに興じます。いつもはおとなしく控えめな人も、この〈ハレの日〉は自分を主張するのです。これは仮面の効果なのです。仮面を付けると違う自分になれた気がして、その場に合わせて演じることができると言います。そうです。現代人は、本来の自分を隠しながら役者人生を謳歌しているのです。みんなが！

# 名演员的小道具

**・看着倒映在水洼里的陌生人的脸。**

——家庭中的面孔，工作中的面孔，和恋人见面时的面孔，和朋友见面时的面孔……等等。根据时间和场合使用各种各样的脸。现在已经习以为常了，所以不会再累了吧。

请想象一下华丽的面具舞会。女性穿着礼服，男性穿着无尾晚礼服，戴着华丽的面具跳舞。平时老实内敛的人，在这“好日子”（注）也会主张自己。这是假面的效果。戴上面具的话，感觉变成了不一样的自己，能配合那个场合演出。是的。现代人一边隐藏自己，一边讴歌自己的演艺人生。大家都是！

※ 注：在日本对特殊的值得庆祝的日子称为“ハレの日（晴天）”类似于汉语里的“好日子”在这儿并非指天气晴朗。

# 生活の落とし穴

**・〈∞〉これは数学の授業で習った無限大の記号です。**

――言葉よりも数字が頭の中を占める割合が多くなってきましたね。いつもいつも数字とにらめっこをして、あれこれと考えているからです。確かに数字は、客観的で曖昧さはありません。しかし数字で物事を考えることに対しては、何かすっきりしないものがありますね。

今日は、その数字であなたの未来への危険度をお知らせします。3桁の数字を想い浮かべてください。同じ数字が一つでも入っていたらイエローカードです。全て同じ数字だったらレッドカードです。今の暮らしが今後も続いてもらいたいと考えていると、同じ数字が並ぶそうです。その数字が大きければ大きいほど危険度は高いのです。肝に銘じておきましょう。現状維持は退歩なのですよ。赤ちゃんがずっと赤ちゃんのままでいたら、おかしいのと同じですから！

# 生活中的陷阱

**・〈∞〉这是我们在数学课上学到的无穷大的符号。**

——比起语言，数字在脑海中所占的比例更多了。因为我们总是盯着数字，胡思乱想。确实，数字是客观的，没有模糊性。但是用数字来考虑事情总觉得不痛快。

今天，用那个数字通知你对未来的危险度。请想起三位数的数字。如果有一个相同的数字的话就是黄牌。如果都是同样的数字的话就是红牌。如果你想让现在的生活今后继续下去，就会看到同样的数字。那个数字越大危险度越高。让我们铭记在心吧。维持现状是退步。就像婴儿如果一直是婴儿就很奇怪一样！

# 幽閉された言葉

**・不可思議で不可解ないつもの光景の一コマです。**

――発せられた言葉を耳でなぞり頭の中で反芻していたのは、一昔前のことになりました。今は文字盤を指でなぞり、すぐに返信するのです。目の前に話す相手がいなくても会話は尽きません。顔を合わせない方が話しやすいのでしょう。顔色をうかがい言葉を選ぶ必要がないからです。合理性に重きを置く現代においては、スマホでの〈文字会話〉の方が理に叶っているのかもしれません。

その上、気詰まりな沈黙に腐心しなくてもいいので気持ちは楽に違いありません。会話が途切れた時に沸き起こる、あの何とも形容しがたい感情と思惑！　でも、自分の気持ちを伝える手段が絵文字だというのはどうなのでしょうか？

# 幽禁的语言

**・不可思议的，真的不可思议的平常景象的一幕。**

——听到这句话，我在脑海中反复回味，这已经是很久以前的事了。现在用手指在键盘上滑动，马上回复。即使眼前没有说话的对象，对话也不会结束。不面对面交流反而更容易吧，因为不需要察言观色、斟酌用词。在重视合理性的现代，用智能手机进行“文字对话”或许更为合理。

而且，不用费尽心思应对尴尬的沉默，心情一定会轻松很多。对话中断时涌现的那种难以形容的感情和想法！但是，用表情符号来表达自己的心情又怎么样呢

# 疎ましさを糧に

**・〈グローバル化〉という高波が押し寄せています。**

――ファーストフード店・レストラン・スーパーマーケット・コンビニエンスストアー……等々。どこに行っても見慣れたチェーン店が街を占領して、その地域ならではというものが見当たりません。日々の暮らしの細部にまで同一化が侵食しています。人間も同様です。個性的な人が少なくなりましたね。独自の感じ方や考え方を周りに示すと、白い目で見られるようになってきたからです。誰のためだかわかりませんが、出る杭は確実に打たれています。大多数を占める人と同じでなければ、爪弾きにされそうですね。

しかし、どこを切っても同じ顔が出る金太郎飴のような生活をみんなが営んでいても、誰一人として疑問は感じていないようです。居心地がいいですからね。でもしばらくすると、この甘さに飽きてしまいますよ。

# 以讨厌的心情为食粮

**・“全球化”的浪潮汹涌而来。**

——快餐店，餐厅，超市，便利店……等等。无论走到哪里，熟悉的连锁店都会占领街道，找不到当地特有的东西。同一化已经侵蚀到了日常生活的细节。人类也是如此，有个性的人越来越少了。因为当我向周围人展示自己独特的感受和思考方式时，就会遭到周围人的白眼。虽然不知道是为了谁，但是凸出的木桩确实被控制住了。如果不和占大多数的人一样的话，可能会被贬低。

但是，即使大家都过着金太郎糖一样的生活，也没有人会有疑问，因为这样很舒服。但是过不了多久，就会厌倦这种甜味。

# 忍び寄る暗雲

### ・自分への可能性は尽きないものですが！

——外国人から見た日本人は、一体どのように見えているのでしょうか？ 「兎小屋に住む働き蜂」だと言われて半世紀が経ちました。振り返ってみると、真にこの通りでしたね。仕事のために全てを犠牲にして働いている人がほとんどでしたので！ 今は、「ひしめき合う檻の中で鳴き声も立てない鶏」だと言われています。過不足なくエサをあてがわれて、与えられたものに何の疑問も持たず黙々と働いているからです。周りと同じようにしているから、日本人は同じような顔付きになるのだとも揶揄（やゆ）されています。

そう言えば、慎重なのか臆病なのかも外国人には判別がつかないそうです。さて、〈いつか必ず〉を胸に秘めているあなたはどちらなのでしょうか？——実は、この二者から選んではいけないのですが……。

# 悄悄逼近的乌云

### ・对自己的可能性是无穷无尽的！

——外国人眼中的日本人，到底是怎样的呢？日本人是“住在兔窝里的工蜂”，这种说法已经过去了半个世纪。回过头来看，确实如此。因为大部分人都是为了工作而牺牲一切的人！现在，据说是“在拥挤的笼子里连叫声都’叫不出来的鸡”。因为得到了充足的食物，对得到的东西毫无疑问地默默地工作。也有人揶揄说，正因为和周围的人一样，日本人才会有同样的表情。

这么说来，外国人也无法判断是慎重还是胆小。那么，把“总有一天”藏在心里的你是哪一种呢？——其实，不能从这两者中选择……。

# 不幸せの公式

**・まばゆいネオンが夜の帳(とばり)に覆われています。**

――漆黒の闇は、何のためにあるのか考えてみましょう。1日の始まりに朝が来る理由がわかれば、答えは導き出せるはずです。でも、人知の及ばない自然界の摂理なので誰にもわかりませんね。ところで、悲しさと寂しさはなぜ連鎖するのでしょうか？

負の感情連鎖に押し潰されそうなあなたに教えます。足し算ばかりしているから、マイナスのままなのですよ。いや、マイナスがどんどん加算されていくのです。数学の定理を想い出してください。難しい因数分解や三角関数のことではありません。乗法定理、つまりマイナスとマイナスを掛け算をすればプラスに変わるのですよ。でも、そのやり方も忘れてしまいましたか！

# 不幸公式

**・炫目的霓虹灯被夜幕覆盖着。**

——请思考一下，漆黑的黑暗是为了什么而存在的。只要知道早晨是一天开始的原因，就能推导出答案。但是，这是人类智慧无法企及的自然规律，谁也无法理解。那么，悲伤和寂寞为什么会产生连锁反应呢？

告诉那些快要被负面情绪压垮的你。因为一直在做加法，所以一直是负数。不，是不断地加负数。请回想一下数学定理。并不是复杂的因数分解或三角函数。乘法定理，也就是把负数和负数相乘，就会变成正数。但是，你忘了这个方法吗！

## おーい、我が君

**・傘を閉じて見上げると青空が広がっているのがわかりますよ。**

——打ちひしがれている時に「俺・僕・私」ではなく、自分の名前を呼んでみるのです。名前の後に〈君〉を付けて！　元気がとてもとても湧いてきますよ。

一人称と三人称、いや主観性と客観性です。もちろん、自分の名前は客観的な固有名詞ですが、より客観性を持たせるために〈君〉を付けるのです。そうすると、自分の姿を遠くから眺められるようになります。そして、遠くにいる自分に声がかけられるようになるのです。物事は見る距離で、大きく違ってくるのですよ。負の感情の最深部にある虚無に陥っている時には、絶大な効き目があります。お薦めのカンフル剤です。

## 喂，我的“君”

**・合上伞抬头仰望，可以看到广阔的蓝天。**

——在被击垮的时候，不要喊“俺，仆，私”，而要喊自己的名字。在名字后面加上“君”！精神会沸腾的哦。

第一人称和第三人称，不，是主观性和客观性。当然，自己的名字是客观的固有名词，为了更加客观，可以加上“君”字。这样一来，你就能从远处看到自己了。然后，就能和远方的自己说话了。看事物的距离，会有很大的不同。在陷入负面情绪的最深处的虚无的时候，有绝对的效果。是推荐的樟脑剂。

# 笑いながら

**・神経質で必死の形相をしている人は少なくなりましたが！**

——芥川龍之介は、論戦中に「つまり～ですか」という問いかけを連発していたそうです。これを何度も繰り返すことは、とても辛いのではないでしょうか？　論戦の相手ではなく自分が！　〈エッセンス〉だけを抽出する作業は、頭だけではなく心までも疲弊させてしまうからです。

執筆においても限りなく言葉を絞りこむ作業をとおして、真実を探究していましたね。自殺する直前に書かれた『或阿呆の一生』『侏儒の言葉』は、その最たるものです。摩滅しているあなたの神経が、手に取るようにわかりましたよ。ところで、真実のみを血まなこになって追いかけるのは止めたらどうでしょうか？　真実にたどり着いた後は追い越して、再び次の真実を追いかけていくようになるからです。

# 一边笑着

**・因为神经质而拼命的人变少了！**

——据说芥川龙之介在论战中不断地对对方说“也就是说……吗”。反复这样做，不是很痛苦吗？痛苦的不是论战的对手，而是你自己！因为只提取〈精华〉的工作，不仅让脑子疲惫，连心也会累。

通过在执笔中不断地缩小言词，你探究着真实。你自决前写的《某阿呆的一生》和《侏儒的话》是其中最重要的作品。我明白你正在磨损的神经。但不要只为了追逐真实而变得伤痕累累，因为到达真实之后，你会超越它，再次追求下一个真实。

# 否、ボーダーレス

**・負けることの尊さがなんとなくわかってきましたね。**

——大人には年齢を重ねていけば、誰でもなれます。年齢とともに思慮分別も付いてきます。でも、子供心の純粋さは確実に減っていきます。この一年間、涙で頬を濡らした回数でわかるのですよ。涙を流すことがだんだん減っているはずです。数えてみてください。

さて今のあなたは、大人と子供のどちらに属しているのでしょうか？「自分は大人であり子供でもあるのだ」などとは言わないでくださいね。そのように考えているのなら、あなたは大人の皮をかぶった子供、子供の皮をかぶった大人なのかもしれませんね。モラトリアム期間は、とっくに終わっていますので！　どちらもおぞましい生き物として、周りから見られているのです。そして、大人と子供の中間に位置することを社会は認めません。どちらかに属さなければいけないのですよ。

# 否定・无边界

**・似乎开始隐约明白了失败的珍贵之处。**

——随着年龄的增长，谁都能成为大人。随着年龄的增长，思考能力也会有所提高。但是，孩子内心的纯真确实会减少。从这一年里泪水打湿脸颊的次数就能知道。流泪的情况应该在逐渐减少。请数一数。

那么，现在的你是属于大人还是孩子呢？请不要说“我既是大人也是孩子”之类的话。如果你是这样想的，那么你可能是披着大人皮的孩子，披着孩子皮的大人。因为延期期早就结束了！它们都被周围的人视为可怕的生物。而且，社会不认可介于大人和孩子之间的人。必须属于其中一种。

# 届かぬスポットライト

**・自分に都合のいい解釈をする癖がなかなか抜けないのでしょう。**

——演出家であり俳優としても名を馳せているからですね。だからでしょうか？脚本を書く際は、自分一人で登場人物の役回りや台詞までも決めてしまいますね。アドバイスはいらないのですね。どんな舞台でも、自分だけがスポットライトを浴びていればいいのですね。他の役者は、その他大勢なのです。

しかし、様々な登場人物がいてこそ舞台は成り立っています。一人芝居は相当な修練を積んだ役者にしかできません。技量もない自己満足の一人芝居では、観客は見向きもしないはずです。それでもあなたが演じる舞台に拍手があるのは、ただ気遣ってのことなのです。いや、あなたの存在が怖くて仕方なく手を叩いているだけなのですよ。

# 照不到的聚光灯

**・总是摆脱不了对自己有利的解释的习惯吧。**

——因为您作为导演和演员也很有名。所以呢？写剧本的时候，自己一个人决定登场人物的角色和台词。不需要建议。无论在什么样的舞台上，只要自己成为焦点就可以了。其他演员都是芸芸众生。

但是，正因为有各种各样的登场人物，舞台才得以成立。独角戏只有经过相当多的修炼的演员才能演。毫无技术含量的自我满足的独角戏，观众应该不屑一顾。即便如此，在你表演的舞台上还是有人鼓掌，这只是出于关切。不，我只是因为害怕你的存在而拍手。

# 定まらぬ定理

**変わらぬ信念を持ち突き進んでいるあなた！**

——幸せですが元気がありません。幸せではありませんが元気です。元気がなくても幸せなら何とかなります。幸せでなくても元気でしたら何とかなります。さぁ、二者択一です。今のあなたは、どちらを選ぶでしょうか？　そして、10年後は！

年齢とともに考え方は変わってきます。今と10年後では、正反対になることも珍しくありませんね。だから、初志を貫きとおすことにこだわる必要はないのですよ。ところで「初志貫徹」という言葉は戒めの意味で捉えられていますが、実は違うのです。初志を掲げていると、何かが心を徹底的に貫くというマイナスの意味なのですよ。すぐに挫折してしまうあなたは、これで少しは安心できたようですね。

# 不定的方程式

**・抱着不变的信念勇往直前的你！**

——虽然很幸福，但没有精神。虽然不幸福，但是很健康。即使没有精神，只要幸福就会有办法。即使不幸福，只要健康就会有办法。好了，二选一。现在的你会选择哪一种呢？而十年后呢？

随着年龄的增长，想法也会发生变化。现在和十年后完全相反的情况并不少见。所以，没必要拘泥于坚持初衷。“贯彻初衷”这个词被理解为惩戒的意思，但实际上并非如此。如果提出初衷，就意味着某种东西要彻底贯彻内心。马上就会受挫的你，这样稍微安心了吧。

# 秤にかけたら

**・背負っているものに押し潰されそうですね。**

——自分が守らなければいけないものを考えてください。名誉・地位・家族・恋人・友人・信頼・約束・誇り・絆……等々。それは大人としてですか。家庭人としてですか。それとも男(女)としてですか。立場が違えば守るものも異なってくるのは当然なのですが、実はこの三者は立場が全く同じなのです。少し幅が違うだけなのです。

「誰かのために」という言葉を頭の中から消してしまえば、守るべきものは二つぐらいになるはずです。でも誰かと関わっているからこそ、守るべきものが多く出てくるのですね。では「自分のために」とした場合は、どうなるでしょうか？　たぶん、一つも出てこないのかもしれませんね。

# 放在秤上

**・你好像要被背着的东西压垮了。**

——请考虑一下自己必须保护的东西。名誉，地位，家人，恋人，朋友，信赖，约定，骄傲，羁绊……等等。那是作为大人吗？作为家庭成员吗？还是作为男人（女人)？立场不同，坚守的东西自然也不同，但实际上这三者的立场完全相同。只是幅度稍微不同而已。

如果把“为了谁”这句话从脑海中抹去，应该遵守的东西就只有两个。但是，正因为和别人有关系，才会出现很多需要保护的东西。那么，如果是“为了自己”的话，会怎么样呢？也许一个也没有出现。

## 滋養強壮剤として

**・頭は飾りについているわけではありませんよ。**

——賢人は歴史に学び、凡人は経験で学びます。でも、愚人は経験からも学びません。失敗した時の責任を他者になすり付けてしまうからです。そして、自分のせいではなかったと納得してしまうからです。

人生に後悔はあっても失敗はありません。諦めて物事を放り出し無に帰した時に、文字通り「失って敗ける」のです。失うのは物ではありません。「喪失」の前に付く言葉を考えればわかるはずですね。でも、失ったものが自分への自信と他者からの信頼だということがわかっても、取り戻すことが難しいとは知らないのです。だから、何度も中途で辞めてしまっていたのですね。責任転嫁と諦観を度重ねていけば、頭だけではなく体も心も萎んでいくことを肝に銘じておきましょうよ。

## 作为滋补品

**・头可不是用来装饰的哦。**

——贤者从历史中学习，凡人从经验中学习。但是，愚者不会从经验中学到东西。因为失败的时候会把责任推给他人。然后，就会接受不是自己的错。

人生只有后悔，没有失败。放弃一切归于无的时候，就是名副其实的“失而败”。失去的不是东西。想想“丧失”前面加的词应该就明白了吧。但是，即使知道失去的是对自己的自信和他人的信赖，也不知道找回来是很难的。所以才会有好几次中途放弃。请记住，反复转嫁责任和放弃的话，不仅是头脑，身体和心灵也会萎缩。

# 二度目の審判

**・暖かな陽差しを浴びてください。**

――澱(おり)のように幾層にも重なっている煩悩を、吐き出す時が来ましたね。いつまでもモラトリアム期間に居座っていたので、忘れてしまったのかもしれません。それとも、意識的に置き去りにしてきたのかもしれません。でも、心の奥底に巣喰っているものは相変わらずありますね。

悩みを抱え考えこむ時と場を想像してみましょう。たぶん、夜更けで部屋の中が多いはずです。陽が降り注ぐ広々とした場所ではないですね。寝転んで澄みわたる大空を眺めていれば、自嘲と自戒のため息は出てきませんよ。ため息にこもった懺悔や赦しの甘酸っぱい匂いが充満することもありません。風がどこかに吹き飛ばしてくれるはずです。いつもいつも暗く狭い空間でうごめいてばかりではいけません。

# 第二次审判

**・请沐浴在温暖的阳光下。**

——是时候把像沉渣一样层层叠叠的烦恼倾吐出来了。也许因为一直处于延期期，所以忘记了。也可能是有意识地将其抛在脑后。但是，盘踞在内心深处的东西依然存在。

请试着想象一下烦恼沉思的时间和场所吧。几乎都是在深夜的房间里吧？应该不是阳光普照的开阔的地方。躺着望着清澈的天空，就不会发出自嘲和自戒的叹息。叹息中也不会充满忏悔和宽恕的酸甜味道。风应该会把你吹到某个地方。不能总是在阴暗狭窄的空间里蠢蠢欲动。

## 迷子の居場所

**・いつも辞書が傍らに置かれていますね。**

――「明日」という言葉は、なぜ「あす」と発音するのですか、「明るい日」と書くのですか。なぜ「今日の次の日」なのですか、「昨日」ではないのですか。なぜ、なぜなのでしょうか？

頭の中が疑問符であふれているのはいいことですね。好奇心が揺さぶられ魅知を誘発してくれるからです。全ての疑問がわかってしまったら、人生はつまらないものになってしまいます。しかし、自問自答をする時に「なぜ」で問い詰めていくと疲れ果ててしまいますよ。正解のない問いには尚更です。子供の頃は、何も考えずにただブラブラ歩いていただけで楽しかったことを想い出してくださいね。

## 迷路的孩子所在的地方

**・词典总是放在旁边呢。**

——“明日”这个词为什么要念成“asu”？为什么要写“明亮的日子”呢？为什么是“今天的第二天”呢？为什么不是“昨天”呢？为什么，为什么呢？

头脑中充满问号是件好事。因为好奇心会动摇，诱发魅知。如果所有的疑问都明白了，人生就会变得无趣。但是，在自问自答的时候，如果一直追问“为什么”的话，会让人精疲力竭。对于没有正确答案的问题更是如此。请回想一下小时候，什么都不想，只是闲逛就很开心的事吧。

# 隣人愛の片隅に

**・誰のために自分を犠牲にしていいのか見当がつきません。**

——「ある所に2匹のヤマアラシが棲んでいました。木枯らしが吹きすさぶ冬の日のことです。2匹は温め合おうとして体を近付けたところ、互いのトゲが刺さり傷付いてしまいました。ケガをしないために離れたのですが、寒くてたまりません。何とかしなければ凍え死んでしまいます」この物語を、人間関係の理想的なあり方を探る糸口だと考えるのです。さてあなたは、一体どのような行動を起こすのでしょうか？

相手のために自分のトゲを抜くのですか。それとも、自分が助かるために相手にトゲを抜いてもらいますか。どちらかにしなければ共倒れになってしまうのです。究極の二者択一です。その時に、互いが相手に犠牲になってもらいたいと願うのです。気付かれないように！　誰もがしていることなので、後ろめたさを感じる必要はありませんよ。

# 在邻人之爱的角落

**・不知道该为谁牺牲自己。**

——“有一个地方住着两只豪猪，在一个寒风凛冽的冬天，两只豪猪为了互相取暖，把身体靠在了一起，却被对方的刺刺伤了。为了不受伤，它们拉开了距离，但实在太冷了，如果不想办法，它们就会冻死的。”——把这个故事当作寻找理想人际关系的线索吧。那么，你会采取怎样的行动呢？

为了对方拔自己的刺吗？还是为了救自己而让对方拔刺呢？如果不选择一个，就会两败俱伤。这是终极的二选一。这个时候，双方都希望对方做出牺牲。不要被发现！因为谁都在做，所以没有必要感到内疚。

## 胎動の時

**・稲妻が大空を駆け巡っています。**

――〈雄斗虎主義〉を胸に抱いて、我が道を突き進むのです。どうなるかわからない未来に立ち向かう勇気と、想い出したくもない過去に向き合う勇気。あなたに必要なのは、どちらなのでしょうか？　現在において勇気がなければ、どちらも出せるわけがありませんが……。

何事も人任せで傍観者的な立場を取っていれば楽に違いありませんが、無為に時を過ごしているのと同じですよ。心が奮い立つこともないはずです。波風が立たない暮らしから荒れ狂う大海原に飛び出さなければ、勇気は湧いてきません。想い出してください。社会でまかり通っている道徳と対峙していた、あの頃の勇ましい自分の姿を！

※雄斗虎主義

人間の本質を理性ではなく本能で捉え、特に闘争本能を至上として人間のあるべき姿を導き出そうとする考え方。

## 胎动的时候

**・闪电在天空中划过。**

——抱着“雄斗虎主义”，在自己的道路上勇往直前。面对不知道会变成什么样的未来的勇气，和面对不愿回忆的过去的勇气。你最需要的是哪一种呢？如果现在没有勇气的话，哪一个都拿不出来……。

如果什么事都交给别人，站在旁观者的立场上肯定会很轻松，但这和碌碌无为地度过时间是一样的。内心也不会振奋。如果不从没有波澜的生活中飞向波涛汹涌的大海，就不会鼓起勇气。请回想一下。和社会上通行的道德对峙，那个时候勇敢的自己的身姿！

※ 雄斗虎主义：

不是用理性而是用本能来捕捉人类的本质，特别是以斗争本能为至上来引导人类应有的姿态的思考方式。

# 孤絶感を深める叡智

**・人間が知恵の実をかじってからギクシャクしてきましたね。**

——太古の昔、遮るものなど何もない状態で大地はつながっていました。様々な生き物は、種族間の枠を超えて仲睦まじく暮らしていました。でも人間は、快適な住まいを得るために、大地を分断し木や石で囲いを造ってしまいました。木や石の塊が地表を埋め尽くすのに、時間はかかりませんでした。そのため、種族間の精神的な関わりは皆無になってしまったのです。互いの食欲を満たす殺し合いの食物連鎖が残されただけです。人類・鳥類・両生類・爬虫類は、全く異なる空間に住む異生物となったのです。

そして、他の種族を排除し同じ種族だけが集まるようになったのです。年月を経ると、同じ種族においても自分だけの生活を営む空間を確保しだしました。人間、いやあなたはその最たるものですね。

# 加深孤绝感的睿智

**・自从人类啃食了智慧的果实之后就变得不自在了。**

——在远古时代，大地是在没有任何遮挡的状态下相连的。各种各样的生物超越了种族之间的界限，和睦地生活着。但是，人类为了获得舒适的居所，把大地分割开来，用木头和石头建造了围栏。树木和石块没花多少时间就填满了地表。因此，种族之间的精神联系完全消失了。只是留下了互相满足食欲的自相残杀的食物链。人类，鸟类，两栖类，爬行类成为生活在完全不同空间的异生物。

然后，排除其他种族，只聚集同一种族。随着岁月的流逝，即使是同一种族，也确保了属于自己的生活空间。——人，不，你就是最典型的人。

## マジックミラーの中で

**・鏡は自分の心を映す魔方陣ですよ。**

——自分の意志とは無関係なところで、組織体は動いています。意志だけでなく感情も入りこむ余地はありません。物事を効率的に進めるためには、仕方がないのかもしれません。だから感情を顔に出さずに、ただあてがわれたことを黙々とこなしているのですね。誰かに与えられた役割を従順に演じて！　まるで能の舞台を見ているようですが……。その能面を取り外すことを忘れてしまい毎日が終わっているとしたら、大変ですよ。顔が能面のように無表情になってしまう危険性があるからです。

鏡に映る自分の顔が異次元から来た人間の顔のように見えている、あなたへの提言です。童話『白雪姫』に出てくる、あの后(きさき)のなれの果てを想い出してくださいね。

## 在魔镜里

**・镜子能照出自己的内心。**

——组织在与自己的意志无关的地方运作。不仅是意志, 感情也没有插足的余地。为了提高工作效率，这也是没办法的事。所以他们不会把感情表现在脸上，只是默默地做着分配给他们的事情。顺从地扮演别人赋予的角色！简直就像在看能剧的舞台……。如果每天都忘记取下能乐面具的话，那可不得了。因为脸有变成像能乐面具一样无表情的危险。

镜子里的自己的脸看起来像是来自异次元的人的脸，这是对你的建议。请大家回想一下童话《白雪公主》中出现的那之后的结局吧。

# 翳りある方程式

**・答えは永遠に空欄のままでいいのです。**

——誰でも様々なことに理由を付けたがります。原因と結果の間に横たわる理由を解き明かし、納得したいからです。納得すれば前に進み、納得しなければ放棄をするという考え方をしているのでしょう。

自然災害などの人知が及ばない出来事に対しては、納得するしないにかかわらず結果だけで済ましせている場合が多いようですが……。結果は、理由への納得と全く関係がありません。結果は結果だけで独立しているのです。「1＋1＝2」という計算式に、理由はいりませんよ。このように考えると、「原因→理由→結果」の構図は、日々の暮らしで果たして必要なのでしょうか？　理由付けをしない方が、気持ちはずっと楽なはずですよ。

# 有阴影的方程式

**・答案可以永远空着。**

——谁都想给各种事情找理由。因为想要解开横亘在原因和结果之间的理由，并接受。接受了就前进，不接受就放弃。

对于自然灾害等人类智慧所不及的事件，很多情况下不管是否接受，只看结果就过去了……。结果与是否接受理由完全没有关系。结果是独立的。“1 ＋ 1 ＝ 2”这个公式不需要理由。这样看来，“原因→理由→结果”的结构在日常生活中真的有必要吗？不找理由的话，心情应该会轻松得多。

## 真心の光

**・何かが窓ガラスをすり抜け胸に届けられたようですね。**

——考えて声に発したのではなく、吐き出した息がそのまま言葉になった経験はないでしょうか？　追憶の炎を灯して、どのような場面でどのような感情だったのかを想い出してください。

事務的な連絡だけでしたら、言葉に出さなくても文字で伝えればいいのです。他者に向かって言葉を発するのは、そこに何かしらの感情を加えるからです。感情のこもっていない言葉は、心に響かないことはわかっていますね。そして、繕いや嘘があることも！　しかし言葉に出さなくても、何かを伝えたいという想いだけでも十分伝わるものです。心を許し合っている人だったら尚更です。言葉に頼ってばかりの、今のあなたに捧げます。

## 赤诚之光

**・好像有什么东西穿过玻璃窗传到了你的胸口。**

——你有没有过这样的经历，不是思考后发出声音，而是把呼出的气息直接变成语言？请点燃回忆的火焰，回想在什么样的场面是什么样的感情。

如果只是事务性的联络，不用语言，用文字传达就可以了。对他人说话，是因为要在其中加入某种感情。大家都知道，不带感情的语言是无法打动人心的。而且，也会有修补和谎言！但是，即使不表达出来，想要传达的想法也能充分表达出来。如果是交心的人就更不用说了。献给一味依赖语言的现在的你。

# 抜けない棘

**・自分の影を踏み潰すようにして歩いています。**

——恨んではいません。憎んでもいません。ただ許せないだけです。私に向けて放たれた、あなたの言葉が！　恥をかかされたわけでも、侮辱されたわけでもありません。あの時のあの言葉が、ふとしたことで甦ってくるのです。心が波立つような激しい感情ではありませんでした。でも、息もできないくらい胸を強く押さえつけられたような感じだったのです。たぶん、心の奥底に眠る自尊心を踏みにじったのでしょう。

言葉によって心に深い傷を残すことは数多くあります。それだからこそ、他者に発する言葉は慎重を期さなければいけません。感情のおもむくままに言ってはいけないのです。年齢を重ね分別がつくようになったのですから！

# 拔不掉的刺

**・像踩扁自己的影子一样走着。**

——我不恨你。也不恨。只是不能原谅。你对我说的话！既没有被羞辱，也没有被侮辱。当时的那句话，突然在脑海中复苏。并不是让人心潮起伏的激烈的感情。但是，感觉胸口被用力压住，喘不过气来。大概是践踏了沉睡在我内心深处的自尊心吧。

很多时候，语言会给我们的心灵留下深深的创伤。正因为如此，对他人说话更要慎重。不能按照感情的方向说。因为已经学会分辨了！

# 全力疾走の火種

**・「もう若くないね」という声が聞こえてきましたね。**

――あなたの醸し出している雰囲気かどうかはわかりませんが、「年をとった」という烙印を押されたわけです。大人として認められたというようには、絶対に解釈しないとは想いますが……。

さて、大人の階段を登り始めているあなたに質問をします。体のどの部位を使ったら、風を造り出すことができるでしょうか？　制限時間は30秒です。2つはすぐに想い浮ぶはずですが、3つ目は今のあなたには少し難しいかもしれません。ハァハァと息を切らし走ったことを想い出してください。そうです。足なのです。でも、何年も走っていなければわかりませんね。頭の中を思索が走り回っているのとは違い、とても気持ちが良かったはずです。

# 全力奔跑的火种

**・听到有人说“已经不年轻了”。**

——不知道是不是你营造出来的氛围，我被打上了“上了年纪”的烙印。我想绝对不能解释成被认可为大人……。

那么，我想问已经开始爬上大人台阶的你一个问题。使用身体的哪个部位可以制造风呢？限制时间是 30 秒。你应该能马上想到第二点，但第三点对现在的你来说可能很难。请回想一下跑得气喘吁吁的情景。是的。是脚。但是，没有跑过几年是不会知道的。头脑中充满思索是不一样的，心情应该非常好。

# 時の落とし物

**・今は誰も気付いていないようですが！**

——20代、いや30代の頃に当たり前のように行えたことができなくなりましたね。体力面ではありません。様々なことが挙げられますが、その最たるものを考えてください。頭を下げるという行為でしたら、要注意ですよ。逆に、新たにできるようになったことと言えば、威張りちらすだけのような気がしていないでしょうか？

想い出の交差点に時々は佇んで、自分を振り返ってみましょう。そこで、笑っているのか泣いているのかを確かめるのです。周りに誰かいるのか一人だけなのかも確かめるのです。今の自分を形作っている大きな要素となっているのですから！今日は、あなただけの〈時の記念日〉なのですよ。

# 时间的失物

**・现在好像谁都没有注意到！**

——二十多岁，不，三十多岁时理所当然能做的事情，现在做不到了。不是体力方面。列举了很多例子，请考虑其中最典型的例子。如果是低头这种行为，就要注意了。相反，说到新做的事情，是不是觉得只是在吹牛呢？

时常站在回忆的十字路口，回顾一下自己吧。因此，要确认是在笑还是在哭。也要确认周围有没有人，是不是只有一个人。因为它是塑造现在的自己的重要因素！今天是只属于你的“时间的纪念日”哦。

## マイナンバー制

**・かみ合わされた歯車が寸分の狂いもなく回っています。**

——全ての組織体は、一人が欠けても何も問題はありません。誰かが代わりになるからです。代わりはたくさんいます。あなたがいなくても機能はするのです。いや、もっと効率が良くなるかもしれません。それが現実なのですよ。人間は歯車の一部にすぎないのですから！

でも、あなたを〈下の名〉で呼んでくれる人は違いますね。物ではなく人間として見ているはずです。姓名学で考えてみましょう。名前は姓と名で分かれています。姓は代々受け継がれてきたもので、その人間を他者と区別するための名称にすぎないのです。個人に付けられた名称ではありません。しかし名は、あなただけに付けられたこの世で一つしかない貴重なものなのです。さぁ、下の名で呼び合える人間関係を築いていきましょう。

## 个人号码制度

**・被啮合的齿轮分毫不差地转动着。**

——所有的组织，少一个人都没有任何问题。因为有人可以代替。有很多替代品。即使你不在也能发挥作用。不，也许效率会更高。这就是现实。因为人只是齿轮的一部分！

但是，叫你“下面的名字”的人就不一样了。应该是作为人而不是物来看待的。从姓名学的角度来看。名字分为姓和名。姓氏是世世代代传承下来的东西，只不过是为了将这个人与他人区别开来的名称。不是给个人起的名称。但是名字是只给你起的，是这个世界上独一无二的珍贵的东西。来！让我们建立起能亲密地相互称呼对方的关系吧！

# 羅針盤が壊れたら

**・ロダンの彫刻「考える人」を見つめています。**

——時を歪める〈玉手箱〉と闇を放つ〈パンドラの箱〉が、机の上に置かれています。あなたはどちらの蓋を開けるでしょうか？　それとも、手も触れずにただ眺めているだけでしょうか？

もし開けてしまったら、どちらも大きな災いが降りかかってきます。でも、現時点ではわからないのです。迷っているようでしたら、選択の基準とする言葉を次の中から一つずつ選んで決めてくださいね。「自分・他者・本能・理性・運命・宿命」「偶然・必然・義務・権利・悲観・楽観」「勝利・敗北・特殊・普遍・緩慢・敏速」——これは、あまりにも長い時間あなたが考えこんでいたから気休めに紹介しただけです。未来はパラダイスだと信じて、直感でいきましょう！

# 如果指南针坏了

**・凝视着罗丹的雕塑《沉思者》。**

——扭曲时间的“玉手盒”和释放黑暗的“潘多拉盒子”，放在桌子上。你会打开哪个盖子呢？还是连手都不碰，只是看着呢？

如果打开了，不管哪个都会有大灾祸降临。但是，现在还不知道。如果你还在犹豫的话，请从下面每个词中选择一个作为选择标准的词语。“自我，他人，本能，理性，命运，宿命”“偶然，必然，义务，权利，悲观，乐观”“胜利，失败，特殊，普通，缓慢，敏捷”——这些都是你思考了太久，为了安慰你而做出来的。相信未来是天堂，凭直觉去吧！

## 不輝の星

### ・みぞおちを掌で押さえることが多くなってはいないでしょうか？

——あの頃の自分と今の自分が、つながっているとは考えられないのです。外面だけではなく、内面が全く変わってしまったからです。誰かに分断されたわけではありません。いつの間にか、今のあなたができ上がってしまったのですね。

うなずくことを乱発したせいで、うつむくことが癖になったようですね。そして、今はうなだれることが多くなってしまったのです。大人の世界に足を踏み入れ、今までの我流が通用しなくなった時に覚えた処世術、いや姿勢でしたね。胸を張ることを忘れたわけではないのでしょうが……。さぁ、これからどのような姿勢で歩んでいくのかにかかっていますよ。

## 不輝煌的星

### ・用手掌按住胸口的情况是不是变多了？

——我不认为那时的自己和现在的自己有什么联系。不仅是外表，内在也完全变了。并不是被谁分割了。不知不觉中，就形成了现在的你。

因为经常点头，所以习惯了低着头。而且，现在垂头丧气的情况变多了。踏入大人的世界，以前的自我风格不再适用的时候学会的处世方法，不，是姿势。应该没有忘记挺起胸膛吧……。那就看你今后以怎样的姿态走下去了。

# カメレオン・アーミー

**・〈優勝劣敗〉の理が世の中を支配しています。**

――あなたを同世代の人たちの中から識別できる自信がありません。しかし、10年前までは表情や雰囲気ではっきりとわかりました。私の目が曇ってきたからなのでしょうか？　いいえ、そうではないようです。

あなたが変わってしまったのです。周りに身を紛れさせようとして、自分を変えたのです。自分を取り巻く世界が、猛獣が放たれているサファリパークだと勘違いして！　でも、そびえ建つ規律の檻に取り囲まれているので、外敵が入ってくる危険性はありません。その上、各々が頑丈な理性の鎖でつながれているので、危害が及ぶことはありません。檻の中に猛獣がいたとしても、何の心配もしなくていいのです。それよりも、自分が猛獣になることを心配してくださいね。

# 变色龙军队

**・“优胜劣汰”的道理支配着世间。**

——我没有自信能从同龄人中识别出你。但是在十年前，通过表情和气氛可以清楚地看出。是因为我的眼睛变得模糊了吗？不，好像不是这样。

是你变了。为了混在周围，改变了自己。误以为自己周围的世界是放生猛兽的野生动物园！但是，因为被耸立的纪律牢笼所包围，所以没有外敌入侵的危险。再加上每个人都被坚固的理性锁链锁住，所以不会造成危害。即使笼子里有猛兽，也不用担心。比起那个，请担心自己会变成猛兽。

# ねじれの位置

**・「虚」という字に口を書き加えたら「嘘」という字になります。**

——できもしないことを、さもできるように吹聴しましたね。自分に嘘をついていることを知りながら！　自分を卑しめていることを知りながら！　嘘つきに与えられる最大の刑罰は、他者からの信頼をなくすことではありません。他者が信じられなくなることです。自分と同じように嘘をつくのだと想ってしまうからです。信じられない人たちが、自分を取り囲んでいる光景を想像してみてください。

でも、嘘で塗り固めていても相手にわからなければ嘘ではないのです。嘘だとわかってしまった時に、嘘だと断定されるのですから……。しかも、嘘でしか語られぬ真実もあるのですよ。

# 扭曲的位置

**・“虚”字后面加上口，就变成了“嘘”（注）字。**

——把做不到的事情吹嘘得好像能做到一样。明明知道你在对自己说谎！明明知道你在贬低自己！对撒谎者最大的惩罚不是失去他人的信任。变得无法相信他人。因为他们会认为说谎的人和自己一样。请想象一下，一群难以置信的人包围着你。

但是，如果对方看不出你在说谎，那就不算说谎。因为在知道是谎言的时候，就会被断定是谎言……。而且，有些真相只能用谎言来形容。

※ 注：日语中“嘘”字是“谎言”的意思。

# 6章

# 覗己

窥视己

## 自分（自己）

# 強者の倫理観

**・強者にだけ生存権が与えられた、弱肉強食の世界で生きる全ての生物。**

——何事においても命を賭けた真剣勝負です。負けたら死に直結し、勝ったら富と栄誉は想いのままです。物質的なものだけでなく、精神的なものも数多くあります。優越感はその最たるものです。負けたことから得られるものはありません。敗北感だけです。負けた時のみじめな自分の姿など見たくもありません。勝った時の誇らしげな自分の姿を見ていたいのです。これからも、ずっと！

何かあれば弱者は守ってもらえるので、強者に従った方が絶対にいいのです。〈和を尊び〉は、生存競争の激しい現代では通用しません。強者の元に寄り添わなければ、弱者は淘汰されてしまいます。このような上意下達的な関係こそが理想的ではないでしょうか？——私の考えがもし間違っているのなら、ぜひ教えていただきたいのですが……。

# 强者道德观

**・在弱肉强食的世界中，只有强者才有生存的权利。**

——在任何事情上都是拼死一搏。失败就直接导致死亡，而成功则意味着财富和荣耀将可以随心所欲。不仅是物质上的东西，精神上的东西也很多。优越感就是其中之一。失败什么也得不到，只有败北感。我不想看到失败时悲惨的自己。我只想看到胜利时骄傲的自己。并且永远如此！

如果有问题，弱者会得到保护，所以最好还是跟随强者。在当今这个竞争激烈的现代社会中，“崇尚和谐”已经不再受用。如果不依附强者，弱者就会被淘汰。这种上情下达的关系难道不是很理想吗？——如果我的想法不对的话，请务必告诉我……。

## 永遠の天邪鬼

**・手の存在価値は拳にあるのだと信じていました。**

——撫でるために包みこむために、手はあったのですね。拳ばかりで掌を今まで見たことのない私には、まさに青天の霹靂(へきれき)でした。想い返してみると、社会の規範に拳で抗おうとしていたのかもしれません。自分を取り巻いている窮屈な世界に立ち向かうためだったのでしょう。一匹狼を自負して！

今は多少なりとも社会になじんできましたが、まだその反抗癖は抜けません。だからでしょうか？　世界のいたる所で囁かれ今や常識とさえなっている「みんな一緒で、みんな仲良く」という言葉が信じられないのです。利己的な本性を悟られないように繕った、人類共通の虚言として！　いや、世界中の人々が手を取り合い平和を願う、人類共通の真言でしたね。

## 永远的捣蛋鬼

**・我曾相信手的存在价值在于拳头。**

——用手轻抚你，把你的手包在我掌心。对于只看拳头而从未关心过掌心的我来说，这真的犹如一个晴天霹雳一般震惊。回想起来，也许我试图用拳头对抗社会的常规。这是面对我周围狭隘的世界的一种方式。我自视自己为一匹孤独的狼！

现在我虽然已经在渐渐融入社会，但是那种反抗的倾向仍然存在。也许是因为这个原因？现在在世界各地，那句“大家同舟共济，和睦相处”的话已经成为常识般的被呼吁，但我却无法相信。这是作为人类共同的谎言，掩盖着自私的本性！不，这是全世界的人们牵手共同祈求和平的通用咒语。

# 悲しき序章

**・感情が高ぶった先ほどの出来事を想い返しています。**

——いつも自分の尺度で考えていますから、意にそぐわないことばかりです。毎日いざこざが絶えず、衝突が日課のようになっています。そのため、気の休まる時がないのです。相手を許すのではなく、自分を許すことができたら楽になるのですが……。「自分に厳しく、他者にも厳しく」を信条としている私には、難しいのかもしれません。でも心の持ち方次第で、他者を許すことができるはずです。

苛立ちを抑えきれずに眉間に皺を寄せてばかりでは、誰も近付かなくなることはわかっています。しかし、できないのです。今まで一度も、自分にも他者にも〈敗北宣言〉をしたことがないので！

# 悲伤的序章

**・我在回想刚刚情绪激动的那件事。**

——我总是按照自己的标准思考，所以经常会碰到不如意的事情。每天都是纷争不断，矛盾成了家常便饭。因此，我从未有过放松的时刻。如果能原谅自己不是他人，我就能感到轻松很多……。但对于把“对自己严格，对他人也严格”作为座右铭的我来说，原谅可能有些困难。但是改变心态的话，我应该也能够原谅他人。

我知道如果一直皱着眉头，无法控制愤怒的话没有人会靠近我。但我做不到。因为我从来没有向自己或他人宣告过“失败”！

# 平等の調整を

**・物を使わずに大空を自由に飛び回るのが夢です。**

——全ての生物は、天から授った身体能力を個々に持っています。そして、その能力を活用して生活を営んでいます。鳥は空を飛べる翼、魚は水の中で生きられるエラというように種族によって異なっています。生きていく上で、自分の置かれている環境に合わせてのことですね。では、人間はどのような能力が備わっているのでしょうか？　知恵を身体能力に入れないと何もないのかもしれませんが……。

人間は知恵を使い外敵から身を守り環境に順応し、文明を築き上げてきました。もし知恵が備わっていなかったら、とっくの昔に淘汰され、他の種族が全ての生物の頂点に立っていたはずです。——だからですね。現在においても知力に秀でた人に優先順位が高いのは！　体力や心力はなおざりにされ、知力だけが一人歩きをしているように感じるのは私だけでしょうか？

# 平等的调整

**・不借助任何工具，在天空中自由飞翔是我的梦想。**

——所有的生物都各自具有天赋的身体能力。并用这种能力来生存。就像鸟有翅膀可以在天空中飞行，鱼有鳃可以在水中生活一样，不同的物种有不同的身体能力。这取决于你所处的生存环境。那么，人类具有什么样的身体能力呢？如果把智慧从身体能力抛开来看的话，人类估计什么都没有吧……。

人类利用智慧来保护自己免受外部威胁，适应环境，并建立文明。如果没有智慧，人类早就被淘汰，生物链的顶端也将被其他种族取代。——所以，现在优秀智力的人在社会中也占据在更高的地位！身体力量和精神力量常常被忽视，只有智慧似乎在引领着一切。只有我一个人有这种感觉的吗？

# 私だけの命日

**・自分のふがいなさがわかった日が近付いています。**

——「終わりなき忍耐はない。いや忍耐なき終わりはない」という謎めいた言葉が、今でも心に楔（くさび）を打ちこんでいます。20年前のたった一度の体験でした。でも、この日のことを想い出すと顔が歪んでいくのです。冷酒とともに身震いしながら想い返すことしかできませんが、これこそが蒸し暑い夏の私だけの冷感マッサージなのです。〈痛ましい命日〉と命名して胸に刻みこんでいます。

その忌まわしき場所は壮厳な寺院の一室でした。時間は6時間ぐらいでした。強靱な心は強靭な体があってこそ造られるのだということを、身を持って認識したのです。再度の挑戦を企てていますが、果たして実行に移せるのかどうかはわかりません。——この弱き心を矯正するために、体を鍛え直さなくては！

# 属于我的忌日

**・自己价值丧失的那一天即将到来。**

——“没有无休止的忍耐。不，没有忍耐就没有终结。”这句令人费解的话至今仍深深铭刻在我心中。那是二十年前仅有的一次体验。但是，一想起来，我的脸就会变得扭曲。我只能在冷酒的陪伴下颤抖地回忆起那些事，这就好像是在炎热夏日中只有我能体验到的冷感按摩。我把它命名为“痛苦的死亡纪念日”并铭记于心。

那个可怕的地方是一个庄严的寺院里的一间房间。持续了大约六个小时。我亲身体会到坚强的心是由坚强的身体才能打造出来的。我正试图再次挑战，但我不知道是否能付诸于行动。——为了校正这颗脆弱的心，我必须重新锻炼身体！

## 不条理の謂れ

**・飲酒が法律で認められているのは何歳からなのか忘れました。**

——遊園地にあるジェットコースターには、年齢制限があります。10歳以下と60歳以上の人は乗れません。乗ることが年齢によって区分けされているのです。公共の電車やバスは、12歳から子供料金ではなく大人料金となります。

このように社会の規範は、年齢を基準にして決めれられているものが大部分です。法律は、その最たるものです。他の要素を加味すると不公平が生じるという理由からなのでしょう。客観的な数字である年齢を用いることが平等な方式なのかもしれませんが、何かすっきりしないものが残りますね。でも、今や異を唱える人は誰もいないようです。1,000年以上の昔から〈年齢区分表〉に従って様々な規範を造り、秩序を保ってきたからです。しかし今でも、年齢を度外視して規範を破る人が多いのはどうしてでしょうか？　私を含めて！

## 不合理的理由

**・我忘记了法律从几岁开始允许饮酒。**

——在游乐园的过山车上，有年龄限制。十岁以下和六十岁以上的人不能乘坐。年龄决定了能否乘坐。电车和公共汽车从十二岁开始，不再是儿童票，而是成人票了。

社会制度得很大程度上是基于年龄确定的。法律是其中最典型的例子。可能是因为考虑到其他因素会导致不公平吧，所以使用客观数字年龄作为衡量标准可能是一种公平的方式，但仍然会留下一些不明朗之处。然而，并没有人对此提出异议。一千多年以来，我们一直遵循着“年龄划分表”制定了各种规范，以维持秩序。但是，为什么现在仍然有许多人无视年龄违反规范呢？包括我在内！

# 自分への沸点

**・怒りの感情が未だに手なずけられません。**

——拳を握りしめた手がブルブルと震えています。ダメです。気持ちが次第に攻撃的になっていくのがわかるのですが、止めることができないのです。なぜでしょうか？　相手が謝ってくれないからですか。攻撃こそ最大の防御だと考えているからですか。いいえ、そうではありませんね。攻撃をすることで、体の中を駆け巡っている怒りを発散させたいのです。

沸き起こってくる感情は、対象となるものやことがあるはずです。想い返してください。喜びの場面と悲しみの場面を！　怒りだけが、自分を対象としている割合が大きいのに気付いたのではないでしょうか？　自分の幼さを自覚しているから、余計に腹が立つのですね。

# 自我沸点

**・我仍然无法抑制我愤怒的情绪。**

——握紧的拳头在颤抖。不行。我知道情绪正在逐渐变得充满攻击性，但我无法阻止。为什么呢？是因为对方不肯道歉吗？还是因为觉得攻击才是最好的防御吗？不，都不是。而是想通过攻击来释放体内涌动的愤怒。

一定是有什么东西使得情感涌动不可抑制。请回想一下快乐和悲伤的场面！你是否意识到，愤怒似乎的很大一部分更多地针对自己？因为我意识到自己的幼稚，这让我更加生气。

## 立ちすくむ尊厳

**・ささくれだった文字が並ぶあの頃の日記を読み返しています。**

——社会の常識や規範が理解できずに、ただ闇雲に反発していた時期がありました。自分の考えが絶対に正しいのだと信じていたからです。だから、自分の意にそぐわないもの全てが天敵だと想いこんでいました。針のような感情の苛立ちから、棘から棘を生んでいたのです。そして、棘で覆われた鎧をまとって世間と対峙していたのです。〈選ばれし者〉だという尊大な自我で！

あれから30年が経ちました。外見は様変わりしましたが、内面はあまり変わっていません。身に付いてしまったものは、なかなか洗い落とせないからですね。さて、これ見よがしに自分に畏敬の旗を掲げていたら、未だに20代、いや10代かもしれません。わかってはいるのですが！

## 纹丝不动的尊严

**・我重新翻阅着那时充满焦躁的日记。**

——曾经有过一段时期，我无法理解社会的常识和规范，只是盲目地反抗。因为当时的我绝对相信自己是正确的。所以，我认为一切不符合我意愿的事物都是我的天敌。从锋针一般的愤怒情感中，我荆棘丛生。然后，我披上了布满荆棘的铠甲，与世界对峙着。怀着“入选者”的傲慢与自大的我！

时隔三十年了。外貌发生了很大变化，但内心并没有太大改变。那些已经深入骨髓的东西是很难洗去的。可能二十多岁甚至是十多岁的我会为我炫耀这面敬畏的旗帜吧。我知道！

# 飛翔する調べ

**・消え去りゆくものの儚(はかな)さに包まれています。**

——「ドーンドーンピューン」突然耳をつんざくような轟音が鳴り響いてきました。押し寄せる炎の大気。漆黒の空に輝きを放つ極彩色の光。地球空間と宇宙空間の狭間に咲き誇る、音と光の饗宴です。

聖書を枕辺に置き自ら十字架につかれた、悲しき〈擬似キリスト〉。真実のみを追求し自分との対話を繰り返し摩滅した神経を持った、悲しき〈心刑者〉。(心刑……神経を異常に研ぎ澄まし自意識を膨らませすぎた人間に与えられる神の刑罰)辰年辰月辰日辰刻に生を授かった芥川龍之介の魂が、鮮光と爆音を放ち駆け昇っていくような錯覚に襲われました。その時です。心にかぶさっていた不安が砕け散ったのは！

# 飛翔的旋律

**・我被即将消逝的事物的无奈所包围着。**

——“轰隆隆”震耳欲聋的轰鸣声突然响起。席卷而来的火焰气流。漆黑的天空中闪耀着绚丽多彩的光芒。这是在地球和宇宙之间绽放的音与光的盛宴。

将圣经枕在枕边，自己被钉在十字架上的，是悲伤的“伪基督”。神经被为了追求真理而不断与自己对话带来的疲惫所磨灭，是悲伤的“心灵囚犯”（心刑……这是上帝对那些神经异常敏锐，自我意识膨胀的人施加的惩罚）。生于龙年龙月龙日龙刻的芥川龙之介的灵魂，仿佛被光芒和爆音所驱使，飞升而上。就在那时，笼罩在心头的不安瞬间破碎了！

## 光明を探して

### ・我が家の御真影・太宰治！

――一人で盃を傾ける時は、いつもあなたの作品を傍らに置いていました。そして、自分のあり方を尋ねていたのです。でも今日は、意地悪な質問をさせてください。「神の愛よりも罰の方がのしかかってくると本当に信じていたのですか。人間不信に陥った心を弄んでいませんでしたか。道化で塗り固めた生活を楽しんでいませんでしたか。作品から滲み出る求愛の祈りはポーズだったのではないですか。自殺を図ったのは作品に輝きを添えるためだったのではないですか」

あなたは、ただ寂しげな微笑みを投げかけてくれるだけでしたね。それでも、今の心の位置がはっきりとわかりました。ありがとうございました。感謝しています。

## 寻找光明

### ・在我家的肖像・太宰治!

——每当我独自一人举杯时，总是将您的作品放在身边。我在寻找自己的存在方式。但今天, 请容许我问一个刻薄的问题。“您真的相信, 惩罚比上帝的爱更加沉重吗? 您没有玩弄过对人失去信任的人心吗? 您没有享乐与于充满丑角的生活吗? 您作品中流露的求爱祈祷只不过是一个摆出来的姿势吧? 您的自杀也只是为了为作品增光添彩吗? ”

您只是向我回应了一个孤寂的微笑。即便如此，我现在已经清楚了自己心灵所处的位置。非常感谢您。

# 温かな呪詛

### ・卒業はずっとずっと先のようです。

——学生時代ははるか昔に卒業しました。甘ったれた子供心も卒業したつもりです。様々な場面でいろいろな卒業式を迎えました。その度に少しずつ物わかりが良くなったのですが、まだまだ弾けていたのです。でもどこへ飛び出ていこうが、帰る所はいつもあなたの元でした。30数年もの間！　今では多少なりとも距離を置けるようになりましたが……。

自分の築き上げた王国が瓦解（がかい）し孤絶感に苛まれていた時に出合ったのが、あなたの作品でした。「死のうと思っていた」から始まる、小説の形をとった手記でした。そっと寄り添い優しく背中を撫でてくれたことが、今でも深く深く胸に刻みこまれています。

# 温暖的被咒情谊

### ・毕业似乎还遥远得很。

——学生时代已经毕业很久了。爱撒娇的孩子气也准备毕业了。我经历了各种各样的毕业典礼。每一次，我都变得更加成熟懂事了一点，但我仍然很天真。但无论我飞向何处，我总是归于你的身边。已经过去了三十多年！现在我能够与你稍微保持一些距离了，但……。

当我建立的王国面临崩溃并且深感孤独绝望时，我遇到了你的作品。那是一篇以 " 我想自杀 " 开始的，以小说形式写成的回忆录。你轻轻依偎着我，轻轻地拍着我的背的情景，至今仍深深地刻在我的心里。

## あの人に

**・道化を全うするために愛に準じた偽善なる生き様でしたね。**

――6月19日が、今年もまた何の前触れもなく忍び寄ってきました。私の魂にだけそっと囁きかけてくれた、あなたの命日が……。1948年6月13日。大雨の降りしきる中での入水でしたね。看護・秘書・愛人をも兼ねた女性との心中です。酒を浴びるほど呑んで、玉川上水で身を清めたのです。1週間後の19日に、遺体は発見されました。二人をつないでいた紐が川底の杭にひっかかって、発見が遅れたそうです。二人の運命的な出会いは、悲恋の赤い糸がつなぐ形で終止符を打ったのです。

さて、男と女を結び付ける〈運命の赤い糸〉は本当にあるのでしょうか？　私には危険をたぐり寄せる〈宿命の黄の糸〉にしか見えないのですが……。

## 给那人

**・他以一种假善的生活方式来完成自己的滑稽表演，近似于爱。**

——6 月 19 日又一次悄无声息地来临了。你的忌日只悄悄知会了我的灵魂……。1948 年 6 月 13 日。在倾盆大雨中投河了。与一位既是护士，秘书又是情妇的女性一同殉情了。你喝得烂醉，然后在玉川上水中净化了身上的污秽。一周后的 19 日，遗体才被发现。据说是因为绑着两人的绳子被河底的木桩缠住了，发现才被耽误了。两人命中注定的相遇最后以悲剧的红线结束了。

那么，真的有一条所谓“姻缘红线”牵引着有缘的男女吗？我能看到不过是充满危险的 " 命数黄线 "……。

# 邂逅の時

**・彼は人を喜ばせるのが何よりも好きであった（太宰治）**

——別れの盃を傾け合った語らいの時を、青白い蛍光灯の下で想い返しています。いつになく羞恥を含んだおどけた友の姿を。そして、瞳の奥にあるものを。

一体どのような面持ちで、私は接していたのでしょうか？　鏡に尋ねても応えてはくれません。寂しさ・悲しさ・虚しさを頂点とした三角形が顔の真ん中にでき、その各々が引っ張り合っているためか、頬を動かそうとしてもできません。皮膚は微動だにしません。暗く冷たい淵に脳味噌が沈んでいるので、今の気持ちを表す適当な言葉が見つからないのです。細く長い影を引いた友の後ろ姿だけが、浮かび上がってくるだけです。遠い遠い存在になっていく予兆をかみしめながらも、再び会えることを信じて！

# 邂逅的时刻

**・他最喜欢让人高兴了（太宰治）**

——我在苍白的荧光灯下回想起我们喝着离别之酒畅谈的时刻。看着朋带着丝丝害羞的嬉闹。以及，他们眼中深处的东西。

我当时是怎样的表情呢？镜子也无法回答我。在我的脸中心由孤独，悲伤，空虚勾勒出一个三角形，它们互相拉扯，使得我脸颊僵硬。皮肤没有丝毫动静。我的大脑沉浸在又黑又寒的深渊中，所以无法找到合适的词语来表达现在的感受。只有朋友留下的细长的影子在我面前浮现。虽然感受到我们渐行渐远的预兆，但我仍然相信我们会再次相遇！

## 密閉された日々

### ・生きることにも心せき感ずることにも急がるる(太宰治)

――目の前のことに懸命に取り組んでいる毎日です。いつもいつも忙しく、ゆっくりと休む時が持てません。心が悲鳴を上げても、自分にあてがわれた仕事を効率良くこなすために頭と体がフル回転しています。そのためか、自由な時間が取れたとしても寛げないのです。何かをしなくてはいけないという強迫観念に絶えず追われています。

2日・3日先のことは計画を立て考えられるのですが、1年・2年先のことは考えられないのです。昨日や一昨日の出来事は想い出しますが、それ以前のことは想い出すことすらありません。未来と過去は、一体どこへ吹き飛んでしまったのでしょうか？　現在と未来と過去は、同じ比重のはずですが……。

## 被密封的日子

### ・急于生活而倍感焦虑（太宰治）

——每天都在全力以赴地处理眼前的事情。总是忙忙碌碌，没有时间停下来休息。即使内心已经在哀鸣，为了高效地完成分配给自己的工作，头脑和身体也还是在全速运转。因此，即使有空闲时间，也无法放松。总是被一种必须做某事观念所强迫着。

对于两三天后的事情可以提前制定计划，但是无法计划一年，两年后的事情。还记得昨天和前天发生的事情，但是那之前的事情却怎么都无法想起来。未来和过去，究竟去了哪儿了呢？现在，未来和过去应该是同等重的啊……。

## みんな一緒に

**・日本の社会は周りと異なる人間を排除するのですね。**

——私は普通のことはできませんが、異質なことはできます。常識的なことは知りませんが、反道徳的なことは知っています。いつでも例外であり特殊なのです。でも自分だけが特別なのだと自負していても、押し潰されそうです。仕掛けられた普遍性の高波に！　周りと同じでなければ奇異の目、いや白眼視されるのが現代の風潮です。だから、誰もがアンテナを張り巡らせ敏感に「はやり・すたり」を察知するのです。流行の仕掛人が同調圧力を煽っているとも知らずに！

「撰ばれてあることの恍惚と不安と二つ我にあり」と呟いた太宰治。今はその真意が何となくわかってきました。劣等感がプラスされていたことも理解できるようになりましたよ。

## 齐心协力

**・所谓的日本社会就是排斥与周围不同的人。**

——我可能无法做普通的事情，但我可以做一些不凡的事。我可能不知道什么是常识，但我知道什么是不道德。我总是一个例外，一个特殊的存在。但即使自认为自己很特别，也感觉被压得喘不过气来。被周围普遍性的浪潮所压抑着！如果不与周围一样，就会受到异样的目光，甚至会被翻白眼，这是现代的趋势。因此，每个人都敏锐地张开各自天线，敏感地察觉着“流行与过时”。而不知道这些都是被这潮流的幕后指使煽动出来的！

太宰治曾经低语道：“我有被选中的恍惚与不安。”现在我有点儿明白它真正的含义了。我也明白了这其中蕴含着的自卑感。

## 年輪の証し

**・はにかんだ微笑みをいつもたたえていた太宰治。**

──鏡を前にして、10代の自分の顔を想い浮かべています。もっと引き締まっていたのか、ポカーンとしていたのかわかりません。ぼやけているのではなく、イメージが湧いてこないのです。鏡に尋ねてみたら、顔にできた皺だということが判明しました。眉間に幾筋もある縦皺と、目尻にたまった横皺だそうです。皮膚のたるみから皺ができるのではなく、その箇所を動かすことが多いからだということも教えてくれました。

心に刻みこまれたものが年齢を重ねていくことで表情を形造ると言われていますが、どうも違うようです。顔の中で動かす頻度が多い箇所が中心となり、表情がしだいにでき上がっていくのですね。さぁ今度は、それを念頭に置き鏡を覗いてみましょう。

## 年轮的证明

**・太宰治的脸上总是挂着害羞的微笑。**

——站在镜子前，我回想起了自己十几岁的脸庞。我不知道那时的我的脸应该是更加瘦呢？还是一脸的茫然无知。不是记忆模糊了，而是我想不起来了。当我询问镜子时，它告诉我是因为我脸上长的皱纹。它还告诉我在眉间有几条纵向的皱纹，眼角也堆了几条横向皱纹。它最后还说皱纹其实不是因为皮肤松弛而生出来的，而是因为这些部位经常活动。

虽然有人说随着年龄的增长，相由心生就更明显，但事实似乎并非如此。脸上那些活动频繁的部位成为了脸的中心，逐渐塑造出了面部表情。现在，让我们想着这一点，再照一次镜子吧。

# こだまする挽歌

**・今日は新たな年の幕開けの日です。**

——巨大な鳥居の前に佇み、あなたの心に巣喰っていた〈滅びの美学〉に想いを巡らせています。でも参詣者があまりにも多いため、どうしても意識が集中できません。ポケットに突っこんでいた手がかじかんできたのを機に、人群れとは逆に駅に戻りました。待つこと40分。やっと路面電車が来ました。

電車に乗りこむと、乗客は私を含めて5人だけでした。白波の荒れ狂った海を眺めていると、いつの間にかひなびた無人駅に到着しました。粉雪が吹きすさぶ中を、コートの襟を立てて外に出ました。その時です。鉛色に塗りこめられた空から、「アカルサハ　ホロビノ姿デ　アロウカ」といううめき声が聞こえてきたのです。

# 回响的哀乐

**・今天是新年的第一天。**

——我站在神社巨大的鸟居前，回想着一直盘踞在你心中的 " 毁灭美学 "。但是因为祭拜的人实在是太多，我无法集中注意力。插在口袋里的手指都僵了，于是我决定与人群背道而驰，返回车站。等待了 40 分钟。路面电车总算是到了。

上车后发现车上包括我在内只有五个乘客。我望着汹涌的白浪，不知不觉到了一个荒无人烟的车站。我立起大衣衣领下了车走进漫天纷飞的风雪中。就在这时，从铅灰色的天空中传来了一声呻吟：“希望之光藏于毁灭之中。”

## ビバ！　カラオケ

**・一人ぼっちの時が終わりを告げに来たようです。**

——雑踏の中に佇んでボーッとしています。目は閉じているわけではないのですが、何も見てはいません。ただ耳だけが反応しているのです。車のクラクション・店先から流れるBGM・すれちがう人々のがなり声……等々。神経を逆撫でする音や声ばかりです。いくら耳を澄ましても、風の音色は聞こえてきません。

そう言えば、自分の心の声はよく聞くのですが耳から聞いたことはありません。聞いたことがあるのは、感嘆符（？・！）の付いた短い単語だけです。だから録音テープで自分の話し声を聞いた時に、不思議な感じがするのです。他者の声ばかり毎日聞いているからなのでしょう。時には自分の美声を聞くのもいいかもしれませんね。一人ではないと想いこむためにも！

## 万岁！卡拉OK

**・像是来告诉我孤身一人的日子结束了。**

——站在熙來攘往的人群里茫然发呆。没有闭上眼睛，但我什么都看不见。只有耳朵有反应。汽车的喇叭声，从店铺流出的BGM，擦身而过的人们的喧哗声……等等。都是刺激着神经的声音。无论我怎么用力去听，都听不到风的音色。

对了，我常常听到自己心灵的声音，但从未用耳朵听过。我听到的只是带有感叹符（？・！）的简短单词。所以当我听到自己声音的录音带时，就会感觉很奇怪。可能是因为每天听到的都是别人的声音吧。偶尔听听自己美妙的声音也是不错的。也是为了让自己相信自己不是一个人！

# 記憶の喪失

**・久しぶりのクラス会です。**

——いがみ合いをしていたはずですが、楽しい語らいの場面しか想い出せないのです。中途が抜け落ちているのです。ひと続きであっても、楽しい出来事しか記憶に残らないのでしょうか？　いや、そうではありません。人間は1日にあったことの60％は、翌日には忘れてしまうそうです。全てのことが記憶に残っていたら、頭の中はパンクしてしまいます。だから無意識のうちに取捨選択をして、必要なものだけを記憶するのでしょうか？　いや、それも的を射てるとは想えません。

たぶん嫌な記憶の重さを減らすコツが、少しずつわかってきたからなのでしょう。でも悲しい記憶は減るどころか、重くなり続けているのですが……。

# 记忆丧失

**・这是时隔许久的班级聚会了。**

——我记得应该是吵架了，但我只记得那天愉快的交谈画面。似乎有一段时间的记忆被抹掉了。连续发生的事情了，只有愉快的事情会留在记忆中吗？不，事实并非如此。据说人类一天经历的事情中有 60％会在第二天忘记。如果一切都留在记忆中，头脑就会过载爆炸。所以我们会在无意识中进行选择，只记住必要的东西吗？不，我觉得这也不是最准确的答案。

也许是因为我慢慢学会了如何减轻不愉快的记忆的负担。但是悲伤的记忆不但没有减少，反而越来越沉重……。

## 輝きの中で

**・自分の姿を遠くから静かに見つめる自分がいます。**

——肩を落とし両手で膝を抱えこみ、うずくまっています。打ちひしがれているのでしょう。心の鎧をはがせない私。自我を押しとおせない私。孤独を掌で温められない私。一人でいる時間を多く取りすぎたため、自分のあり方を省みてしまったようです。でもなぜ、このような脆弱な姿しか想い浮ばないのか不思議でなりません。他者から見える私は、いつも胸をそびやかしている姿のはずです。

道化を全うし愛に殉じた、太宰治の寂しげな微笑みが目の前に現れてきました。そして、「あなただけではないのだよ」と囁きかけるのでした。

## 在光辉中

**・有一个从远处静静地凝视着自己的我。**

——垂头丧气，双手抱着膝盖，俯身坐着。一定备受打击吧。我无法卸下心中的铠甲。我无法压抑自我。我无法用手掌温暖孤独。因为我独处的时间占太多，所以时常反思自己的价值。但是为什么我只能想到这样一个脆弱的形象呢？这让我感到不可思议。在别人看来，我应该是一个昂首挺胸的人。

太宰治的孤寂微笑浮现在眼前，他完美地扮演着小丑角色并为爱牺牲。然后他轻声说道："你并不孤独"。

# 種明かし

**・わからないことばかりです。**

——中指と人差指を立てた手を見つめ、首をひねっています。ジャンケンのチョキ・平和のピース・勝利のＶサイン。意味するものが違うのに、なぜ同じ形なのでしょうか？ それぞれの意味するところに、何か関連があるのかもしれませんね。

でも、物事を解き明かさない方がいい場合は数多くあります。好奇心で何でも覗きこんでいた、あの頃を想い返してください。ワクワク・ドキドキといった胸の高鳴りは、大袈裟に言えば生きている実感をも与えてくれたはずです。わからないことが多ければ、楽しみも多くなるはずです。未知は魅知につながっているのですから！　手品の種は永遠にわからない方がいいのです。

# 揭谜

**・有太多我不明白的事情了。**

——歪着头看着竖起中指和食指的手。代表剪刀，和平，胜利的Ｖ手势。它们代表着不同的意义，但为什么却是相同的手势呢？或许这几个手势背后都有某种相关性吧。

但是，有很多情况下最好不要把事物搞得太清楚。你回想一下那些满腔好奇心，想要窥视一切的日子。那种激动不已的心跳，说夸张一点儿像是让我感受到了活着。不明白的事情越多，乐趣也就越多。因为未知往往联系着好奇心（注）！魔术的秘密最好永远不要去知道。

※ 注：原文里的“魅知”是作者按“未知”的发音而编写出来的同音词。结合文章前后文，此处理解为好奇心。

# 失われた一等賞

**・今年こそはフルマラソンを制覇したいと想っていますが！**

——子供たちが駆けっこをしているのを見て、この頃は走ってないことに気付きました。急いでいても早歩きをするだけです。走らないのは疲れるからだけではありません。そしてその最中に、あれこれ考えてしまいます。スピードが落ち抜かされるかもしれなのに、考えながら歩みを進めているのです。慎重さが備わったのではありません。勝ち負けよりも、自分の身に降りかかる危険性の方を優先させているのです。

想い出しましょう。運動会では1位を目指して脇目もふらずに走っていたことを！そして、栄誉を勝ち取ったことを！

# 失去的一等奖

**・今年我一定要征服全程马拉松！**

——看着互相追赶跑来跑去的孩子们，我意识到最近自己没跑步。即使匆忙，也只是快步走而已。不跑步的缘由不仅是因为累。在跑步的过程中，我会考虑这个那个。尽管这样很可能会被超越，我却还是边跑边思考。这并不是谨慎的表现。我更注重的是避免自身的危险，而不是赢输。

还记得吧。在运动会上，我们曾经为了赢得第一名全神贯注地奔跑！然后，我们获得了荣耀！

# 時空の罠

**・行き場をなくした蛾が同じ所をグルグルと飛び回っています。**

——時間が出口を見失って閉じこめられた空間の中でもがいているように見えるのは、私だけでしょうか？　時間は観念的なものではなく、実は目に見える物質なのです。時間の概念を根底から考え直すと、はっきりとした形まで見えてきます。翼を持った鳥のようなものなのか、矢印のような図形的なものなのかは人によって異なるようです。

時間は日々の暮らしを円滑に営むためには、確かに必要不可欠なものです。その上、制限時間があるからこそ気持ちに張りも出てきます。時間が存在することで、精神面にプラスをもたらすのは確かですが……。しかし、時間というロープでがんじがらめに縛られた生活で、果たしていいのでしょうか！

# 时空的陷阱

**・一只迷失了方向的飞蛾在同一个地方不停地打转。**

——就我一个人觉得好像置身于失去了时间感觉的密室里一样吗？时间不仅仅是一个概念，实际上它是一种可见的物质。从根源上重新思考时间的概念，你就能清晰地看到它的形态。它是一只有翅膀的鸟，还是一个箭头般的图形，这似乎因人而异。

时间对于日常生活的作用确实是必不可少的。而且，时间的限制，也会让我们有干劲儿。时间的存在确实会给我们的精神方面带来积极的影响……。但是，被时间这跟绳索紧缚的生活真的好吗！

## 感性狩り

**・音符となった人形が軽やかに踊っている絵本の世界。**

——幼い頃の私の頭の中は、疑問符（？）と感嘆符（！）であふれていました。見るもの聞くものが初めてだったということだけではなく、素直な心があったからでしょう。でも今は、疑問符も感嘆符もなくなり、省略符（……）だけになってしまいました。省略されたものを感得できる知恵が備わってきたからですか。それとも、言外にある余情を感じ取れるようになったからですか。

いいえ違いますね。省略されたものや言外のものを、純化した透明な無として捉えるようになったからです。それは〈滅びの美学〉を進化させて〈無の美学〉を確立したからなのです。諦めを紡ぐ術を覚えたからでは、決してありませんよ。

## 感性狩猎

**・绘本世界里化作音符的人偶在翩翩起舞。**

——幼少时期的头脑中充满了问号（？）和感叹号（！）。这不仅仅是因为很多都是我第一次看到听到事物，还因为我有一颗纯真的心。但是现在，问号和感叹号都消失了，只剩下了省略号（……）。是因为我学会理解被省略的事物了吗？还是因为我能够感知到言外的情感？

不，都不是。是因为我学会将被省略的事物和言外的事物视为纯净透明的无。这是因为我进化了“毁灭美学”，确立了“无的美学”。并不是因为我学会了放弃，绝不是。

# ひからびた一体感

**・「絆」という言葉が持てはやされています。**

——行き交う人々は、掌の中にある小さな板状のものを耳にあてがい話をしています。肩を並べ一緒に歩いている人がいるにもかかわらず！　そして、さも楽しげに会話をするのです。一緒にいる人の存在など気にしている様子は少しもありません。そのような光景が、街のいたる所で目につくようになってきました。もう違和感は覚えません。

多くの人とつながっていたいという心の表れなのでしょうか？　いや、多くの人とつながっていることを自分にも他者にもアピールしているように、私には感じられます。人間関係の煩わしさよりも、見栄を張る方を優先させているのです。誰とも関わらなければ、このような煩悩からも解き放たれるのに！

# 干瘪的一体感

**・“牵绊”这个词被大肆赞美。**

——来来往往的人群里，有人用手里握着的那个板状物贴着耳朵交谈。哪怕他身边还有人跟他肩并肩一起走着！然后，他看起来还聊得很愉快，完全无视了身边人的存在。这样的景象在整个城市随处可见。我的违和感也麻木了。

这是你的内心渴望与许多人相连的表现吗？不，我觉得这更像是向自己和他人炫耀自己与许多人有联系。与人际关系的麻烦相比，更优先于炫耀。只要不与任何人相连，就可以从这种烦恼中解脱出来了！

# 自分宣言

**・最後の明日とならないために何をするべきなのでしょうか？**

——思索を巡らすのですが、想いつきません。自分で考えることをしてこなかったからです。「己を愛するように隣人を愛せよ」(聖書) という言葉が、いつも頭の中にあり忠実に実行してきたからなのです。私の指針になっていますが、枷(かせ)となっていることも確かです。なぜなら、周りが聖人君子のように私を捉えているため、本来の自分が出せずにいるからです。しかし、この聖句から解き放たれたいわけではありません。自分が空っぽになってしまいそうな気がして怖いのです。それならば、等身大の聖句を探そうとも考えましたが気が進みません。自分がなくなってしまいそうなので！

周りを一切顧みることなく自分なりの偏った信条を持ち突き進んできたからでしょうか、その裏返しでこのようなことを空想してしまいました。今日が、今の年齢を忘れたい誕生日だということも影響しているのかもしれませんが……。

# 自我宣言

**・为了不让明天成为最后一天，应该做些什么呢？**

——我思索着，但没有头绪。这是因为我从未想过这个问题。因为“要像爱自己一样爱你的邻居”《圣经》这句话一直在我脑海中，并且我忠实地付诸实践。它是我的指南针，但确实也成为了枷锁。因为周围的人将我视为圣人，使得我无法展现真实的自我。然而，我也并不是想从这个圣句中解脱出来。因为我害怕自己会变得空虚。所以我考虑过寻找一个更真是贴切的圣句，但最后还是没这么做。因为我害怕失去自己！

是因为我一直执着于我自己偏见的信条，不顾一切地向前走的结果吗？可反过来我又会有这样的空想。也许因为今天是我希望忘记年龄的我的生日，才会这样干扰了我的想法吧……。

## 紡がれない時

**・「夢」という言葉を使うことが恥ずかしくなってきました。**

——誰にも内緒で、タイムカプセルに大切にしている物を入れてみたいのです。それを10年後、いや20年後に見たらどのような想いを抱くのか知りたくて……。でも、どんなに考えても入れる物が見つかりません。心に刻まれている想い出が詰まった物がありそうですが、ないのです。日記・写真・録音テープの類いがないのではなく、それらを入れる必要性を全く感じないからです。過去を振り返るのが嫌なのかもしれませんが……。

さぁ未来に残したい物が、今のあなたにあるでしょうか？　誰かのためにではなく自分のために！　現在のためにではなく未来のために！

## 没有灵感的时候

**・我都不好意思使用“梦”这个词了。**

——我想悄悄地把我重要的东西放到时间胶囊里。我想知道十年后，甚至二十年后打开时会有怎样的感觉……。但是，无论我怎么找我都找不到要放进去的东西。虽然我的心中好像充满了回忆，但又什么都没有。不是没有像日记呀照片呀或录音带之类的东西，而是根本感觉不到放进去的必要性。或许我不喜欢回顾过去……。

那你呢？你有没有想要留给未来的东西呢？不是为了别人，而是为了自己！不是为了现在，而是为了未来！

## 開かずの扉

**・そびえ建つビル群に囲まれて身動きがとれません。**

——陽が差しこまない薄暗い部屋で膝を抱えてうずくまっていた、あの頃の私。たぶん、答えなど出るはずのない問いを投げかけていたのでしょう。そんな時でしたね。心の扉をノックする音が聞こえたのは！　優しい響きの「トントントン」か、弾けるような破裂音の「バンバンバン」かは忘れました。しかし、誰かが扉を叩いてくれたことだけは確かです。

誰とも関わりがなくても、切り離されてしまったという孤絶感さえなければ寂しさは募りません。でも自分との対話を繰り返すだけでは、孤絶感は積み重なっていきます。そしてついには、〈天上人〉を求めていくのです。まだ私はそこまで達していませんので、心の中にある〈自分人〉をこれからも求めていきますよ。

## 紧锁的门

**・被高耸的建筑群围绕着，我无法动弹。**

——那时的我在没有阳光的昏暗房间里，抱着双膝缩成一团。或许是我问了本就无解的问题。就在那时。我听到了敲击心扉的声音！是柔和的“咚咚咚”，还是爆裂般的“砰砰砰”，我已经忘记了。但唯一确定的是，有人在敲击着那扇门。

即使不与任何人有来往，只要你没感到那种被硬生生隔绝了的孤绝感的话，那就不会感到寂寞。但是如果只和自己对话，孤独感就会不断积累。最终，会寻求“天人”。我还没有达到那个境界，所以我将继续寻找内心的“自己”。

# 距離のない行進

### ・うしろすがたの　しぐれてゆくか（種田山頭火）

——ふんぎりをつけたいのですが、何に対して行うべきなのかわかりません。煩わしい人間関係にですか。後悔ばかりの過去にですか。意気地のない現在の姿にですか。いずれにしても、自分のあり方に満足していないのです。だから、心機一転して未来へ踏み出すための決意をしたいのです。

未来を切り拓いていこうという気概を持つことは、確かに必要です。過去ではなく、未来に向かって生きているわけですから！　でも、自分の後ろ姿を想像すると疑問符が付きます。その上、正規の証しとも言える背番号も付いていないのです。野球ではレギュラーの選手以外は背番号は与えられないそうです。スタートラインにも、私は立っていないということなのでしょうか？　いや違いますね！　背番号を付ける必要のない監督になったのですよね。

# 无距离的前进

### ・背影　也在哭泣吗？（种田山头火）

——我想要做个了断，但不知道该了断什么。是烦人的人际关系吗？是充满后悔的过去吗？还是懦弱的现状吗？不管怎样，我对自己的现状都不满意。因此，我下定决心要转念投身到未来。

拓展未来的雄心壮志确实是必要的。毕竟我们是朝着未来而生活的！但是，一想到自己的背影，就会产生疑问。而且，连正式的标志性编号都没有。据说在棒球中，只有常规球员才有编号。——是不是意味着我连起跑线都还没到呢？不，不是的！我成为了不需要编号的教练。

# 世紀末の利器

**・澄みわたる青空を眺めているところですが！**

——何かをしていないと落ち着きません。焦りを覚え不安になります。のんびりと寛いでいる時でも同じです。だから、心が休まる時がないのです。いつもいつも何かに追われている感じがするのです。

進んだ科学技術のおかげで、今では瞬時にあらゆるものが検索できるようになりました。問いと答えの間には時間差がありません。このような便利な機器と毎日付き合っていれば、ゆっくりと物事が進むことがじれったくもなりますね。〈気忙しさ依存症〉に冒されているのかもしれません。その禁断症状の表れなのでしょう。パソコンなどの液晶画面に向かう時間をなくせば、すぐに治るはずです。でもでも、できないのです。覚えたばかりの機器の扱いを中途で放り出すのは、自分に負けたということを意味するので！

# 世纪末的利器

**・我正在凝视着蔚蓝的青空！**

——如果不做点儿什么的话，我就浑身不自在。我会感到焦虑和不安，即使在悠闲放松的时候也是如此。所以，我的心从未得到过休息。我总是感觉被某种东西追赶着。

借助于先进的科学技术，现在我们可以即时搜索到任何东西。问题与答案之间没有时间差。与这样方便的设备每天打交道，那肯定无法忍受事情缓慢进展吧。也许患有“匆忙症”。可能是犯瘾症状的表现。如果能减少对着电脑这类的液晶屏幕的时间，应该很快就能好起来。但是啊但是啊，我做不到。在中途放弃刚学会的设备操作，对我来说就意味着败给了自己！

# 一律の妙

**・同じ顔をした不可解な女性アイドルグループがたくさんいますね。**

——同じような服装・髪型・化粧をしているからでしょうか？　雰囲気が似ているからなのかもしれませんが、どうしても同じ顔に見えてしまうのです。見分けがつきません。でも親しい人たちの顔は、はっきりとした輪郭を持って想い浮かべられます。当たり前ですが、一人一人の表情の違いもわかります。犬や猫の顔の違いもなんとなくわかります。でも、鳩や烏になると全くわかりません。ましてや、魚や昆虫になると！

誰が蟻の表情を判別できるでしょうか？　できるはずがありませんね。いや、見分ける必要もありませんね。何かしらの関わりがあれば、別なのでしょうが……。開き直っているわけではありませんが、関わりのある人だけを識別できればいいのですよね。

# 一律的奇妙

**・有很多看起来面孔相似的不可思议的女团。**

——是因为她们有相似的服装，发型和化妆吗？也许是因为氛围相似，但不管怎么看都看起来一模一样。很难区分。但是，亲近的人的脸孔，我可以清晰地浮现出他们的轮廓。这是理所当然的，我也能分辨出每个人的表情差异。我也能大致能分辨狗和猫的脸孔差异。但是，一旦涉及到鸽子或乌鸦，我就完全无法分辨了。更不用说鱼类或昆虫了！

谁能辨认出蚂蚁的表情呢？恐怕没有人能做到吧。不，其实也没有辨认的必要。除非有某种关联……。我并不是想开了，但我只需要识别与我有关联的人就足够了。

## 微調整の歪み

**・望遠鏡を逆さから覗きこんで首を傾げています。**

——1位と2位はほんのわずかな差にもかかわらず、社会的な評価は雲泥の差です。スポーツ界においては顕著ですね。1位が頂点で、それ以上がないからでしょうか？違うような気もしますが……。スポーツの最大の祭典であるオリンピックでは、入賞者に金・銀・銅のメダルが授与され、その栄誉が讃えられます。4位以下の競技者は表彰台にすら上がれません。たった1秒の差なのに、たった１メートルの差なのに！

人間は何事にも順位を付けたがります。他者と比較することで、自分の位置を認識して心の平安を保つからです。この安心感らしきものを得たいがための順位付けなのかもしれませんね。1位になれば順位付けなどはしなくて済むのに！

## 微调的扭曲

**・我正歪着头反窥着望远镜。**

——虽然第一和第二只有微小的差距，但社会评价却有天壤之别。在体育界尤其如此。第一名是巅峰，难道是因为没有比这更高的了吗？但又觉得哪里不对……。体育的最大舞台奥林匹克，获奖者会被授予金，银，铜牌，并受到荣誉的赞扬。而第四名及以下的选手甚至连领奖台都上不了。尽管只有 1 秒的差距，只有 1 米的差距！

人们总是喜欢给事物排名。通过与他人比较，认清自己的位置，从而维持心安。也许是为了这所谓的安心感才排的名。但如果成为第一名，就不需要排名了！

# はるかなる旅路

**・タンポポの綿毛が風に乗りクルクルと回っています。**

——生きる目的を昔はよく考えていました。あれから20年が経ちましたが、未だにわかりません。生きること自体が目的となるのは、まだまだ時間がかかりそうです。たぶん、自分の存在価値がつかめていないからです。でも、自分で見つける必要はないのです。他者が価値を決めてくれるのですから！

さて、他者との関わりで自分の生きる目的を見出したくない自分へのアドバイスです。目的ではなく手段を考えるのです。そして、ひたすら実行するのです。そうすれば目的が見えてきます。目的と手段は、どちらかが追いかける鬼ごっこ仲間です。いつまでもいつまでも！

# 遥远的旅程

**・蒲公英的棉絮被风起，不停地旋转着。**

——以前我经常考虑活着的目的。二十年过去了，但我仍然不明白。把活着本身作为目的，似乎还需要一段时间。可能是因为我还不清楚自己的存在价值。但其实我不需要自己去找。因为他人会为我决定价值！

好吧，给那个不想通过与他人交往来找到人生目标的自己一个建议。不要考虑目标，而要考虑手段。然后就不停地去做吧。这样你就能看到人生目标。目标和手段像是在捉迷藏中互相追逐的伙伴。永永远远！

# 反転の恐れ

**・ベッドに横になるとすぐに眠りに落ちてしまいます。**

——いつも同じ時間に目が醒めます。でも、目は閉じたままです。虚ろな頭で切れ切れの夢をつなぎ合わせていると、始発電車が線路を揺らす、くぐもった音が聞こえてきます。それから、おもむろに目を開けるのです。1年365日。1日の始まりのいつもの日課です。そして、満員電車に乗り職場に向かいます。職場では忙しげに動き回ります。仕事を終え帰宅し風呂に入ります。新聞に目をとおしテレビを見ます。そして、食事をしながらほろ酔い気分になるまで酒を呑みます。

1日は24時間。眠るまでは15時間ぐらいあります。1日の大半を占める覚醒時は、頭と体と心が強い意志で動いているはずですが、どうも違うようです。自分で舵を取らず流れに身を任せているだけのような気がしています。——このことを是として、順風満帆な生活を営んでいると考えてもいいのでしょうか？

# 反转的恐惧

**・一躺在床上我很快就进入梦乡。**

——我总是在同一时间醒来。但眼睛却闭着。用空洞的头脑将零零散散的梦境连接在一起时，我能听到早班车震动轨道发出沉闷的声音。然后，我才慢慢地睁开眼睛。一年365天。这是我开始新的一天的习惯。然后，我会挤上拥挤的地铁去上班。工作中我忙碌地四处奔波。下班后回家泡澡。翻翻报纸，看看电视。然后，一边吃饭一边喝酒，直到微醺。

一天有二十四小时。在入睡之前还有大约十五个小时。占据大部分时间的清醒状态应该是由头脑，身体和内心以坚强的意志驱动的，但似乎并不是这样。我觉得自己像是随波逐流，而不是自己掌舵。——那么，如果默许这一点的话，我的生活应该可称为顺风顺水了吧？

# 密閉された園

### ・自然の息吹は一体どこにあるのでしょうか？

――風の音色がかき消され喧騒曲しか聞こえてこない都会の雑踏。無機質な音を吸いこみ圧縮した空気の層が、重く垂れこめのしかかってきます。皮膚にまとわり付き、全身をこわばらせます。しかも、笑い声・叫び声・呻き声などが、意識しなくても耳に飛びこんできます。他者との距離があまりにも近いのです。自分の半径1メートル以内に、声だけではなく人間そのものが侵入してきます。堅固で柔軟さを兼ね備えた防護膜を造らなければ、押し潰されてしまう危険性を感じています。

それればかりではありません。他者の思惑を常に気にしながら、関わりを持ちたくない人とも付き合わなくてはいけないのです。それが便利で快適なコンクリートジャングルで暮らす、〈他者との共生〉を第一義と考える都会人の悲しい悲しい宿命なのですね。

# 封闭的花园

### ・自然的气息究竟在哪里呢?

——风声被城市的喧闹掩盖，只流淌着城市的喧嚣曲。由无机的声音压缩成的空气层沉沉地垂下来。它粘在你的皮肤上，让你全身僵硬。而且，笑声，喊叫声，呻吟声等声音会不受控制地钻入耳中。与他人的距离太近了。在自己半径 1 米范围内，不仅声音，甚至人都会侵入进来。我感觉到如果不造一张坚固又柔软的保护膜，就会有被压碎的危险。

这还不止。还得边关注着别人的想法，边与自己不得不交往的人打交道。这就是生活在便利而舒适的混凝土丛林中，以“与他人共生”为首要意义的城市人可悲的命运。

## 月に願いを

**・最上階にあるバーでグラスを傾けているところです。**

——遠くに見えるネオンが、淡い色合いになって目に優しく映っています。夜空には多くの星たちが瞬いています。でも月は、一人ぽっちでほのかな光を灯しているだけです。太陽のようにまばゆいばかりの光を放っているわけではありませんが、なぜか惹かれます。

いつも一緒にいるのに、遠い存在の人を考えた時期もありました。逆に、離れているのに近い存在の人を考えた時期もありました。来るはずのない便りを待ちわびたことも数多くありました。しかし今は、一人でいる時の心の温もりが感じられるようになったのです。そして、掌で孤独を温められるようになったのです。——一人酒は日々の煩わしさから解放され寛げますよ。アルコールに宿る妖精〈酔の精〉との語らいを、あなたも楽しんでくださいね。

## 对月许愿

**・我正在顶层的酒吧里摇晃着酒杯。**

——远处的霓虹灯变成了柔和的色彩，温柔地映入眼帘。夜空中闪烁着许多星星。但月亮只是孤单地发出微弱的光芒。它并不像太阳那样炫目，但不知何故我被它吸引着。

曾经有过一段时期，想念近在咫尺却隔得很远的人。相反也思念过明明远在天边却走得很近的人。我也曾经很多次期待过不可能到来的消息。但现在，我能感受到独处时内心的温暖。我学会了用手心温暖孤独。——独自饮酒可以让你从日常的烦恼中解脱出来，放松身心。你也可以享受与酒精中的精灵“醉酒之灵”交谈的乐趣。

# 秋の終わりに

**・今日もまた冷え冷えとした秋の夜長です。**

――取り残された時の心細さを味わうために、異国の地で一人暮らしを始めました。日本人が一人もいない場所で言葉もわからずに……。郊外には景勝地が多いのですが、私を虜にした場所は六畳一間のアパートの周辺です。晴れの日は砂埃がたち雨の日はぬかるんだ、電灯がない薄暗い通り。肉・野菜・果物の量り売りをする市場。廃れて見すぼらしい店々。剥げ落ちた白壁に挟まれた無数の路地。黄昏時にどこからともなく出没する屋台……等々。

路地の奥に位置する、ひっそりとした公園で煙草をくゆらせています。片隅に追いやられたブランコが風もないのに揺れる様を見つめ、何かしらにすがりつこうとする弱き心を感じています。しばらく佇んでいると、鮮やかに色付いた木の葉が梢に別れを告げ地面と触れ合う刹那に発する悲しげな呟きが聞こえたのです。「ごめんなさいね」と！　私の〈強き心〉は、一体どこに行ってしまったのでしょう。

# 秋终

**・今天又是一个寒冷的秋天长夜。**

——为了品尝落单的无助，我在异国他乡开始了独居生活。在一个日本人也见不到什么也听不懂的地方……。郊外有许多景点，但吸引我的是我一间 10 平米不到的公寓的周边。晴天时尘土飞扬，雨天时街道泥泞，没有路灯的昏暗街道。肉，蔬菜，水果都是称着卖的市场。废弃且破旧的店铺。无数条小巷夹在剥落的白墙之间。黄昏时分纷至沓来的路边摊……等等。

在后巷一个安静的公园里抽着烟。看着被推到角落的秋千在无风自摇，我感受到我虚弱的内心试图想要去拽住什么。静静地站了一会儿, 听到了鲜艳的树叶告别树梢，落地时发出的悲伤呢喃“对不起啊”。——我的“坚强心”到底去哪儿了呢?

※ 注：“畳”为日本榻榻米的量词，也做计量单位。1 畳相当于 1.62 平方米，故 6 畳约 9.72 平方米

## 月の砂漠

**・月見れば　千々にものこそ悲しけれ　わが身ひとつの秋にはあらねど（大江千里）**

——物悲しい季節がやって来ました。木の葉は色があせ梢から離れていきます。冷たい風が肌を刺してきます。陽差しは穏やかですが力強さはありません。虫の声は聞こえなくなりました。月は消え入るような光を灯しているだけです。周りの全てが冬の到来を待ちわびているのではなく、秋の終わりを寂しげに伝えに来ているかのようです。

私と同じようにどこかで月を眺めて、同じような感慨に耽っている人はいないのでしょうか？　来るはずのない便りを待ちわびて！　一人きりの時間を多く取りすぎたため、柄にもなく感傷的になっています。今日は〈中秋節〉です。祝日ですが、街はひっそりとしています。まるで音を立てることが禁止されているかのように、普段の賑わいはありません。粉雪が舞う冬が来て、クリスマスソングとともに活気を取り戻してもらいたいと願っているこの頃です。

## 月之沙漠

**・看到月亮　心里总会涌出无尽悲哀　虽然秋天并不只是我一个人的季节（大江千里）**

——伤感的季节到来了。树叶褪去了色彩，脱离了树梢。冷风刺骨。阳光温和，但不再强烈。昆虫的声音消失了。月亮只是散发着朦胧的光芒。周围的一切似乎不是在等待冬天的到来，而是在悄然宣告秋天的结束。

在某个地方，是否有人与我一样凝望着月亮，感受着类似的感慨呢？等待着不会到来的消息！由于独处太长，我变得异常多愁善感。今天是“中秋节”。虽然是节日，但城市却很安静。似乎被禁止了喧哗一样，丝毫没有平日的喧嚣。我希望随着白雪纷飞的冬天的来临和圣诞歌曲的响起，使这座城市能够恢复活力。

# 座標軸を飛び越えて

**・次なる旅路へと向かいましょう。**

——裸足になり砂の感触を味わいながら、波打ち際に歩みを進めています。彼方に見えていた船が、いつの間にか消えていました。その時です。水平線が、過去と未来を仕切る境界のように見えたのです。海が過去で空が未来です。海にはびっしりと何かが書きこまれているためか、黒くなっているのです。空は真っ白なままです。時空の番人が洗い落としてしまったのでしょうか？　過去ばかり見つめていたから！

私たちは過去にいるのではなく、現在という時空で生活をしているのです。想い出にすがっていても、現在は何も変わりません。ましてや、引きずられていては未来へと進むことはできません。時間は決して後戻りはしませんからね。

# 越过坐标轴

**・踏上下一段旅程吧。**

——赤脚走着感受着沙子的感觉，我向着海浪拍打的方向前行。远处看到的船只，不知何时已经消失不见。就在那时，水平线就像是一条将过去和未来分割开的界线。海是过去，天空则是未来。海洋上密密麻麻写满了什么，显得黑压压的。而天空依然一片皓白。是被时空的守护者洗刷过吗？因为我一直只盯着过去！

我们并非生活在过去，而是当下。沉湎于回忆中，现在也不会改变。更何况，如果一直被过去拖着，我们就无法迈向未来。时间是一去不复返的。

# 十戒の回顧録

**・瞼がくっついたまま開けません。**

――紆余曲折した学生時代が、一コマごとの蒔絵となり霧をスクリーンにして上映されています。15歳・16歳・17歳、そして疾風怒濤の18歳。久しぶりのことです。過去が現在と未来を押しのけ、想い出だけに浸るのは……。

放浪の旅、30日目。真夜中、ベッドの中です。当てどもない散策を終え、店で紹興酒を数杯呑んだだけなのに、どのようにして宿に戻ったのかわからないのです。「目の前に映ずる現実が夢の世界ではないかと疑いを抱いた時に、時空が歪曲しブラックホールに呑みこまれてしまうので、くれぐれも疑うこと勿かれ。なるほど。でも、今の俺には当てはまらないぞ」――意識がここで途切れています。切れ切れの記憶をつなぎ合わせ、やっと状況が把握できました。時が何たるかも知らないのに〈時空の定義〉を偉そうに講釈したので、時の女神が〈酔の精〉に依頼して私を前後不覚にさせたのです。

# 十戒的回忆录

**・眼皮黏在一起，无法睁开。**

——曲折的学生时代，如同一幅描金画映在雾气的屏幕上。十五岁，十六岁，十七岁，还有狂风骤雨的十八岁。很久没有这样了。过去将现在和未来推开，让我只沉浸在回忆中……。

流浪之旅，第三十天。深夜，躺在床上。漫无目的的闲逛后，在酒店里只喝了几杯绍兴酒，也不知道自己是如何回到旅社的。“当你怀疑眼前的现实是否是梦境时，时空会扭曲会被黑洞吞噬，所以务必不要怀疑。原来如此，但这不适用于我现在的状态啊。”——意识在这里中断了。将断断续续的记忆连接起来，终于弄清了情况。因为我还没有了解时间是什么的情况下，自以为是的对“时空的定义”下定论，所以时间女神拜托“醉之灵”让我陷入了神智不清的状态。

# If — その先には

**・放浪の旅も終わりに近付いてきました。**

——彼方の水平線が見渡せる岬の突端で、目を凝らしています。数羽の鷗(かもめ)が風に乗り大空をはばたいているからです。その時です。鳥になって気持ち良さそうに滑空している私の姿が見えました。と同時に、「もし」の後に続く言葉が頭の中に浮んでは消えていくのでした。嘘や病気といったマイナス思考的なものばかりではなく、プラス思考的なものもたくさん出てきましたが……。

でも、風や雲といった言葉は出てきません。生活の延長線上にあるものばかりです。日々の暮らしで起こり得ることばかりです。夢見ることもなく実生活であくせくしているので、想像力が萎んでしまったのでしょう。仕方がないのかもしれませんね。これが大人になったということなのですから！　誰かに否定してもらいたいのですが……。

# If 之后的是

**・流浪之旅也即将结束。**

——站在可以眺望水平线的海岬，我凝视远方。几只海鸥在风中翱翔。就在那时，我看到了我仿佛一只自在滑翔的鸟一样在空中滑翔。于此同时，脑海中浮现出了以"如果"开头的话语，然后又消失了。这些话语不仅仅是谎言，疾病类似的消极思维，还有很多积极的想法……。

然而，却没有风或云等词语。这些都是日常生活中的延伸。这些都是日常生活中会发生的事情。我一直在现实生活中埋头工作，没有做梦闲暇，想象力可能已经枯竭了。也许这是无可奈何的。这就是成年人的生活吧！——我希望有人能否认这一点，但……。

## 予言街道

**・月から見える唯一の建造物「万里の長城」に佇んでいます。**

——45日間にものぼる異国の地での放浪は、心の渇きを癒し新たな活力を与えてくれました。自分という人間を少しだけですが理解できるようになりました。帰国の前日に訪れた長城では、中国全土を手中に収めた始皇帝の気分にも浸れました。つまり、他者を下位においての優越意識を持つこともできたのです。

その時です。陶酔感に浸っている私を見つめる突き刺すような視線に気付いたのです。天空で幾歳月も人間を観察している、創造主の瞳から放たれたものだとすぐにわかりました。しばらくすると、私に向けられたであろう言葉が聞こえてきたのです。「このまま行きなさい」と。——揶揄なのか忠告なのか真言なのかは今もわかりませんが、20年前のあの時からこの言葉どおり〈我が道〉を全力疾走しています。

## 预言街道

**・我站在从月亮上唯一可见的地球地标——" 万里长城 "。**

——在 45 天的异国漂泊中，我心灵上的渴望得到了满足，并获得了新的活力。我对自己也稍微有了一点儿了解。在回国的前一天，我去了长城，在那里我感受到了曾经统治整个中国的始皇帝的心境。换句话说, 我也能够拥有一种高人一等的优越感。

就在那个时候, 我感到有一双眼睛在凝视着沉浸在自我陶醉中的我。我立即知道，那是来自天空的已经观察了人类数世纪的造物主的目光。与此同时，我听到了应该是对我说的话 :“继续前进吧。”——到底是玩笑，是忠告，还是真言，我到现在也还不清楚，但从二十年前开始，我一直遵循这句话“朝着自己的路”全力奔跑着。

# タイムショック

**・除夜の鐘を聞きながらこの一年を振り返っています。**

——「ありがとう」と「ごめんなさい」の区別がつかなくなりました。本来は全く違う場面で使う言葉ですが、いつでも「ごめんなさい」と言っているのです。誰もが使っているので安心して！　108のくぐもった鐘の音が、この二つの言葉を交互に奏でています。

爆竹のけたたましい音とともに新たな年がやってきました。頭の中では、年代ごとの標語が浮かんできます。「あっと言う間の20代・いつの間にかの30代・もう来てしまった40代・えっと驚く50代・静かに迎えた60代」。でも10代は、どうしても出てこないのです。タイムマシーンがあれば、10代の私を確認でき標語が出てくるのですが……。小1時間。今の私が、あの頃の私に向かって何かを尋ねている声が聞こえてきました。「どうするんだい。同じ道を歩むのか、違う道を歩むのか」と！

# 时间冲击

**・我一边听着除夕的钟声，一边回顾着这一年。**

——“谢谢”和“对不起”之间的区别已经分不清了。本来这是在完全不同的场合使用的词语，但总是随口说着“对不起”。因为每个人都这么用，所以用得很心安理得！ 108 声低沉的钟声交替奏响着这两个词。

随着爆竹声的喧嚣，新的一年开始了。我的脑海中浮现出了每个年代的口号。“转眼即逝的二十岁，不知不觉的三十岁，早已到来的四十岁，惊讶不已的五十岁，悄然迎来的六十岁”。但是形容十岁的口号却想不起来。如果有时光机的话，我就可以去确认一下了……。整整想了一个小时。我听到了现在的我对那时的我提问。“你打算怎么做呢？是继续走同样的路，还是选择另外的路呢？”

## 未来通信

**・60代になった私が10代の私を見つめています。**

——大人になると、若い頃の自分が欠点だらけに見えてしまいがちです。なぜでしょうか？　客観的に物事を見据えられるようになったからではありません。今の自分をただ肯定的に捉えたいだけなのです。昔の私よりも、今の私の方が優れているのだと信じたいだけなのです。優れているのは、世渡りが上手になったぐらいなのに！　それを、10代の私に看破されることを恐れているのです。

60代の私は、口出しをせずに遠くからエールを送るだけでいいのです。しかし時々は、10代の私に教えてあげてください。「背伸びなんかしなくていいよ。今を懸命に生きてさえいれば。今の自分を好きでさえいれば」と……。

## 未来通信

**・年过六十的我，凝视着十几岁的我。**

——成年后，人往往会觉得年轻时的自己满身缺点。为什么呢？并不是因为我们能客观地看待事物，而只是因为我们想要肯定现在的自己而已。我们只是想相信，现在的自己比过去更优秀。但实际上，我们所谓的优秀不过是在社交方面更加得心应手罢了！我们害怕被十几岁的自己看破这一点。

六十多岁的我，只需要在远处默默地为十几岁的我加油就好。但偶尔，也需要告诉十几岁的我“不要勉强自己。只要努力活在当下就行，只要喜欢现在的自己就好。”……。

## 著者プロフィール

### 宮崎 靖久(みやざき やすひさ)

1955年　愛媛県西宇和郡三崎町　誕生
1979年　法政大学　文学部　教育学科　卒業

**職歴**

1981年〜2020年　聖学院中学校高等学校　国語科教諭
1998年〜1999年　聖学院大学　客員講師
2000年〜2001年　昆明大学(雲南省)　日本語教師
2020年〜2023年　信男国際教育学園(広東省)　校長・日本語教師
2024年〜現在　東和新日本語学校　日本語教師

**所属**

1981年〜1987年　全国高等学校国語科研究会　常任委員
1995年〜2002年　全国漢文教育学会　会員
2005年〜現在　世田谷文学館　会員

**著書**

1985年　『ひとりごと』(自叙伝・歌集)　三朋印刷
1994年　『ひとり言』(随筆)　三松印刷
2004年　『波の行く末』(作家論)　文芸社
2008年　『風の旅人』(文学散歩の記)　文明堂
2012年　『酔奏の風』(作家・作品論)　創英社

**論文**

2003年　『中華人民共和国設立において、魯迅の文学活動の果たした役割』──魯迅の各著作の民衆への浸透度と意義・共産党の文芸政策の中での魯迅の位置を中心として──

## 翻訳者プロフィール

### 第1〜4, 6章
### 若林 ゆりん(わかばやし ゆりん)／武昱霊

1981年　中国雲南省昆明市　誕生
2001年　来日
2007年　駒澤大学　経営学部　経営学科　卒業
2018年　早稲田大学　文学研究科　中国語中国文学コース　修士課程修了

**職歴**

2018年〜2023年　横浜女学院中学校　高等学校　非常勤講師
2019年〜2021年　北京語言大学　東京校　中国語非常勤講師
2019年〜現在　早稲田大学　中国語非常勤講師
2020年〜現在　東洋英和女学院大学　中国語非常勤講師
2021年〜現在　法政大学経済学部　中国語非常勤講師

**所属**

2015年〜現在　早稲田大学中国文学会　会員
2017年〜現在　日本中国語学会　会員

**論文**

2018年　『認知学習からの中国語教授法研究──子どもの単語学習について』

翻訳者プロフィール

**第5章**

## 工藤　稀瑛(くどう　けい)

| | |
|---|---|
| 1995年 | 東京都中野区　誕生 |
| 2014年 | 聖学院高等学校　卒業 |
| 2018年 | 早稲田大学　文学部　中国語中国文学コース　卒業 |
| 2020年 | 早稲田大学　文学研究科　中国語中国文学コース　修士課程修了 |
| 2023年～現在 | 東京リバーサイド学園　日本語教師 |

**論文**

| | |
|---|---|
| 2020年 | 『第二言語習得におけるフィードバック研究――中国語声調の自律的修正を促す「音声フィードバック」の試み』 |

# 風の道標

2024年10月23日　初版発行

［著者］宮崎 靖久
［翻訳者］若林 ゆりん（武昱霊）・工藤 稀瑛
［発行・発売］株式会社 三省堂書店／創英社
〒101-0051　東京都千代田区神田神保町1-1
Tel：03-3291-2295　Fax：03-3292-7678
［印刷・製本］株式会社 ウイル・コーポレーション


ISBN978-4-87923-275-5 C0095